Bernhard Jaumann
Die Vipern von Montesecco

Bernhard Jaumann

Die Vipern von Montesecco

Roman

Gustav Kiepenheuer Verlag

ISBN 3-378-00663-3

1. Auflage 2005

Einbandgestaltung gold, Anke Fesel/Kai Dieterich
Druck und Binden Clausen & Bosse, Leck
Printed in Germany

www.gustav-kiepenheuer-verlag.de

Für Leonhard Jaumann

1

Ehrend des Landes Gesetz
und der Götter beschworenes Recht,
ist er groß im Volk.
Nichts im Volk,
wer sich dem Unrecht gab
vermessenen Sinns.

Sophokles: Antigone, Verse 368–373

Beppone konnte es nicht sein. Beppone war schon vor fünfzehn Jahren kein junger Hund mehr gewesen. Jetzt bleichten höchstens noch seine Knochen irgendwo. Und doch sah der Hund am Straßenbrunnen vor dem Palazzo Civico genauso aus wie Beppone damals. Die triefenden Augen, das struppelige braune Fell, der verstümmelte Schwanz.

Matteo Vannoni stellte den Koffer auf der untersten Stufe der Treppe ab, die die Piazza mit dem oberen Teil des Dorfes verband. Es war totenstill. Der Hund war das erste lebende Wesen, das ihm in Montesecco begegnete. Dachten sie, daß er mit der Flinte unter dem Arm zurückkehren würde?

»He, Beppone«, sagte Vannoni. Der Hund streckte sich, gähnte und trottete quer über die glühende Piazza davon.

»Regel Nummer eins: Das Leben ist weitergegangen«, murmelte Vannoni.

Die Mittagssonne sprengte den Himmel und drückte geballte Hitze auf die Dächer. Die Läden vor den Fenstern waren geschlossen. Vannoni hielt es für möglich, daß Augenpaare aus dem Halbdunkel durch die Lamellen blickten, aber er war sich nicht sicher. Lucarellis Haus schräg gegenüber war jetzt grau gestrichen. Vielleicht waren auch die Fenster neu. Der Hund kroch unter einen geparkten Wagen. Ein Volkswagen Golf. Vor fünfzehn Jahren gab es nur Fiats und Ape-Dreiräder im Dorf.

Ein ausländisches Auto, eine andersfarbige Hauswand und ein fremder Hund, der aussah wie Beppone. Sonst war alles wie früher. Die Fassaden, das unregelmäßige Pflaster, die Bruchsteinmauer am Hang, die weißen Plastikstühle neben Lucarellis Haustür. Das blaue Tabacchi-Schild hing noch über der Tür von Rapanottis Laden, der schon vor Vannonis Zeiten aufgegeben worden war. Auch aus dem ehemaligen Waschhaus schräg darunter hatten sie nichts gemacht. Es mußte Jahrzehnte her sein, daß die Steinbekken zum letztenmal Wasser gesehen hatten. Selbst die Zeiger der Uhr am Palazzo Civico standen noch auf zwanzig nach acht.

Vannoni war in Montesecco aufgewachsen. Er hatte lange genug darunter gelitten, wie das Leben hier lief, und doch war er wie selbstverständlich davon ausgegangen, daß sich alles verändert hatte. Nach fünfzehn Jahren! Aber sie hatten nicht einmal die defekte Uhr instand gesetzt!

Vielleicht war das Leben gar nicht weitergegangen. Vielleicht war es einfach stehengeblieben und …

Unsinn, Maria war tot, Catia hatte vor einem Monat ihren siebzehnten Geburtstag gefeiert, und er hatte fünfzehn Jahre lang Zeit gehabt, sich Gedanken zu machen. Plötzlich war er sicher, daß es die falschen Gedanken gewesen waren.

»Regel Nummer zwei: Nimm dich nicht so wichtig!« sagte sich Vannoni. Er hob den Koffer an, stieg die Treppe hoch, bog nach links, zwanzig Meter den steilen Fußweg hinauf. Vor seinem Haus standen noch die beiden großen Terrakottatöpfe. Der Oleander blühte rot. An der Haustür hing ein Zettel. *Wir wußten nicht, ob du allein sein willst. Komm rüber, wenn du magst! Catia, Elena, Angelo.*

Vannoni drückte die Klinke herab. Die Tür sprang auf. Die Luft, die herausdrang, ließ ihn innehalten. Er hatte bei keinem Besuch seiner Schwester mit ihr darüber gesprochen, doch er war sicher, daß Elena regelmäßig gelüftet, Staub gewischt und die Spinnweben beseitigt hatte. Aus dem Haus roch es auch nicht muffig. Es roch nach gar nichts. Keine Spur von abgestandenem Rauch, von Essensdünsten, von Achselschweiß. Die Luft in seinem Haus war tot.

Weg, nur weg hier, dachte etwas in Vannoni. Er mußte sich zwingen, den Koffer abzustellen. Seine Hand zitterte, als er den Griff losließ. Dann atmete er tief durch. Er hätte nicht hierher zurückkommen müssen, doch er hatte sich nun mal dafür entschieden. Jetzt war er da, und er würde eine Entscheidung, die in fünfzehn Jahren gereift war, nicht über den Haufen werfen, nur weil das Haus einen Geruch ausströmte, der ihm nicht paßte.

Wie sollte ein Haus denn riechen, in dem fünfzehn Jahre keiner gewohnt hatte? Vannoni zündete sich eine Zigarette an, blies den Rauch aus. Er würde jetzt durchs Haus gehen und die Fenster öffnen. Er würde die Zimmer begutachten. Alles wäre wie früher oder eben anders. Es wäre ihm egal. Er würde die Tatsachen zur Kenntnis nehmen, und es wäre in Ordnung. Genau so, wie es war. Er drückte die Zigarette am Türstock aus.

Vannoni ging durchs Haus. Er begann in der Küche. Er hatte Elena gesagt, sie könne sich nehmen, was sie wolle, doch anscheinend hatte sie nichts gewollt. Auch das Bad war unverändert. Im Wohnzimmer hing noch der Kalender von der Cassa di Risparmio aus dem Jahr 1978. Das Foto für den Monat Juli zeigte einen Sonnenuntergang in den Dolomiten. Catias Zimmer war bis auf den großen Schrank leer. Natürlich hatten sie die Sachen für das Kind mitgenommen. Alles war in Ordnung.

Bevor er das Schlafzimmer betrat, zögerte er einen Moment. Dann machte er die Tür auf. Die Läden vor den beiden Fenstern waren geschlossen. Im Raum lag Halbdunkel, durch das helle Striche von den Ritzen der Läden her fielen. Vannoni schaltete das Licht ein. Auch damals hatte er das Licht eingeschaltet. Da war Giorgio Lucarelli schon halb durchs Fenster gewesen. Der behaarte Rücken und der nackte weiße Hintern waren das letzte gewesen, was er von ihm gesehen hatte. Der Schrank, in dem die Lupara auf den Beginn der Jagdsaison gewartet hatte, stand noch im Eck. Bis er das Gewehr geladen hatte, war Lucarelli in der Nacht verschwunden gewesen.

Vannoni öffnete das Fenster und die Läden. Seine Hand strich am Sims entlang. Er drehte sich um. Auf dem Doppelbett lag eine leichte Decke. Die Matratze darunter war nicht bezogen. Damals war das Leintuch auf der rechten Seite zerwühlt gewesen. Maria hatte sich nicht aus dem Bett weggerührt. Ganz auf ihrer Seite hatte sie sich aufgesetzt. Sie hatte den nackten Rücken an die Wand gedrückt und das Laken bis zum Kinn hochgezogen. Sie hatte ihn angesehen. Nie würde er diesen Blick vergessen. Er hatte nicht verstanden, was er ausdrückte. Es war weder Schreck noch Scham, nicht Mitleid, nicht Spott, nicht Trotz gewesen. Er hatte gesehen, was los war, aber er hatte nichts begriffen. Damals nicht, und bis heute nicht.

»Warum?« fragte er leise.

»Warum?« hatte er sie damals angezischt, und sie hatte ihn angesehen wie ein Wesen aus einer fremden Welt.

Sie hätte nur antworten müssen.

Irgend etwas.

Irgendein Wort, das ihm die Möglichkeit gegeben hätte, aufzubrüllen, höhnisch loszulachen, sie niederzuschreien. Doch sie hatte nichts gesagt.

Es war still.

Es war damals still gewesen. Bis auf das Knacken, als er die alte Lupara gespannt hatte.

»Warum?« hatte er noch einmal gefragt, und sie hatte die Lippen aufeinandergekniffen und ihn auf eine Weise angeblickt, die er sein Leben lang nicht verstehen würde. Da hatte er abgedrückt. Einmal, zweimal. Er hatte seine Frau nicht umgebracht, weil sie ihn mit Giorgio Lucarelli betrogen hatte. Er hatte dieses Fremde in ihren Augen auslöschen wollen. Für immer. Er mußte sichergehen. Nur deshalb hatte er nachgeladen. Zweimal. Das hatte seinen Verteidiger später im Prozeß auf Totschlag im Affekt plädieren lassen, während der Staatsanwalt nicht müde geworden war, ihm eine Disposition zu Radikalität und Gewalt nachzuweisen. Vannoni war zu einundzwanzig Jahren Haft verurteilt worden und hatte fünfzehn davon abgesessen.

Sechs Kugeln in ihrem Körper, und Blut überall. Er hätte noch weitergemacht, wenn das Blut nicht gewesen wäre. Vannoni ging zu Marias Seite des Betts und schlug die Decke zurück. Auf der Matratze waren keine Blutflecken zu sehen. Er beugte sich nach unten und strich über die Oberfläche. Nicht die geringste Spur eines Blutflecks. Man müßte doch irgend etwas sehen. Zumindest spüren, wo stundenlang geschabt und gewaschen worden war. Sie hatten doch nicht etwa eine neue Matratze gekauft. Für das Bett einer Toten! Das war doch lächerlich! Er wußte nicht, wieso ihn der Gedanke rasend machte.

Vannoni fühlte das Blut in seinen Schläfen pochen. Ihm war heiß. Er ging ins Bad und drehte den Hahn auf. Das Wasser spritzte in gurgelnden braunen Stößen heraus. Im Gefängnis hatte Vannoni sich tausendmal gesagt, daß die Vergangenheit Vergangenheit war. Er würde sie ruhen lassen. Er würde Blumen an Marias Grab bringen. Er würde Giorgio Lucarelli freundlich grüßen, wenn er ihn auf der Piazza traf. Er würde allem, was draußen auf ihn zukäme, offen, ruhig und gelassen begegnen.

Vorsätze! Vannoni begriff nicht, wieso alles plötzlich zusammenstürzte. Nur weil er keine Blutflecken auf der Matratze fand, konnte doch nicht alles, was er in den letzten Jahren begriffen zu haben glaubte, zu einem Nichts zusammenschnurren. Er mußte nachdenken. Er fragte sich, was Giorgio Lucarelli gerade dachte. Er fragte sich, ob das, was Giorgio Lucarelli die letzten fünfzehn Jahre gedacht hatte, ebenfalls in Trümmer fallen könnte.

Rot versank die Sonne hinter den Hügeln jenseits des Cesano-Tals. Am Horizont klebte Dunst, doch über den Feldern unterhalb von Montesecco lag ein unwirklich heller

Schein. Als züngelten Flammen aus der rissigen Erde. Als dampfe sie die Hitze wieder aus, die sie vierzehn Stunden lang versengt hatte. Verbranntes Gras, Gerstenstoppeln, Weizenfelder. Mit hängenden Köpfen standen halbstarke Sonnenblumenheere in Reih und Glied. Der Ginster war größtenteils verblüht, doch noch stachen schmutziggelbe Flecken hier und da aus Waldfetzen.

Auf der Bergkuppe drückten sich die Häuser von Montesecco eng aneinander. Viele davon waren unbewohnt oder wurden nur sporadisch von denen genutzt, die Montesecco auf der Suche nach Arbeit verlassen hatten und in Mailand oder Turin, in Belgien, Deutschland oder den USA gelandet waren. 1959 hatte der Exodus begonnen, als die größte Schwefelmine Europas im nahen Cabernardi geschlossen wurde. Zuerst wanderten die Minenarbeiter ab, doch bald schlug die Krise auch auf Handwerker, Fuhrunternehmer und Bauern durch. Die drei Läden Montesecos gingen einer nach dem anderen pleite, die Schule machte zu, und das einzige, was im Lauf der Jahre wuchs, war die Zahl der Gräber auf dem Friedhof, da man wenigstens zu Hause beerdigt sein wollte, wenn man schon sein Leben in der Fremde verbringen mußte. Doch noch wohnten siebenundzwanzig Menschen, die mit keinem anderen Ort in der Welt hätten tauschen wollen, ganzjährig in Montesecco.

In der Mitte des Dorfs öffnete sich eine langgestreckte Piazza, die durch schmale Treppen und winklige Durchfahrten mit den paar Gassen verbunden war, über die sich die Häuser in die Augen blickten. Die Torre Civica an der Stirnseite der Piazza war niedriger als der Kirchturm von Santa Maria Assunta weiter oben. Vor dem Kirchenportal lag eine nach Osten vorspringende Piazzetta, die von einer hüfthohen Brüstung zum steil abfallenden Abhang hin begrenzt wurde. Bei klarem Wetter sah man von dort bis hin zum Monte Conero im Süden und fast bis nach Ravenna im Norden.

Nicht nur wegen der Aussicht nannten die Bewohner von Montesecco die Piazzetta ihren Balkon. An diesem luftigen Platz war man zu Hause, hier schlug das Herz der Dorfgemeinschaft, hier traf man sich vor der einzigen Bar des Orts, einem unscheinbaren Häuschen mit abblätterndem rosa Putz, das sich an die Kapelle des heiligen Sebastian anlehnte.

Durch unsichtbare Grenzlinien war der Balcone in zwei Bereiche unterteilt. Den Frauen standen die beiden Steinbänke am hinteren Ende und ein paar Quadratmeter direkt vor der Bar zu. Dort saß Milena Angiolini, eine blonde Schönheit, die auf jedem Laufsteg in Mailand oder Rom eine gute Figur gemacht hätte. Sie fächerte sich mit einem Plastikteller Luft zu und tuschelte mit der Barpächterin Marta Garzone. Deren beide Kinder jagten unter wildem Geschrei einen kleinen braunen Hund und trieben ihn an der Brüstung des Balcone in die Enge. In diesem Bereich, den die Männer für sich beanspruchten, standen ein paar klapprige Stühle um einen Tisch. Auf dessen Plastikoberfläche stellte Ivan Garzone eine Flasche Bianchello und ein Tablett mit einem Dutzend Gläser.

»Und? Kommt er?« fragte Ivan Garzone.

»Wer?« fragte Angelo Sgreccia zurück.

»Wer wohl? Der Papst wahrscheinlich!«

»Der Papst kommt nicht. Der ist zu alt, und er muß keusch bleiben«, sagte der alte Marcantoni. Er kicherte.

»Also?« fragte Ivan zu Sgreccia hin. »Was erzählt Vannoni denn so?«

»Laß ihn doch erst einmal mit seiner Tochter reden«, sagte Angelo Sgreccia.

»Und wenn er mit Catia geredet hat? Kommt er dann?« fragte Ivan Garzone.

»Er kommt nicht«, sagte Sgreccia. Er mußte es wissen. Als Kinder waren Vannoni und er unzertrennlich gewesen. Da hatte es keinen Tag gegeben, an dem sie sich nicht zusammen herumgetrieben und irgendwelche Streiche ausgeheckt hatten. Der Lehrer in Pergola hatte die Spitznamen Kastor und Pollux aufgebracht, und bald wurden sie vom ganzen Dorf so genannt. Zwar war Vannoni schon als Jugendlicher auf Distanz gegangen und hatte Meinungen vertreten, die Sgreccia genausowenig wie alle anderen nachzuvollziehen vermochte, doch die gemeinsame Kindheit konnte er damit nicht vergessen machen. Daß sich Vannoni später mit seiner Gewalttat selbst aus der Dorfgemeinschaft ausgeschlossen hatte, war eine andere Geschichte. Im Rückblick blieben Sgreccia und er für das ganze Dorf zwei nur zufällig aus unterschiedlichen Familien stammende Zwillinge. Allen erschien mehr als natürlich, daß Sgreccia später Vannonis Schwester Elena geheiratet hatte und somit zumindest mit ihm verschwägert war.

»Trinkt ihr?« fragte Ivans Cousin Paolo Garzone. Er griff nach der Weinflasche. Sie wirkte zerbrechlich in seiner Pranke.

Ivan schob ihm ein Glas zu. Sgreccia schüttelte den Kopf.

»Für mich gemischt mit Sprite«, nuschelte Franco Marcantoni aus seinem zahnlosen Mund. Er verschluckte das »t« und sprach den Vokal so aus, daß das Wort wie »Spray« klang.

»He, Marta, eine Sprite für Franco«, rief Ivan seiner Frau zu.

»Nicht mal ein Gläschen, Angelo?« fragte Paolo.

Sgreccia schüttelte den Kopf. Es war allgemein bekannt, daß er nie trank. Als Lastwagenfahrer könne er auf seinen Führerschein nicht verzichten und wolle deshalb gar nicht mit der Sauferei anfangen, hatte er mal erklärt. Niemand glaubte, daß das der wahre Grund für seine Abstinenz war, doch etwas anderes war auch durch beharrliche Sticheleien nicht aus ihm herauszubekommen.

»Er trinkt heute nicht«, sagte Paolo und schenkte zwei Gläser ein.

»Hat es dir deine Frau verboten, Angelo?« fragte Marcantoni.

»Er ist bloß zu faul, pissen zu gehen«, sagte Ivan.

Niemand lachte. Sie schwiegen, als die kleine Paty die Dose Sprite brachte. Gigino trippelte hinterher und sah zu, wie der alte Marcantoni sich sein Spezialgemisch braute. Langsam begann der Abend aufzuatmen. Die erste weiche Brise schwang sich über die Brüstung und ließ die Blätter der beiden Eschen leise murmeln. Die zwei Lucarelli-Mädchen tauchten auf und tippten mit den Fingern auf der Gelati-Tafel neben dem Eingang zur Bar herum. Marta wartete, bis sie sich, wie immer, für ein Crocchino entschieden hatten, und ging dann mit ihnen hinein. Der Fliegenvorhang schwang ein wenig nach.

»Es würde sich gehören, daß er mal kurz vorbeischaut«, begann Franco Marcantoni endlich wieder.

»Mal kurz vorbeischaut?« Ivan stützte die Ellenbogen auf den Tisch. »Am ersten Abend in Freiheit? Wenn ich fünfzehn Jahre lang bei Wasser und Brot gesessen hätte, würde ich da nicht in die Bar meines Vertrauens gehen, mich hier an den Tisch setzen und sagen: Wirt, ich bin frei, der Abend ist schön, und jetzt bring für mich und meine Freunde den besten Wein, den du im Keller hast, damit wir alle zusammen ...«

»Du kennst doch Vannoni gar nicht«, sagte Paolo Garzone.

»Na und?«

»Und du hast gar keinen Weinkeller«, nuschelte Marcantoni.

»Noch nicht. Doch wartet nur! Sobald etwas Geld in der Kasse ist, mache ich etwas aus dem Laden hier.« Ivan kippte den Inhalt seines Glases hinunter. »Aber einen erstklassigen Wein habe ich jetzt schon. Willst du nicht doch einen, Angelo?«

»Er weiß doch genau, daß Giorgio Lucarelli kommt«, sagte Sgreccia.

»Guten Morgen, Angelo, wir sind beim Wein«, sagte Ivan.

»Wegen einem Glas stirbst du nicht gleich«, sagte Marcantoni, doch Sgreccia sprang nicht auf die Stichelei an. Auch sonst wollte niemand das übliche Geplänkel in die übliche zweite Runde führen. Natürlich wiederholten sich Gesprächsthemen, verfestigten sich Rollen, wenn man Jahrzehnte im gleichen Nest gelebt hatte und Abend für Abend beisammensaß. Jeder kannte jeden. Jeder wußte um die kleinen Schwächen seines Nachbarn und scheute sich nicht, darüber Witze zu reißen. Nur an diesem Abend hatte keiner Lust dazu, denn der Abend war nicht wie jeder andere. Matteo Vannoni war zurückgekommen. Man wußte nicht, was das bedeutete. Etwas lag in der Luft, und die gewohnten Rituale schmeckten ausnahmsweise fade.

Es gab keine Geheimnisse, es gab aber sehr wohl Dinge, über die man nicht sprach. Der Mord Vannonis an seiner Frau hatte anfangs nicht dazu gehört. Er hatte das Dorf erschüttert, war über Monate hinweg Hauptgesprächsthema gewesen, Fraktionen pro und contra Vannoni hatten sich gebildet. Als der Prozeß abgeschlossen war, hatte man das Urteil noch heftig diskutiert, doch irgendwann hatte man genug. Hagelstürme kamen, Mißernten und Lotteriegewinne, Todesfälle, Geburten, Dorffeste. Das Leben ging weiter, doch Vannoni, der irgendwo weit weg in einer Zelle saß, gehörte nicht mehr dazu.

Ab und zu, immer seltener, waren Elena und Angelo Sgreccia noch gefragt worden, wie es ihm denn gehe, doch eigentlich wollte es niemand wissen. Seine Existenz hatte für das Dorf in einer Bluttat geendet, die immer ferner rückte und immer unwirklicher wurde. Er selbst war ein Schatten geworden. Grau, fern. Und unangenehm. Wie ein Todkranker, der sich weigerte zu sterben. Also hatte man versucht, ihn zu vergessen. Also hatte man nicht über ihn gesprochen. Mußte man sich jetzt dafür schämen? Sollte man Vannoni ankreiden, daß er von den Toten auferstanden war? War diese alte Geschichte denn immer noch nicht vorbei?

»Fünfzehn Jahre sind eine lange Zeit«, sagte Angelo Sgreccia. Auch für ihn waren fünfzehn Jahre vergangen. Bei Elena und Sgreccia, die keine eigenen Kinder hatten, war Vannonis Tochter Catia damals untergekommen. Sie hatten sie aufgezogen, so gut es eben ging. Sie hatten sie aufwachsen sehen. Fünfzehn Jahre lang. Catia war ihr Kind geworden. Sie liebten sie, und daß sie schwierig war und immer verschlossen blieb, hatte daran nichts geändert.

»Dafür, daß er seine Frau umgebracht hat, sind fünfzehn Jahre gar nichts«, sagte Ivan. »Heutzutage lebst du im Knast wie ein König. Drei feste Mahlzeiten, viel Ruhe, Sportmöglichkeiten. Du kannst am Sonntag in die Messe gehen, kannst irgendwelche Kurse besuchen und hast sogar einen Fernseher.«

»Ich bin gespannt, was er jetzt unternimmt«, sagte Franco Marcantoni.

»Arbeit wird er nicht so schnell finden«, sagte Paolo Garzone.

»Das meinte ich nicht«, sagte Marcantoni. Mit seiner knochigen Hand goß er sich ein halbes Glas Wein mit Sprite auf.

»Ich an seiner Stelle ...« Ivan brach mitten im Satz ab. Um die Ecke der Kapelle bog Giorgio Lucarelli. Er nickte den Frauen am Eingang der Bar zu und zwickte die quengelige Paty liebevoll in die Wange. Dann schlenderte er langsam auf den Tisch zu, zog sich einen Stuhl heran und ließ sich darauf fallen. Er verhielt sich keinen Deut anders als sonst, aber diesmal schien es den anderen, als habe soeben ein Schauspieler die Bühne betreten.

»Habe ich einen Durst!« sagte er. In sein Gesicht hatten Sonne und jahrelange Feldarbeit Furchen gezogen. Noch immer sah er gut aus, zäh, drahtig, doch auch ihm begann man seine vierzig Jahre anzumerken.

Paolo Garzone schenkte ein Glas ein und schob es quer über den Tisch.

»Und? Was gibt es Neues?« fragte Lucarelli.

Neu war, daß Vannoni zurückgekehrt war. Das konnte Lucarelli nicht entgangen sein. Und hatte nicht Vannoni beim Prozeß unumwunden zugegeben, daß er auch ihn erschossen hätte, wenn er die Gelegenheit dazu bekommen hätte? Jetzt hatte er die Gelegenheit.

»Wir sprachen gerade über ...«, sagte Paolo Garzone zögernd.

»... über die Vipern«, fiel Ivan ein. »Unten bei Madonna del Piano hat es einen Hund von Luigi dem Schäfer erwischt. Der Hund steckt die Schnauze ins Gebüsch, und zack! Eine rabenschwarze Viper, gar nicht mal groß.«

»Das ist die Gluthitze«, sagte Marcantoni, »die macht sie aggressiv.«

»Und giftiger«, sagte Sgreccia. »Die sind wie aufgeladen. Vom Kopf bis zur Schwanzspitze pures Gift, nichts als Gift.«

Wenn er ein anderes Gesprächsthema erwartet hatte, ließ es sich Lucarelli nicht anmerken. Und doch mußte er spüren, daß die anderen ihm auswichen, sei es aus Rücksichtnahme, sei es aus Unsicherheit. Lucarelli kippte den Wein hinunter und griff nach der Flasche. Sie war leer.

»Luigi hat den Hund sofort ins Auto gepackt. Nicht einmal eine Viertelstunde hat es gedauert, bis er die Spritze bekommen hat, aber es war nichts mehr zu machen«, sagte Ivan.

»Ich bin jetzt über siebzig Jahre alt«, sagte Marcantoni, »aber so schlimm wie heuer war es noch nie. Die sind überall. Unter jedem Stein eine Viper. Man könnte glauben, die Erde selbst speie Gift.«

Lucarelli stand auf und sagte: »Ich gehe. Habe Besseres zu tun, als mir euer Geschwätz über Schlangen anzuhören. Als ob die Welt unterginge, bloß weil ein Hund verreckt ist.«

Er warf zwei Tausend-Lire-Scheine auf den Tisch und verschwand.

Ivan steckte das Geld ein und sagte: »Giorgio ist heute nicht gut drauf.«

»Gar nicht gut«, sagte Paolo Garzone.

»Mmh«, sagte der alte Marcantoni.

»Im vierten Monat?« fragte Matteo Vannoni entgeistert. »Warum hast du mir nicht geschrieben?«

»Ich sage es dir ja jetzt«, sagte Catia. Sie trug Jeans und ein weißes T-Shirt. Man sah noch nichts.

»Herrgott im Himmel, du bist siebzehn!« sagte Vannoni.

Catia sagte nichts. Sie starrte auf den Fernseher. Dort lief das »Telegiornale«. Die Bilder zeigten eine ausgebrannte Limousine hinter einer Polizeisperre. Der x-te Bombenanschlag auf einen Richter in Palermo. Die Bilder waren in Farbe, doch sonst glichen sie zum Verwechseln denen, die seit fünfzehn Jahren immer wieder in Vannoni abliefen. Ein Schlachtfeld, in das die Polizisten wie Geier eingefallen waren.

»Und?« fragte Vannoni. Vielleicht sah man doch schon etwas. Catia hatte ihn die letzten beiden Jahre nicht besucht. Er wußte nicht, ob seine Tochter vor vier Monaten schlanker gewesen war.

»Und was?«

Vannoni hatte Catia fünfzehn Jahre lang nicht besucht. Er hatte kein Recht, jetzt an die Decke zu gehen.

»Und wie ist es dazu gekommen?« fragte er.

»Du weißt nicht, woher die kleinen Kinder kommen?« fragte Catia. Sie sah den flimmernden Bildern zu. Ihr Gesicht war weich, die Augenbrauen dicht, die Nase vielleicht etwas zu groß. Auch sie hatte blondes Haar, doch sonst glich sie Maria nicht.

»Wer ist der Vater?« fragte Vannoni.

Catia starrte auf das Fernsehbild, durch das eine Bahre geschoben wurde. Der Körper darauf war von einer Plane bedeckt. Als Vannoni das letzte Mal in Freiheit ferngesehen hatte, waren es fünf gewesen. Fünf Körper, fünf Bahren, fünf Planen.

»Wer? Wer ist der Vater?« fragte Vannoni.

Ein Politikergesicht in Großaufnahme sagte, daß das Attentat ein Anschlag auf den demokratischen Rechtsstaat gewesen sei.

»Dann ist er jetzt tot«, sagte Catia.

»Wer?«

»Der demokratische Rechtsstaat.«

Gut fünfzig Meter hangabwärts stand eine Gruppe von Ölbäumen. Es waren knorrige Stämme, aus denen ein paar Zweige mickrigen Grüns sprossen. Giorgio Lucarelli stapfte über die Gerstenstoppeln auf die Gruppe zu. Schon um elf Uhr vormittags glühte der Boden unter seinen Arbeitsschuhen. Die Luft flimmerte, und die Häuser von San Pietro schienen wie eine Fata Morgana über dem Hügelkamm im Süden zu schweben.

Im »Corriere Adriatico« hatten sie einen neuen Hitzerekord vorhergesagt. Und kein Tropfen Regen in Aussicht. Immerhin war die Gerste eingefahren. Der Weizen brauchte nur noch ein paar Tage, der würde es schaffen. Dann würde man weitersehen. Irgendwie ging es immer. Das dauernde Gejammere der anderen hatte Lucarelli noch nie ertragen können. Regnete es ein paar Tage nicht, sahen sie die Ernte vertrocknet, regnete es dagegen, sahen sie die Äcker davonschwimmen.

Lucarelli erreichte den ersten Olivenstamm. Der neu gepfropfte Trieb war gut angegangen. Drei Jahre würde es dauern, bis der Baum wieder trug, dann aber große, fleischige Eßoliven statt der kleinen, die fast nur aus Kern bestanden. Lucarelli klappte das Messer auf und begann die Austriebe unten am Stamm zu entfernen.

Auch bei der Sache mit Vannoni übertrieben die Leute. Sie hatten am Abend zuvor das Thema vermieden, solange er dabei war, aber Lucarelli hatte genau gespürt, daß sie felsenfest von einer bevorstehenden Katastrophe überzeugt waren. Als ob einer den anderen umbringen müßte, um selbst weiterleben zu können. Stellten sie sich ein Duell auf der Piazza vor wie in einem amerikanischen Western? Wie er, Giorgio Lucarelli, bewegungslos vor dem Palazzo Civico wartet. Aus der Gasse, die von der Kirche herabführt, hört man schwere Schritte. Matteo Vannoni tritt aus dem Schatten auf der anderen Seite der Piazza heraus und bleibt in zwanzig Schritt Entfernung stehen. Die Mienen beider sind regungslos. Ein Kind wird von der Mutter in einen Hauseingang gezerrt, die Fensterläden schlagen zu ...

Es war lachhaft. Lucarelli ging zum nächsten Baum und prüfte mit ruhiger Hand den Trieb. Vannoni und er würden nicht die besten Freunde werden, aber das mußte ja auch nicht sein. Sie würden sich aus dem Weg gehen, doch wenn sie sich begegneten, würden sie auch ein paar belanglose Worte wechseln können. Vannoni hatte Zeit genug gehabt nachzudenken. Damals war er einfach durchgedreht, das konnte Lucarelli nachvollziehen. Vielleicht wäre es ihm genauso gegangen, wenn er einen anderen mit Antonietta im Bett erwischt hätte. Aber nach fünfzehn Jahren aus dem Knast zu kommen, nur um einen zweiten Mord zu begehen und wieder – und diesmal wirklich für immer – einzufahren, so dumm konnte Vannoni nicht sein.

Alle Triebe hatten prächtig angeschlagen. Lucarelli würde die Bäume wässern, wenn die Trockenheit anhielt. Egal, ob es die Gemeinde verboten hatte. Er steckte das Messer ein. Er wischte sich den Schweiß von der Stirn und machte sich auf den Rückweg. Hangaufwärts.

Er hielt auf das verfallene Rustico zu, in dem der alte Godi gewohnt hatte. Der mußte auch schon zwanzig Jahre tot sein. Er war im Winter gestorben, allein, hatte nie mit irgend jemandem etwas zu tun haben wollen. Die Leiche war ein paar Tage herumgelegen und wäre vielleicht noch viel länger unentdeckt geblieben, wenn nicht Giorgios Vater Carlo die Tiere hätte brüllen hören. Ein Pferd, zwei Kühe und ein paar Schafe, die seit Tagen ohne Wasser und Futter im Stall eingesperrt waren. Furchterregend sei das Gebrüll gewesen, hatte sein Vater erzählt, und dann sei er hineingegangen und habe den alten Godi tot vor dem Waschbecken gefunden. Er habe die Tiere versorgt, das Pferd angespannt und Godis Leiche zum Pfarrer gefahren. Nein, es mußte schon mindestens fünfundzwanzig Jahre her sein. Giorgio war als Ministrant bei der Beerdigung dabeigewesen.

Die noch aufrechten Mauern des Hauses waren mannshoch von Dornengestrüpp überwachsen. Godis Erben wohnten irgendwo im Norden und ließen alles verkommen. Nicht ein einziges Mal waren sie hiergewesen. Die Obstbäume hatten die Lucarellis frei gehalten und geschnitten, erst Carlo und seit ein paar Jahren Giorgio. Mandeln, Pfirsiche und der weit ausladende Maulbeerbaum, in dessen Schatten Giorgio Lucarelli seine Wasserflasche abgestellt hatte. Er setzte sich auf den alten Hackstock vor dem Stamm und lehnte sich zurück. Die Wasserflasche stand links an einem Bruchstein. Lucarelli griff danach, umfaßte den Hals der Flasche, spürte durch das Plastik, daß das Wasser trotz des Schattens zu warm geworden war, dachte noch, daß ein kühles Bier jetzt … und hörte das Zischen.

Ein leises, kurzes Zischen in nächster Nähe. Ein bedrohliches einsilbiges Zischen, das wie »Halt!« klang. Lucarellis Finger erstarrten um den Flaschenhals. Ohne den Kopf zu bewegen, ließ er den Blick nach schräg unten wandern. Der Kopf der Viper war keine zehn Zentimeter von seinem Handgelenk entfernt. Es war ein dreieckiger schwarzer Kopf, genauso bewegungslos wie der schwarze Rumpf. Nur die Schwanzspitze zuckte nervös.

Lucarelli rührte sich nicht. Er konzentrierte sich darauf, leise und regelmäßig zu atmen. Wenn er nicht die Nerven verlor, würde nichts passieren. Vipern schlugen zu, wenn sie überrascht oder bedroht wurden. Wenn zum Beispiel eine Hand unvermittelt auf sie zufuhr. Den heikelsten Moment hatte Lucarelli schon überstanden. Jetzt hieß es nur zu warten, bis die Schlange sich sicher genug fühlte, um abzuhauen. Nur keine unbedachte Bewegung!

Die Viper rührte sich nicht. Als wäre sie festgenagelt.

Hau jetzt ab! dachte Lucarelli. Hau ab! Er spürte die Plastikflasche unterm Schweiß seiner Hand glitschig werden.

Der Kopf der Viper schwenkte ein wenig zur Seite. So, als suche sie sich den besten Winkel, um ihre Giftzähne in Lucarellis Handgelenk schlagen zu können. Die Viper zischte dreimal. Kurz, verkniffen. Es klang wie ein höhnisches Auflachen. Dann stand der Kopf wieder still. Lucarelli sah jetzt ihre Augen. Sie blickten kalt.

Lucarelli fühlte einen Schweißtropfen von seiner Stirn herabrinnen. An der Nasenwurzel blieb er stehen. Die Spur, die er hinterlassen hatte, schien sich in die Haut einzubrennen. Lucarelli spürte ein fast unwiderstehliches Bedürfnis, mit der Hand darüberzuwischen.

Und wenn die Viper zubiß? Er würde notdürftig abbinden. In zwanzig Minuten wäre er oben im Dorf, dann eine Viertelstunde mit dem Wagen bis zu Terracinis Praxis in San Lorenzo, oder gleich ins Krankenhaus nach Pergola. Dort hatten sie das Gegengift auf jeden Fall. In einer guten halben Stunde wäre er versorgt. Am Abend würde er die Geschichte lachend in der Bar erzählen. Es war alles halb so schlimm.

Die Viper rührte sich nicht.

Giorgio Lucarelli rührte sich nicht.

Was willst du eigentlich von mir? dachte er.

Die Augen der Viper blickten starr. Die Viper war schwarz wie der Tod.

Sag es mir! dachte Lucarelli. Los! Sprich mit mir, verdammtes Vieh! Sag mir, was du eigentlich von mir willst!

Die Viper züngelte schnell. Ihr Maul schien sich dafür gar nicht zu öffnen, doch Lucarelli sah klar und deutlich die gespaltene Zunge. Wie sie herausschoß und wieder zurückfuhr. Als hätte sie eine Verwünschung ausgespuckt.

Was? dachte Lucarelli. Was hast du gesagt?

Die Viper bewegte keinen Muskel. Sie wartete. Sie hatte Lucarelli etwas gesagt, und nun wartete sie auf eine Antwort. Plötzlich war er sich sicher, daß er jetzt den Mund aufmachen mußte. Erst wenn er mit ihr sprach, würde sie sich davonmachen.

Gut, dachte Lucarelli.

Was willst du hören? dachte er. Er würde irgend etwas sagen. Sie würden keine Freunde werden, die Viper und er, aber das mußte ja auch nicht sein. Lucarelli konnte mit jedem ein paar Worte wechseln. Warum nicht auch mit einer Schlange?

»Gut«, murmelte er, »ich werde jetzt meine Hand von der Flasche nehmen.

Ich werde sie langsam zurückziehen«, sagte er leise, »und du wirst dich nicht rühren.«

Die Viper rührte sich nicht.

Gut. Lucarelli hob erst den Zeigefinger an. Der Finger zitterte ein wenig. Die Viper sah zu. Mittelfinger, Ringfinger, kleiner Finger. Die Handfläche löste sich mit einem leisen Schmatzen vom Plastik. Die Viper brummte. Lucarellis Hand erstarrte in der Bewegung.

Ruhig! dachte er. Es ist nichts, dachte er. Er sah den Abdruck seiner Hand, der auf der Plastikflasche von den Rändern her schmolz.

Die Viper brummte.

Und schepperte.

Sie brummte und schepperte wie ein altes Auto, das über den Feldweg auf die Ruine von Godis Haus zuholperte.

Lucarelli machte keine ruckartige Bewegung. Er drehte nicht einmal den Kopf. Es war nur sein Blick, der unwillkürlich nach rechts schweifte. Dem Geräusch des sich nähernden Wagens entgegen. Ein kurzer Schwenk der Augen, die sofort wieder zurückschnellten, als ein heißer Stich durch Lucarelli fuhr. Eher ungläubig als erschrokken weiteten sich seine Pupillen, als sie die Viper in seinen Unterarm verbissen sahen, den Kiefer weit aufgesperrt, den dreieckigen Kopf so tief in seine Haut gegraben, daß er wie ein Tattoo aussah, den Rumpf steif und gestreckt wie ein Stock, wie eine seltsame schwarze Spritze, die unerbittlich ihr schwarzes Gift in Lucarellis Blutbahn drückte.

Es dauerte nur einen Augenaufschlag, bis die Viper losließ, doch Lucarelli bekam sie mit der linken Hand zu fassen. Er schrie nicht auf, sprang nicht in Panik hoch, er sah die Viper, er sah seinen Arm und fühlte sich verraten. Er hatte gedacht, sie hätten sich geeinigt, die Viper und er, doch er hatte sich getäuscht. Sie hatte ihn getäuscht. Ruhig beugte Lucarelli den Oberkörper nach unten, setzte den rechten Fuß knapp hinter den Kopf der Viper, legte alle Kraft in den Druck des genagelten Absatzes. Der Schwanz der Viper schlug noch zweimal, dann war Schluß. Sie war tot. Es war vorbei.

»Heimtückisches Vieh«, sagte Lucarelli. Er besah sich seinen Unterarm. Die Abdrücke der Giftzähne waren deutlich zu erkennen. Aus einem quoll langsam ein Blutstropfen. Die Bißstelle schmerzte nicht mehr als ein Wespenstich, aber Lucarelli glaubte zu spüren, wie das Gift durch seine Adern strömte.

Er zog das Hemd über den Kopf, bohrte sein Messer durch den Stoff, zog an und riß einen Streifen heraus. Er schlang ihn um den Arm oberhalb der Bißstelle. Mit der linken Hand und den Zähnen zog er zu, so fest er konnte.

Hinter Godis Haus erstarb der Motor des verfluchten Autos, das ihn abgelenkt hatte. Lucarelli hörte, wie die Wagentür sich öffnete und wieder zuschlug. Immerhin konnte er sich den Fußweg ins Dorf sparen. Er würde sich ins

Krankenhaus bringen lassen, und in spätestens zwanzig Minuten würden sie ihm das Gegengift spritzen. Mit der linken Hand schraubte Lucarelli die Wasserflasche auf. Er nahm einen tiefen Schluck.

Lucarelli hörte stapfende Schritte. Er wandte sich um und sah eine Gestalt durch Disteln und Brombeergestrüpp auf sich zukommen.

»Du?« fragte er.

Gegen dreizehn Uhr war das Risotto fertig. Bis dreizehn Uhr dreißig warteten die Lucarellis, dann entschied Antonietta, daß es genug sei. Ihr Mann erschien öfter mal zu spät zum Mittagessen, weil er angeblich irgendwelche Freunde getroffen habe. Ihr war es egal, solange sich Giorgio sein Essen selbst aufwärmte. Sie saßen zu fünft um den Tisch, Antonietta, die beiden Mädchen und die Schwiegereltern.

Um vierzehn Uhr dreißig räumte Antonietta den Teller, den sie für ihren Mann bereitgestellt hatte, in den Geschirrschrank zurück. Sie deckte den Topf mit dem Rest des Risottos ab und stellte ihn in den Kühlschrank. Dann ging sie ins Schlafzimmer und zog sich aus. Sie legte sich auf das Leintuch. Entlang eines Risses an der Zimmerdecke bröckelte der Putz ab. Giorgio mußte mal darüberspachteln. Es war stickig heiß. Antonietta konnte nicht einschlafen und stand um fünfzehn Uhr fünfzehn wieder auf. Die Schwiegereltern dösten irgendwo, und die beiden Mädchen stritten im Wohnzimmer. Es ging darum, ob man die neue Schallplatte von Laura Pausini mehr als dreimal hintereinander anhören dürfe. Giorgio war noch nicht da.

Es war zu heiß, um im Garten zu arbeiten. Antonietta fegte die Küche. Irgendwann kam Lidia Marcantoni vorbei und fragte, ob sie jemanden wüßte, der sonntags ab und zu die Orgel in der Kirche spielen würde. Dann wusch Antonietta Aprikosen und entsteinte sie. Sie wog Zucker ab und begann Marmelade einzukochen. Sie wurde immer sicherer, daß etwas nicht stimmte. Um siebzehn Uhr schickte sie ihre ältere Tochter Sabrina los, um nach Giorgio zu suchen. Sie sollte bei den gepfropften Ölbäumen beginnen, obwohl Antonietta bewußt war, daß Giorgio dort höchstens eine halbe Stunde zu tun gehabt hatte. Kurz vor halb sieben war Sabrina unverrichteterdinge wieder da.

Antonietta band die Schürze ab und fragte in der Bar nach. Ivan hatte Giorgio den ganzen Tag noch nicht gesehen. Als Antonietta zurück war und gerade den Fliegenvorhang vor der Tür zur Seite schob, bog Paolo Garzones Lieferwagen in die Piazza ein. Paolo hatte das Fenster ganz nach unten gekurbelt und rief Antonietta an. Seine Stimme klang nicht anders als sonst, doch Antonietta wußte sofort, was los war. Sie spürte es.

Die letzten Jahre hatten sie mehr oder weniger gut nebeneinanderher gelebt, sie und Giorgio. Da waren die Kinder, da war die Arbeit, der Alltag, sie hatten ab und zu gestritten, da war alles mögliche gewesen, was plötzlich völlig unwichtig erschien. Ganz von selbst verblaßten die letzten Jahre, zerfielen zu Staub und waren wie weggeblasen von der Abendbrise auf Capri, wo sie barfuß am Strand entlanggegangen waren und zusammen geschwiegen hatten. Glühendrot war die Sonne versunken und hatte dem Meer die glatte Haut eingefärbt. Antonietta hatte Muscheln gesammelt – es gab schöne Muscheln auf Capri, rote, schwarze, orangefarbene, sanft marmorierte im Perlmuttglanz –, und wenn sie eine besonders schöne gefunden hatte, hatte sie sie Giorgio gezeigt und sich dabei leicht an ihn gelehnt, und er hatte sie in den Arm genommen, und sie, sie war glücklich gewesen.

Paolo parkte den Wagen vor der Anschlagtafel der Gemeinde und stieg aus.

Capri war ein wunderbares Fleckchen Erde. Besonders für die Flitterwochen. Eigentlich war es nur eine Woche gewesen. Das bedauerte Antonietta mehr als alles andere.

Sie hätten sich wenigstens zwei Wochen gönnen sollen. Damals.

Antonietta spürte Paolos Hand sanft an ihrem Oberarm.

»Antonietta ...«, sagte Paolo mit rauher Stimme. Er sah sie verlegen an.

»Komm, setz dich irgendwo hin!« sagte er.

Sie schüttelte stumm den Kopf.

Paolo zog seine Hand von ihrem Arm zurück. Er nahm die Kappe ab.

»Ich weiß nicht, wie ich es sagen soll«, sagte er. Er kniff die Augen zusammen und starrte auf den Briefkasten, der an der Wand der ehemaligen Schule befestigt war. Das rote Blech leuchtete in der Abendsonne.

»Giorgio ist tot«, sagte Antonietta. Sie wußte nicht, ob in Giorgios letzten Sekunden noch einmal das ganze Leben vor seinen Augen abgelaufen war. Sie sah auf jeden Fall die Bilder aus ihren glücklichen Tagen vor sich, als wäre es gestern gewesen. Wie Giorgio sich stolz aufrichtete, als er nach Sabrinas Geburt den Olivenbaum gepflanzt hatte. Wie er ihr den viel zu teuren Diamantring an den Finger steckte, als er in der Lotterie gewonnen hatte. Wie er sie bei der Festa di San Lorenzo zum erstenmal zum Tanz aufgefordert hatte. Zu einem langsamen Walzer, bei dem er ihr zweimal auf die Füße getreten war. Giorgio war ein miserabler Tänzer gewesen. Antonietta lächelte.

»Es tut mir so leid«, brummte Paolo. Er zerknautschte die Stoffkappe zwischen seinen mächtigen Händen.

»Danke«, sagte Antonietta. Ihre Stimme klang falsch, tonlos, unbewegt. Es war ihr, als spräche jemand anderer.

»Er ist ...«

»Fahr mich hin!« sagte Antonietta. Sie wollte nicht wissen, wie es passiert war. Nicht jetzt.

Paolo Garzone nickte.

»Gib mir nur ein paar Minuten!« sagte Antonietta.

»Kann ich dir irgendwie ...?« fragte Paolo. Antonietta

ließ ihn stehen und ging ins Haus. Am Tisch saß ihr Schwiegervater Carlo über die Zeitung gebeugt. Antonietta konnte jetzt nicht mit ihm sprechen. Mit niemandem wollte sie jetzt sprechen.

»Giorgio ist tot«, sagte sie und huschte die Treppe hoch. Aus dem Schlafzimmerschrank holte sie ihre schwarze Bluse und einen schwarzen Rock. Sie zog sich um und setzte sich einen Augenblick aufs Bett, weil ihr vor den Augen flimmerte. Das Licht bricht in Stücke, das Licht bricht in Stücke, flüsterte eine fremde Stimme in ihr, doch Antonietta hatte keine Zeit, darüber nachzudenken. Sie mußte zu Giorgio, mußte ihn sehen. Sofort. Sie stand auf, lief zur Schlafzimmertür, drehte noch einmal um und riß die oberste Schublade der Kommode auf. Sie steckte den Diamantring, den Giorgio ihr geschenkt hatte, an den Mittelfinger. Neben den Ehering.

Am Fuß der Treppe stand Carlo. Antoniettas Blick streifte ihn nur kurz, doch sie wußte, daß er begriffen hatte.

»Was hast du gesagt?« fragte Carlo Lucarelli tonlos.

»Kümmert euch um die Mädchen!« sagte Antonietta. Sie drückte sich an ihm vorbei. Draußen wischte Paolo mit einem Lappen an der staubigen Scheibe seines Lieferwagens herum. Das Abendrot färbte den Himmel blutig. Paolo warf den Lappen ins Wageninnere und lief um den Kühler zur anderen Seite. Antonietta zuckte nicht, als aus dem Haus ein langer, gellender Schrei drang, der in einem tiefen, fast tierischen Gurgeln erstarb. Sie erkannte die Stimme von Giorgios Mutter Assunta erst, als ein an- und abschwellender Klagegesang einsetzte.

»Danke«, sagte Antonietta, als Paolo ihr die Beifahrertür aufhielt.

»Antonietta«, sagte Paolo, »es ist vielleicht nicht der richtige Moment, aber ich muß dir einfach sagen, daß ich dich von ganzem Herzen bewundere. Wie du das alles wegsteckst!«

»Fahr los!« sagte sie.

2

Selig, wer nie im Leben vom Fluch gekostet!
denn wo Gott ein Haus erschütterte, schwillt ihm
unablässig durch alle Geschlechter Unheil.

Sophokles: Antigone, Verse 583–585

Die Nachricht vom Tod Giorgio Lucarellis verbreitete sich wie ein Lauffeuer im Dorf. Jeder Tod war ein Unglück, doch es war ein Unterschied, ob ein Achtzigjähriger friedlich im Bett verschied oder ob ein Mann in den besten Jahren an einem Vipernbiß krepierte. Niemand konnte sich an einen ähnlichen Vorfall erinnern. Nur Costanza Marcantoni behauptete, daß es lange vor dem Krieg in San Vito einen Fünfundzwanzigjährigen auf die gleiche Weise erwischt habe. Und das sei nur der Anfang einer Serie von Unglücksfällen gewesen, die über das Dorf auf der gegenüberliegenden Hügelkette hereingebrochen wäre.

»Ein schlechtes Omen«, murmelte Costanza Marcantoni kopfschüttelnd vor sich hin.

Wenn ihr auch niemand Gehör schenken wollte, so gab es doch manch einen, der neben der Bestürzung über den Tod Lucarellis auch Unbehagen, ja einen Anflug von Schauder fühlte, weil der Vorfall in seiner Banalität so unbegreiflich schien. Sicher, die Vipern waren dieses Jahr besonders gefährlich, doch ein starker, gesunder Mann wie Giorgio Lucarelli starb nicht so schnell an einem Schlangenbiß.

Immer wieder wurde nachgefragt, und immer wieder schilderte Paolo Garzone, wie er Lucarelli gefunden hatte, den Biß am Unterarm abgebunden, eine verkrustete Platzwunde am Kopf, der ganze Körper verkrampft, kein Atem, kein Puls, nichts, er sei schon kalt geworden. Am Waldrand habe er gelegen, kurz vor der kleinen Brücke, ein paar Schritte vom Feldweg entfernt, der zu dem verlassenen Gehöft führte, in dem früher Milena Angiolinis Großonkel gewohnt habe. Garzone sei nach der Arbeit dorthin gefahren, um nachzusehen, ob die Pumpe aus dem Brunnenhäuschen noch funktioniere, und auf dem Rückweg habe er Giorgio Lucarelli am Waldrand liegen sehen. Er mache sich Vorwürfe, denn wenn er ihn schon auf dem Hinweg bemerkt hätte, wäre vielleicht noch Hilfe möglich gewesen. Er habe Giorgio auf den Beifahrersitz gehievt und ins Krankenhaus gefahren, obwohl er wußte, daß nichts mehr zu machen war. Der Arzt im Pronto Soccorso habe überhaupt keine Wiederbelebung versucht, sondern sofort die Behörden angerufen.

Man nickte im Dorf, als ruchbar wurde, daß der Vater des Toten auf einer Obduktion bestand. Carlo Lucarelli hatte am Abend das ehemalige Pfarrhaus betreten und sich die Nacht über dort eingeschlossen. Am Morgen kam er mit versteinertem Gesicht heraus, setzte sich auf seine alte Ducati und fuhr in die Stadt. Alle wußten, daß er stur wie ein Maulesel sein konnte. Er würde erst zurückkommen, wenn ihm die Todesursache offiziell und zweifelsfrei bestätigt worden wäre. Oder eben widerlegt. Bis dahin mußte man abwarten.

Die Männer des Dorfs erledigten, was unaufschiebbar war, doch ab elf Uhr saßen die meisten im Schatten der Esche vor der Bar. Was es zu sagen gab, wurde gesagt. Dann verebbte das Gespräch in einsamen, dumpfen Grübeleien. Als würde die Hitze Gedanken und Stimmbänder lähmen. Es waren die Frauen von Montesecco, die die Ärmel aufkrempelten. Sie erkannten, was zu tun war, teilten sich wie selbstverständlich die Aufgaben, ohne auch nur ein Wort darüber zu verlieren.

Es schien fast, als hätten sie eine solche Katastrophe schon lange erwartet und sich gewissenhaft darauf vorbereitet. Vielleicht lag es auch am Erbe der Jahrhunderte, in denen sie nicht viel zu sagen gehabt hatten. Sie waren den Entscheidungen der Väter, Männer, Brüder unterworfen gewesen, seit sie denken konnten, sie waren in eine passive Rolle gedrängt worden und hatten Tag für Tag, Jahr für Jahr gelernt, damit umzugehen. Für sie war es nichts Neues, Situationen zu bewältigen, für die sie nichts konnten und die wie aus heiterem Himmel auf sie einstürzten. Das geschah schließlich andauernd. Der Alltag bereitete sie auf die großen Schicksalsschläge vor, sei es nun eine Zwangsheirat vor zweihundert Jahren, sei es, daß der Mann das Familienvermögen beim Glücksspiel in einer Nacht durchbrachte oder der Tod in der Nachbarschaft einkehrte.

Und so übernahmen die Frauen das Dorf. Lidia Marcantoni und Fiorella Sgreccia, die beiden Alten, wichen Giorgios Mutter Assunta nicht von der Seite. Sie stützten sie auf dem Weg zur Kirche, zündeten für sie die Kerzen vor dem Bild der Jungfrau und vor dem Kruzifix am Seitenaltar an, beteten zusammen einen Rosenkranz, beteten noch einen zweiten. Auf dem Rückweg hakten sie sich bei Assunta unter, folgten ihr ins verdunkelte Zimmer und redeten ihr tröstend zu, wenn die Trauer um den einzigen Sohn in Weinkrämpfen herausbrach. Als Assunta Lucarelli endlich in einen unruhigen Schlaf verfiel, wachte die alte Marcantoni am Fuß ihres Bettes. Fiorella Sgreccia würde sie drei Stunden später ablösen.

Marta Garzone begleitete Antonietta Lucarelli in die Stadt. Paolo Garzone hatte sich angeboten, Antonietta herumzufahren, doch Marta hatte ihm den Autoschlüssel aus der Hand genommen und gesagt, daß es mit Herumfahren nicht getan sei.

»Zuerst müssen wir mit dem Bestattungsunternehmen verhandeln und den Pfarrer verständigen. Die Kränze sind zu bestellen. Die Todesanzeige muß entworfen und in Druck gegeben werden. Dann wartet das Meldeamt, die Lebensversicherung und und und.«

Paolo hatte irgend etwas gebrummt, und Marta hatte gesagt, sosehr sie seine kräftigen Arme schätze, wenn es darum gehe, die Zwanzig-Liter-Weinballons in den Vorratsraum der Bar zu tragen, müsse er doch zugeben, daß sie nun mal besser organisieren könne.

Antoniettas Haushalt wurde zur öffentlichen Angelegenheit. Elena Sgreccia hatte das Kommando übernommen. Sie räumte auf, putzte die Küche auf Hochglanz und koordinierte die Aufgaben der anderen Frauen. Marisa Curzio brachte eine Schüssel voll dampfender Tagliatelle al ragù zum Mittagessen, während Milena Angiolini ihren Schminkkoffer anschleppte und die beiden Mädchen den ganzen Nachmittag mit Wimperntusche und Lippenstiften von Zartrosa bis Dunkelviolett beschäftigte.

Sogar Costanza Marcantoni schaute gegen Abend vorbei. Sie erzählte Sabrina und Sonia die Geschichte vom Sprovengolo, einem katzenartigen Wesen, das sich nachts auf den Bauch der Schlafenden setze und für Magengrimmen sorge. Der Sprovengolo habe Haare aus purem Gold, und wer ihn zu fassen bekomme, wäre sein Lebtag lang reich und glücklich, doch sei es noch keinem gelungen, denn der Sprovengolo sei schnell wie der Blitz.

Auf der Kommode stand links ein Reiher aus bunt schimmerndem Muranoglas und rechts eine leere Blumenvase. Wie Altarkerzen umrahmten sie die drei Fotos dazwischen. Auf zweien davon posierten Brautpaare. Das ältere zeigte in verblaßten Sepiatönen Vannonis verstorbene Eltern, und auf dem anderen sahen sich Elena und Angelo Sgreccia verliebt in die Augen. Auf dem Foto im rechten Rahmen war Catia zu erkennen. Sie stand in einem weißen Kleid vor einem verschwommenen Hintergrund und umklammerte mit beiden Händen eine viel zu große Kerze. Sie hatte dünne Beinchen, und ihre Füße in den weißen Schuhen waren ein wenig nach innen gedreht. Daß sie von schräg oben abgelichtet worden war, ließ sie noch verlorener aussehen. Sie kniff die Lippen zusammen, so daß ihr Mund einem dünnen Strich glich.

»Das war bei ihrer Erstkommunion. Nach der Kirche haben wir im Nido dell'astore gegessen und sind dann ins

Fiabilandia gefahren«, sagte Angelo Sgreccia. »Es war ein schöner Tag.«

Das Fiabilandia war ein Märchenpark bei Rimini. Matteo Vannoni hatte davon gehört. Sicher war das für ein achtjähriges Mädchen ein schöner Tag gewesen. Vannoni fragte: »Sie ist jetzt gar nicht da?«

Angelo zuckte die Schultern und setzte ein Du-weißt-doch-wie-die-jungen-Mädchen-heute-sind-Lächeln auf. Vannoni wußte es nicht. Er hatte keine Ahnung, wie die jungen Mädchen von heute waren. Und er kapierte schon gar nicht, was seine Tochter bewogen haben konnte, gerade dann zu fliehen, wenn die Sgreccias ihn zum Essen einluden.

»Setz dich, Matteo!« sagte Angelo. Er wies auf einen Stuhl am gedeckten Tisch. Vannoni stützte sich mit beiden Händen auf die Lehne und sah zu, wie Angelo ein Glas mit Weißwein füllte.

»Wo sitzt ihr normalerweise?« fragte Vannoni.

»Was?«

»Habt ihr feste Plätze am Tisch?«

»Stell dich nicht so an!« sagte Angelo. Er selbst schenkte sich Wasser ein.

»Ich möchte niemandem etwas wegnehmen«, sagte Vannoni. Es klang verbitterter, als er es gemeint hatte. Er setzte sich. Angelo schob ihm das Glas Wein zu.

»Auf die alten Zeiten!« sagte er. Vannoni nickte, sie tranken sich zu und stellten die Gläser ab. Aus der Küche war das Klappern von Kochgeschirr zu hören. Es roch nach ausgelassener Salsiccia und Kräutern. Fünfzehn Jahre lang hatte Vannoni sein Essen in die Zelle geliefert bekommen. Er hatte fast vergessen, daß Kochen eine Tätigkeit war, die man hören und riechen konnte.

»Kannst du dich an Tacchinardi erinnern, der uns in der Scuola Media immer ellenlange Gedichte von d'Annunzio auswendig lernen ließ? Wir verstanden jedes zweite Wort nicht, geschweige denn den Sinn«, sagte Angelo.

»Tacchinardi?« fragte Vannoni. Das war der Fettwanst gewesen, der seine Patschhände kaum hinter dem Rücken verschränken konnte. Natürlich erinnerte sich Vannoni, doch interessierte ihn kaum etwas weniger als die alten Schulgeschichten. Er bezweifelte, daß Angelo sie so überaus spannend fand. Nein, es war nur Geplauder. Hielt Angelo nicht einmal ein paar Sekunden Schweigen aus, wenn er mit ihm allein im Raum war? Oder wollte er nur verhindern, daß das Gespräch auf Catia zurückkam?

»Der ist jetzt auch tot«, sagte Angelo. »Herzinfarkt. Während des Unterrichts. Und ich dachte, er wäre schon längst pensioniert.«

Vannoni starrte auf den Fernseher, der unter der Zimmerdecke an der Wand befestigt war. Die Mattscheibe war schwarz. Nein, eher eine Mischung aus Grau und Dunkelgrün. Unwillkürlich suchte Vannoni auf dem Bildschirm nach eingebrannten Schatten, die ihn das letzte Bild, das zu sehen gewesen war, erraten ließen. Er wußte, daß das nicht möglich war. Er fragte sich, wieso Angelo »auch tot« gesagt hatte.

»Ciao, Bruderherz«, sagte Elena. Sie stellte eine Schüssel mit Pasta in die Mitte des Tischs. Dann wischte sie ihre Hände an der Schürze ab und küßte Vannoni links und rechts auf die Wange.

Auch tot. Natürlich bezog sich das auf Giorgio Lucarelli. Das ganze Dorf sprach von nichts anderem. Obwohl Vannoni jeden Kontakt mied, hatte er die Neuigkeit von seinem Fenster aus mitbekommen. Daß Giorgio gestorben war, ließ Vannoni seltsam teilnahmslos. Er war nicht einmal besonders überrascht gewesen. Da er glaubte, es sich schuldig zu sein, hatte er in sich hineingehört, nach Mitgefühl, Bedauern, heimlicher Befriedigung, hämischem Triumph geforscht, doch er hatte nichts von alldem gefunden. Da war nur Leere gewesen, ein Achselzucken. Giorgio war tot. Na und?

»Weißt du noch, wie wir Tacchinardi Reißnägel auf den

Stuhl gelegt haben? Er hat sich daraufgesetzt und ist stur sitzen geblieben. Keine Miene hat er verzogen, keinen Ton gesagt. Wir dachten, es hätte nicht geklappt, doch heute bin ich mir sicher, daß er sich nur keine Blöße geben wollte. So war Tacchinardi.«

Vannoni wußte, daß es keinen Grund gab, sich aufzuregen. Angelo versuchte nur, rücksichtsvoll zu sein. Er hatte sich wahrscheinlich vorgenommen, den Abend mit harmlosen Kindheitsgeschichten über die Runden zu bringen. Das »auch tot« war nur ein Versprecher gewesen, ein kleines, klebriges Mißgeschick beim Versuch, das Gespräch in Zuckerwatte zu packen. Vannoni meinte die Regeln nachklingen zu hören, die Angelo vorher ausgegeben hatte: Die Bluttat an Maria ist tabu, kein Wort von Giorgio, so wenig wie möglich über Catia, bloß keine heiklen Themen!

Mit einem Schöpflöffel teilte Elena die Nudeln aus. Es waren Rigatoni pasticciati, nur daß das Hackfleisch in der sahnigen Sauce durch Salsicciastückchen ersetzt worden war.

»Parmigiano?« fragte Elena.

Vannoni schüttelte den Kopf. Er nahm die Gabel und stocherte in seinem Teller herum.

»Magst du Rigatoni nicht mehr?« fragte Elena.

»Doch«, sagte Vannoni. Er steckte ein paar Nudeln in den Mund. Er kaute.

»Ich war kürzlich mal dort«, sagte Angelo. »Sie haben unsere alte Schule immer noch nicht renoviert. Kein Geld, sagt die Kommune. Man sollte mal nachsehen, ob noch zu finden ist, was wir damals in die Bänke geschnitzt haben.«

Blitze, einen Rundparcours für die Kügelchen aus den Füllerpatronen, Sprüche wie »Gott ist tot«, pfeildurchbohrte Herzen, die Initialen diverser Mädchen. Vannoni brauchte nicht nachzusehen. Er sagte: »Freut ihr euch schon auf Catias Kleines?«

Angelo nahm sich eine dick geschnittene Scheibe Weißbrot und brach sie auseinander.

»Sie hat es dir gesagt?« fragte Elena.

»Nett von ihr, nicht?« sagte Vannoni. »Nur spielt sie mir im Moment noch unbefleckte Empfängnis vor.«

»Wir wissen auch nicht mehr«, sagte Angelo. Das Weißbrot bröselte zwischen seinen Fingern.

»Mit wem geht sie denn üblicherweise ins Bett?« fragte Vannoni. Er spießte ein paar Nudeln auf.

»Was sollen wir denn tun?« fragte Angelo.

»Du kannst sie nicht zwingen«, sagte Elena. »Catia nicht.«

»Wir müssen ihr Zeit geben«, sagte Angelo.

»Du auch«, sagte Elena. »Und du mußt ihr zeigen, daß du hinter ihr stehst.«

Es waren Floskeln. Hilfloses Gewäsch. Die beiden taten sich leicht, doch Vannoni war Catias Vater. Er hatte einiges gutzumachen. Er hatte sie zu lange vernachlässigt, um Probleme jetzt einfach aussitzen zu können. Er sagte: »Die Rigatoni sind ausgezeichnet. Gibt es auch noch ein Secondo?«

»Hör zu, Matteo«, sagte Elena. »Wir haben Catia alles gegeben, was wir ihr geben konnten. Du hast es nicht für nötig befunden, dich mal zu bedanken, und das verlangen wir auch gar nicht, denn wir haben es gern getan. Und wir werden es auch weiterhin tun.«

»Aber deine Vorwürfe kannst du dir sparen«, sagte Angelo.

»Es geht um Catia. Es nützt ihr nichts, wenn wir drei uns jetzt ...«, sagte Elena.

»Bevor du auf treusorgenden Vater machst, schau erst mal, daß du mit dir selbst klarkommst!« sagte Angelo.

Vannoni legte die Gabel in den Teller. Er stand auf und warf einen Blick auf Catias Foto neben der Blumenvase. Ein fremdes, verkniffenes kleines Mädchen mit Kommunionkerze. Vannoni sagte: »Herzlichen Dank für die wirklich ausgezeichneten Rigatoni!«

Er ging zur Tür. In seinem Rücken hörte er Elenas Stimme. Sie rief ihm nach: »Matteo ...!«

Carlo Lucarelli blieb die ganze Nacht und den nächsten Tag aus, ohne etwas von sich hören zu lassen. Als endlich sein Motorrad schwer den Berg heraufknatterte, stand die Mondsichel über Nidastore, und ein Stern nach dem anderen bohrte sich durch den schwärzer werdenden Himmel. Die Glühwürmchen unterhalb der letzten Häuserreihe blinkten ihnen geheime Botschaften zu.

Als der alte Lucarelli in die Piazza einbog und vor seinem Haus bremste, waren schon die Nachbarn zusammengeströmt. Lucarelli stieg ab, bockte die Ducati auf, zog seine Jacke aus und drückte sie Assunta in die Hand.

»Vipernbiß«, sagte er. »Die Todesursache ist eindeutig und ausschließlich der Vipernbiß, sagen sie. Das Gift hat zu Herzversagen und Atemstillstand geführt. Die Wunde am Kopf hat nichts damit zu tun. Wahrscheinlich sei er gestürzt und auf einen Stein geschlagen, sagen sie, aber mehr als eine Gehirnerschütterung könne das nicht bewirkt haben. Fremdeinwirkung ist nicht nachweisbar. Es war die Viper, sagen sie.«

Die Grillen zirpten ihr Lied, das zur Sommernacht gehört wie die Dunkelheit selbst. Es war ein Unglück gewesen. Eine besonders giftige Viper. Kein Mensch konnte etwas dafür. Man konnte niemanden zur Rechenschaft ziehen. Man mußte sich damit abfinden.

Assunta strich die Jacke glatt und legte sie zusammen. Die anderen blickten Carlo Lucarelli an. Er war ein alter Mann. Haupthaar und Schnurrbart waren schlohweiß, der Rücken krumm. Schon vor Jahren hatte er an Giorgio übergeben und sich aus dem Dorfleben mehr und mehr zurückgezogen. Doch noch immer hatte sein Wort Gewicht. Und alles, was er tat.

Er blickte von einem zum anderen, doch sie verstanden erst, als er Sgreccia zur Seite schob, den Kreis der Nachbarn durchquerte und mit langsamen Schritten Richtung Bar ging, statt im eigenen Haus zu verschwinden und sich mit seinem Schmerz einzuschließen. Sie verstanden, daß sich der alte Mann mit gar nichts abgefunden hatte. Die Ärzte, die Polizisten und wer auch immer konnten sagen, was sie wollten, doch Carlo Lucarelli hatten sie nicht überzeugt.

Nicht nur aus Neugier folgten sie ihm, nach links, die Gasse hoch, sie spürten die Entschlossenheit dieses buckligen alten Männchens und wurden von ihr fast magnetisch mitgezogen, an den geschlossenen Läden von Pozzi vorbei, dem Americano, der erst in ein paar Tagen für seinen üblichen Sommeraufenthalt nach Montesecco zurückkehren würde, an Curzios Haus vorbei, aus dem Marisa trat und sich anschloß, als wäre das eine heilige Pflicht, Carlo Lucarelli nach, der mit seinen O-Beinen unbeirrt ausschritt und oben um die Ecke der Kapelle bog.

Der Platz vor der Bar war verwaist, nur Matteo Vannoni saß auf der Brüstung, rauchte eine Zigarette und schaute auf das Lichterfeld des Friedhofs hinunter. Zwei Tage lang hatte er sich hier nicht sehen lassen, nein, fünfzehn Jahre plus zwei Tage. Lucarelli blieb stehen.

Vannoni wandte sich um. Er sagte: »Mein Beileid, Carlo.«

Lucarelli zögerte. Er antwortete nicht, nickte nur kurz und setzte sich an den Tisch unter der vorderen Esche. Zusätzliche Stühle wurden aus der Bar herangeschafft. Bald saßen alle, Angelo Sgreccia neben Marisa Curzio, Antonietta neben Paolo Garzone, Marta, Ivan, der alte Marcantoni, seine Schwester Costanza. Wohl zum erstenmal, seit es die Bar gab, war das ungeschriebene Gesetz aufgehoben, das die Männer unter sich bleiben ließ und den Frauen die Randplätze zuwies. Niemand schien es zu bemerken. Alle warteten darauf, was Carlo Lucarelli zu sagen hatte.

Lucarelli sagte: »Verbrecher gibt es überall. Sie sitzen in der Regierung und verprassen das Geld, das sie uns aus der Tasche gezogen haben. Sie sitzen in den Ämtern und lassen sich für jede Baugenehmigung schmieren. Sie sitzen in den Baufirmen und stellen Krankenhäuser hin, die nach einem Jahr wieder zusammenfallen. Sie gehen in Sizilien von Laden zu Laden und schlagen alles klein, wenn einer kein Schutzgeld zahlt. Sie sitzen bei der Polizei, zucken die Achseln und lachen dich aus, wenn du sagst, daß dein Sohn ermordet worden ist. Verbrecher gibt es überall. Warum sollte sich nicht auch einer zu uns nach Montesecco verirrt haben?«

»Giorgio ermordet?« Angelo Sgreccia fragte so vorsichtig nach, als fürchte er, die Worte könnten ihm die Kehle verstopfen.

»Wer sollte denn ...?« Ivan brach ab.

»Sicher, es ist merkwürdig, daß er ...«, sagte Marisa Curzio, »... aber niemand würde doch mit einer Viper ...«

»Es war doch ein Vipernbiß, oder?« fragte Lidia Marcantoni.

Der alte Lucarelli wischte sich über die Stirn. »Es hat Stunden gedauert, bis Giorgio tot war. Sechs, sieben Stunden mindestens. Das hat mir der Arzt bestätigt. Paolo hat ihn gegen Abend gefunden, aber er muß schon am Vormittag gebissen worden sein.«

Paolo Garzone nickte.

»Und?« fragte Lidia Marcantoni.

»Sechs, sieben Stunden!« sagte Lucarelli.

»Was hat er so lange getan?« fragte Angelo Sgreccia.

»Warum hat er nicht Hilfe geholt?« fragte Marta Garzone.

Zustimmendes Gemurmel wurde laut. Carlo Lucarelli hob die Hand und sagte: »Ja, warum hat er nicht Hilfe geholt? Ich frage mich das, und ihr fragt euch das auch. Aber es gibt immer zwei Seiten. Man kann alles so oder so sehen. Oder?«

»Es ist doch ganz klar, daß ...«, sagte Ivan Garzone.

»Nicht, Matteo?« fragte der alte Lucarelli. Er blickte zu dem Mann auf dem Mäuerchen hin.

» … daß Giorgio unmöglich sieben Stunden …« Ivan verstummte. Wie alle anderen starrte er Matteo Vannoni an.

»Was meinst du dazu? Als einer von außen?« fragte Lucarelli. »Als einer, der sich mit Mord und Totschlag auskennt?«

»Laßt ihn in Ruhe!« sagte Elena Sgreccia.

»Matteo?« fragte der alte Lucarelli.

»Ich war mit Giorgio im reinen«, sagte Vannoni. Er schnippte die Zigarettenkippe weg. »Schön«, sagte Lucarelli. »Wenn du mit ihm im reinen warst, dann hilfst du sicher mit, den zu finden, der nicht mit ihm im reinen war. Sag, was du meinst!«

Die Grillen sangen, der Mond sichelte über den Hügelkamm von Nidastore, und vom Friedhof blinkten die Lichter herauf.

Es war schwer zu begreifen, warum Vannoni nicht einfach aufstand und nach Hause ging. Meinte er, es sei feige abzuhauen? Er war jetzt einer von außen, doch Montesecco war einmal genauso sein Dorf gewesen wie das aller anderen. Vielleicht wollte er zeigen, daß er hierhergehörte. Daß er sich seinen Platz zurückzuerobern gedachte. Er sagte: »Vielleicht hat Giorgio keine Hilfe geholt, weil er nach dem Biß stürzte, mit dem Kopf gegen einen Stein prallte und ohnmächtig wurde.«

»War Giorgio vielleicht nur ohnmächtig?« Es klang hämisch, als Carlo Lucarelli die Vermutung wiederholte. So, als wolle er sie zum Abschuß freigeben.

»Sieben Stunden lang ohnmächtig?« Paolo Garzone murrte als erster.

»Das gibt es nicht«, sagte jemand.

»Da findest du eher eine ehrliche Haut in der Regierung.«

»Er war verletzt«, sagte Vannoni, »er konnte nicht …«

»Er hatte eine Platzwunde«, unterbrach Franco Marcantoni, »nicht zwei gebrochene Beine.«

»Und er ging normalerweise auch nicht auf dem Kopf.«

»Er war benommen«, sagte Vannoni. »Vielleicht wollte er Hilfe holen, hat sich aber verlaufen, und dann begann das Gift zu wirken. Er wurde immer schwächer.«

»Giorgio war keiner von außen.«

»Er lebte vierzig Jahre hier.«

»Er kannte jeden Grashalm im Umkreis von zehn Kilometern.«

»Selbst wenn er das Gedächtnis komplett verloren hätte, wären seine Beine allein nach Hause gelaufen.«

Von allen Seiten prasselten die Gegenargumente auf Vannoni ein und verfestigten die Meinung, die er in Frage stellte. In der vereinten Abwehr seiner Einwände verflüchtigten sich die Zweifel, baute sich die gemeinsame Front auf, die die Dorfbewohner dem unbegreiflichen Tod entgegenzusetzen gedachten. Doch noch war sie zu sehr Gefühl, zu sehr bloß Wort, um wirklich halten zu können. Sie verlangte nach Fleisch und Blut, nach einem Gegner, der bewies, daß man auf der richtigen Seite stand, wenn man sich nur klar von ihm abgrenzte. Das Dorf brauchte einen Sündenbock, und es schien, als habe Carlo Lucarelli ihm schon den Namen Matteo Vannoni gegeben.

Vielleicht spürte Vannoni das. Vielleicht verleitete ihn sein Gespür dazu, zu sagen, was nicht hätte gesagt werden dürfen. Nicht an diesem Abend. Und vor allem nicht von ihm.

Vannoni sagte: »Und wenn er gar keine Hilfe holen wollte?«

»Was?« fragte Antonietta. »Was hast du gesagt?«

»Nichts«, sagte Vannoni, doch seine Worte tanzten wild durch die Abendluft, hallten von der Kirchenfassade wider, von der Kapellenmauer, hin und her, sie fielen von den Bäumen nieder und flatterten unter den Stühlen hervor. Und sie hatten sich in die Köpfe eingenistet. Sie waren da, sie waren überall.

»Sag, was du gemeint hast!« sagte Paolo Garzone drohend.

»Wenn er sieben Stunden Zeit gehabt hat, Hilfe zu holen, und es nicht getan hat, dann wollte er vielleicht keine«, sagte Vannoni. »Vielleicht kam es Giorgio gerade recht, daß er von einer Viper gebissen wurde. Vielleicht hat er sich sogar absichtlich beißen lassen. Komm, Viper, da, mein nackter Arm, beiß zu! Vielleicht wollte er sterben und hat nur keinen Mumm gehabt, sich eine Kugel in den Kopf zu jagen. Vielleicht ...«

»Hör auf!« sagte Elena, doch Vannoni war nicht mehr zu stoppen. Er wurde lauter.

»... vielleicht hielt er es für angenehmer, sich stundenlang in Giftkrämpfen zu Tode zu quälen, als mir unter die Finger zu kommen, und vielleicht ...«

Vannoni sprang von dem Mäuerchen herab und schrie: »... und vielleicht, vielleicht, vielleicht hatte er damit sogar verdammt recht!«

Vannoni spuckte aus, bahnte sich einen Weg durch die Sitzenden, stürmte den Weg rechts vom Gedenkstein zu Ehren Don Iginos hinauf und verschwand im Dunkel. Der Grillengesang beherrschte die Nacht. Antonietta Lucarelli saß wie tot auf ihrem Stuhl.

Carlo Lucarelli sagte: »Wenn er Giorgio umgebracht hat, wird er dafür büßen. Und wenn es das letzte ist, was ich in diesem Leben zu Ende führen werde.«

Dann sagte Paolo Garzone: »Und außerdem: Hätte sich Giorgio denn nach dem Biß den Arm abgebunden, wenn er sterben wollte?«

Matteo Vannoni spürte etwas an seinem Arm rütteln. Er fuhr hoch, wußte nicht, wo er war, erinnerte sich dann, zum Schlafen eine Decke auf den Steinfliesen des Wohnzimmers ausgebreitet zu haben. Einen Moment lang glaubte er, Maria kauere im Dunkel neben ihm. Er brauchte ein wenig, bis er die Stimme einordnen konnte, die ihm zuflüsterte: »Warst du es?«

»Catia?« Vannoni fragte sich, was sie hier wollte. Mitten

in der Nacht. Sie hatte sich geweigert, zu ihm zurückzukommen. Sie hatte gesagt, sie wolle vorläufig weiterhin bei den Sgreccias wohnen.

»Hast du Giorgio umgebracht?« fragte Catia.

»Was?«

»So wie meine Mutter damals?«

»Nein«, sagte Vannoni und merkte im selben Augenblick, daß das zuwenig war, daß es nicht überzeugend klang, daß auch ein Mörder nichts anderes gesagt hätte, und er wollte hinzusetzen, daß er sie ja verstand, sie und ihre Verbitterung, daß es ihn aber trotzdem unendlich traurig stimmte, wie seine eigene Tochter von ihm dachte, aber er sagte nur: »Deswegen weckst du mich mitten in der Nacht?«

»Ich muß es wissen.«

Sie muß es wissen, dachte Vannoni und spürte, wie sich die Trauer in seinem Inneren langsam verwandelte, heißer wurde, in einem Gedanken aufglühte, den er sofort zum Teufel wünschte, der trotzdem in seinem Hirn Feuer fing, in beißender Wut aufloderte und herausflammte: »War er es? Hat er dich geschwängert?«

»Weich nicht aus!« sagte Catia.

»War es Giorgio Lucarelli?«

»Das geht dich nichts an.«

»Es geht mich nichts an, wenn sich meine Tochter mit diesem Schwein von Lucarelli im Bett gewälzt hat? Das geht mich nichts an? Weißt du, was du für mich bist? Du bist ...« Vannoni brach ab. Es konnte nicht sein. Es durfte einfach nicht sein. Nicht mit Giorgio Lucarelli. Catia war Vannonis Tochter. Sie wußte, was geschehen war. Und wenn sie sich mit jedem im Dorf eingelassen hätte, mit Lucarelli nicht.

Catia setzte sich auf die Fliesen, mit dem Rücken gegen die Kommode. Der Mond war schon untergegangen, aber durch die offene Tür verirrten sich von irgendwoher Reste verblaßten Lichts ins Zimmer und malten graue Konturen ins Schwarz. Catia hatte den Kopf zurückgelegt.

»Es tut mir leid«, sagte Vannoni, »es ist nur, daß ich ... Du bist schwanger, und ich will nicht, daß sich die Leute auch über dich das Maul zerreißen.«

»Die Leute?« Catia lachte auf. »Soll ich dir sagen, was mich die Leute können?«

»Catia!«

»Die Leute!« Catia sprang auf, machte zwei Schritte zur Tür und brüllte aus Leibeskräften in die Nacht hinaus: »He, Leute! Wollt ihr euch das Maul zerreißen? Ich bin schwanger, ich bin schwanger, ich bin schwanger!«

Wer nicht eh schon wach gewesen war, wurde durch Catias Geschrei geweckt. Die kleine Paty Garzone schlüpfte zu den Eltern ins Bett. Lidia Marcantoni bekreuzigte sich, und ein paar Häuser weiter murmelte ihre Schwester Costanza vor sich hin: »Schwanger. Das habe ich mir doch gleich gedacht.«

Angelo Sgreccia sprang aus dem Bett, zog schnell eine Hose über und lief zu Vannoni.

»Komm, Catia!« sagte er, so sanft es ihm möglich war. »Komm nach Hause!«

Er legte den Arm um ihre Schulter und führte sie nach draußen. In der Tür wandte er sich um und sagte zu Vannoni: »Hast du ihr nicht schon genug angetan?«

Elena Sgreccia erwartete sie am Küchentisch und sagte, daß das nicht so weitergehen könne. Als Catia wortlos in ihr Zimmer verschwand, begann sie in der Küche herumzuräumen. Angelo Sgreccia legte sich ins Bett und starrte ins Dunkel.

Auch in den anderen Häusern war an ruhigen Schlaf kaum zu denken. Sabrina Lucarelli beweinte fast die ganze Nacht hindurch ihren Vater, ohne sich von ihrer Mutter oder den Großeltern trösten zu lassen. Sie schien erst jetzt begriffen zu haben, daß er tot war. Marisa Curzio träumte von Mördern, die hinter ihr her waren, und schreckte dreimal schweißgebadet hoch, was vielleicht auch daran lag, daß sie vor dem Zubettgehen alle Fenster und Türen verrammelt hatte. In ihrem Häuschen am Ortsrand legte Costanza Marcantoni Tarotkarten. Obwohl sie wußte, daß es nicht statthaft war, das Schicksal eines ganzen Dorfes zu erfragen, bestätigten ihr die Karten, was sie schon vermutet hatte: Montesecco standen schlimme Zeiten bevor.

Es war, als wäre der Sprovengolo nachts durch Montesecco geschlichen und hätte es sich auf einem Magen nach dem anderen bequem gemacht. Daß es trotzdem keinem gelang, ihn zu fassen, war wohl ein Glück, denn diese Nacht wären seine Haare sicher nicht aus Gold gewesen. Eher schon aus schwarzen Gedanken und zuckenden Vipern.

Nur Paolo Garzone schlief bis halb acht Uhr durch. Dann stand er auf und rasierte sich sorgfältig. Er kämmte sich. Er bürstete die Fingernägel. Er zog das blaue Hemd mit den weißen Längsstreifen an, das ihn schlanker wirken ließ. Er nahm sich vor, irgendwann einmal etwas wirklich Elegantes zu kaufen. So, wie man es heute trug.

Er sah auf die Uhr und fand, daß es noch etwas zu früh sei. Aber in der Werkstatt wollte er auch nichts anfangen, wenn er die Finger schon mal sauber hatte. Paolo füllte Wasser und Espressopulver in die Caffettiera, stellte sie auf den Gasherd und drehte die kleinste Flamme auf. Einen Kaffee konnte er vertragen. Essen würde er nichts. Er frühstückte nie viel, und an diesem Morgen würde er gar nichts herunterbringen.

Der Kaffee war hochgestiegen und blubberte im oberen Teil der Caffettiera. Paolo drehte das Gas ab. Er trank den Espresso schwarz, ohne Zucker. Die leere Tasse stellte er in die Spüle. Dann verließ er das Haus. Er schlenderte so langsam wie möglich zur Piazza hinab, doch für die paar Meter konnte man nun mal nicht lange brauchen. Er klopfte. Antonietta machte selbst auf. Sie trug Schwarz. Die dunklen Haare hatte sie streng zurückgebunden. Ihre Lippen waren blaß und zitterten leicht. Ihre Haut war bleicher als sonst, wirkte zarter. Milch und Honig.

»Ich wollte mich entschuldigen«, sagte Paolo. Die ersten Sätze hatte er sich zurechtgelegt. Dann würde er weitersehen.

»Wofür?« fragte Antonietta. Ihre schwarzen Augen waren wie Brunnenschächte, die sich im Nichts verloren, doch ganz tief glaubte Paolo verhaltene Funken glimmen zu sehen. Antonietta war immer eine schöne Frau gewesen, doch jetzt sah sie schöner denn je aus. Paolo fragte sich, ob es ungehörig war, das zu denken.

»Darf ich reinkommen?«

Antonietta zögerte. »Ich weiß nicht. Assunta geht es gar nicht gut, und die Mädchen haben die ganze Nacht ...«

»Klar«, sagte Paolo, »kein Problem.«

Er hätte nicht fragen sollen. Er wollte nicht aufdringlich wirken.

»Wofür wolltest du dich entschuldigen?« fragte Antonietta.

»Daß ich Vannoni gestern abend nicht sofort das Maul gestopft habe.«

Täuschte er sich, oder war da der Schatten eines Lächelns in Antoniettas Gesicht?

»So darf er nicht reden«, sagte Paolo. »Nicht vor dir.«

Er sah nach unten. Die Schuhe hätte er putzen sollen. Seine Füße wären davon allerdings auch nicht zierlicher geworden. Er war nun mal ein Riesenbaby. Und ein einfacher Handwerker. Ein Mann von Welt würde er nie werden. Er atmete tief durch. Er sollte jetzt etwas Nettes sagen. Ein paar Worte, die zeigten, daß sie immer auf ihn zählen konnte. Er sagte: »Ich bringe Vannoni um, Antonietta. Du brauchst es nur zu sagen.«

Costanza Marcantoni trippelte die Landstraße entlang, die auf dem Kamm nach Westen führte. Sie trug einen geflochtenen Korb mit sich. Bei der Hitze blühte nicht mehr viel, doch ein paar Kräuter fanden sich immer. Die wollte sie sammeln, wenn sie schon so weit gehen mußte.

»Ein feines Kräutersüppchen, ein feines Kräutersüppchen«, singsangte Costanza im Takt ihrer Schritte. Die Morgenluft duftete nach Wacholder und Rosmarin. Costanza bekreuzigte sich, als sie das Wegkreuz am Straßenrand passierte.

Sie war über eine Stunde unterwegs, als sie an der Abzweigung anlangte, die zum verfallenen Hof der Angiolinis führte. An den sandigen Stellen des Wegs waren Reifenspuren zu erkennen. Bald näherte sich der Weg dem Waldrand auf die Entfernung, die Paolo Garzone angegeben hatte. Hier irgendwo mußte er Giorgios Leiche gefunden haben.

»Jetzt Augen auf!« sagte sich Costanza.

»Noch vor der Brücke«, murmelte sie. Es waren nur knapp hundert Meter, die in Frage kamen. Costanza ging die Strecke dreimal ab. Wenn es etwas zu finden gegeben hätte, dann hätte sie es gefunden. Aber sie fand nichts. Natürlich war es denkbar, daß Giorgio die Viper nicht erschlagen hatte, doch das glaubte Costanza nicht. Wenn einer wie Giorgio gebissen wurde, dann kam die Schlange nicht lebend davon. Natürlich war es auch denkbar, daß sich die Krähen an der toten Schlange gütlich getan hatten, doch das glaubte Costanza ebenfalls nicht. Zumindest zerhackte Reste müßten sich noch finden lassen.

»Nein, nein.« Costanza schüttelte den Kopf. »Es war nicht hier. Er ist anderswo gebissen worden.«

Neben der Brücke kletterte sie die Böschung hinab, zog Schuhe und Strümpfe aus und kühlte die Füße im Wasser des Bachs.

»Aber wo?« fragte sie sich. Sie rastete eine halbe Stunde und machte sich dann grummelnd auf den Weg. Sie ließ sich Zeit, sammelte Salbei, Hühneraugenkraut und Hernie, die gut gegen Leistenbrüche und Bandscheibenbeschwerden wirkte, wenn man sie kleinhackte, mit wenig Wasser zu einem Brei verkochte und auf die betreffende Stelle auftrug.

Costanza wußte, daß manch einer im Dorf sie hinter vorgehaltener Hand als Hexe bezeichnete. Das machte ihr nichts aus. Sie betrachtete es eher als Anerkennung, denn schon ihre Großmutter war so genannt worden, und sie war die Frau gewesen, die das Dorf zusammengehalten hatte. Von ihr hatte Costanza gelernt, was zu lernen war, und das war nicht wenig gewesen. Man mochte sich über ihre Mittelchen lustig machen, doch wenn die Tabletten des Arztes nicht anschlugen, wenn sich ein Heilungsprozeß gar zu lang hinzog, dann schlichen sie doch alle zu ihr und baten um Hilfe. Beim Kartenlegen war es ebenso. Dafür, daß angeblich niemand an den Humbug glaubte, hatte sie ziemlich viel Kundschaft.

Gegen Mittag zog der Himmel zu. Über den östlichen Hügeln bildeten sich lichtweiße Wolken, die sich auf ihrem Weg landeinwärts zu dichten grauen Klumpen ballten. Noch immer lag drückende Schwüle über den Feldern, auch wenn die Sonne nicht mehr durchstach. Die Erde lechzte vergeblich nach Wasser. Abregnen würde es erst am Monte Catria.

Costanza ging an der Zufahrt zum Dorf vorbei, den Berg hinab, bekreuzigte sich, als sie den Friedhof passierte. Lucarelli war gegen Mittag gebissen worden. Hatte er nicht am Vormittag nach seinen Oliven sehen wollen? Bald war Costanza an den Ölbäumen angelangt, schaute, grummelte, strich geduldig in immer größer werdenden Kreisen über das Stoppelfeld. Nichts.

Erst auf dem Rückweg sah sie die Wasserflasche unter dem Maulbeerbaum auf dem Grundstück des alten Godi. Und dann ein Stück schwarze Schlangenhaut, das unter einem Haufen schwerer Steine hervorschimmerte. Vorsichtig legte Costanza die tote Viper frei. Beziehungsweise das, was noch von ihr übrig war.

»Das habe ich mir doch gleich gedacht«, murmelte sie. Vipern konnten fliegen, das wußte jedes Kind. Doch das galt nur für lebende Schlangen. Tote Vipern flogen nicht, sie schlängelten sich nirgendwo hin, sie blieben liegen, wo sie gestorben waren.

Nein, die Viper hatte Giorgio hier erwischt. Und wenn er nur ein wenig bei Sinnen gewesen war, dann war er nicht anderthalb Stunden zu einer Stelle gelaufen, wo er nichts verloren hatte. Also hatte ihn irgendwer dorthin geschafft.

Aber warum? dachte Costanza. Sie bückte sich. Schmeißfliegen stoben auf. Costanza packte den Schlangenkadaver am Schwanz und legte ihn in ihren Korb.

Amtlicherseits blieben keine Fragen offen, und so war Giorgios Leichnam freigegeben worden. Assunta hatte darauf bestanden, ihn im Wohnzimmer der Lucarellis aufzubahren, wo sie die Nacht über wachen wollte. Erst am Morgen sollte er zur Totenmesse in die Kirche gebracht und dann zum Friedhof überführt werden. Eine Aufbahrung zu Hause war in Montesecco längst nicht mehr üblich, doch wenn Assunta es so wollte, kamen natürlich alle, die Sgreccias, die Garzones, die Curzios, Marcantonis und Angiolinis, sogar Matteo Vannoni. Sie warfen einen Blick auf die noch vom Kleister feuchte Todesanzeige an der Anschlagtafel und betraten das Haus der Lucarellis, um ihre Aufwartung zu machen.

Die Lucarellis saßen stumm an der Nordwand des Wohnzimmers aufgereiht. Der Eßtisch war hinausgeschafft worden. An seiner Stelle stand der offene Sarg, davor flackernde Kerzen und eine Vase mit roten Rosen. Der Tote trug einen schwarzen Anzug und ein weißes Hemd. Die Hände lagen übereinander und hielten ein kleines Kreuz. Trotz der Schminke, die der Leichenbesorger aufgetragen hatte, wirkte das Gesicht wächsern.

Die kleinen Kinder klammerten sich an ihre Eltern, erschrocken über die Stille, die sie so gar nicht gewohnt waren, und die Erwachsenen spürten, wie sich eine seltsame Beklemmung in ihnen breitmachte. Je mehr sie sich mühten, im toten Körper dort ihr Bild von Giorgio Lucarelli wiederzufinden, desto weniger gelang es. Was vor ihnen lag, war nicht der Giorgio, mit dem sie gelacht, gestritten und gefeiert hatten. Es war eine Puppe, eine Maske, die ein wenig aussah wie Giorgio Lucarelli. Etwas Fremdes hatte sich in seinen Zügen eingenistet, etwas so ganz und gar Fremdes, daß es die Trauer erstickte, und manch einer fragte sich mit Schrecken, ob er auch so aussehen würde, wenn er an der Reihe wäre.

Einer nach dem anderen kam und ging und nahm ein Stück Tod mit, ins eigene Haus, wo es weiterwirkte, die Zungen lähmte, die Gespräche erstickte. Auch wenn sich Müdigkeit nicht recht einstellen wollte, ging man früh zu Bett, starrte ins Dunkel über sich und hörte der Stille zu, die in Monteseccos Gassen lag und den gewohnten Grillengesang wie in Watte packte.

Am Morgen war nur noch eine dumpfe Ahnung davon da, wie sie Träume zurücklassen, deren Bilder schneller verblassen, als man braucht, um wach zu werden. Jeder hatte zu tun, mußte dieses und jenes erledigen, bevor man sich und die Kinder für die Totenmesse in Schale warf. Es war Marta Garzone, die es als erste sah. Sie ließ die Abfalltüten, die sie zum Container am Ortseingang tragen wollte, stehen und verständigte ihren Mann Ivan. Als sie zusammen zur Piazza zurückeilten, stand schon Lidia Marcantoni da und zeigte aufgeregt auf die Anschlagtafel. Neben der Ankündigung der Gemeinde, daß ab sofort aufgrund der anhaltenden Trockenheit das Wasser zwischen zweiundzwanzig und sechs Uhr rationiert werde, hing die Todesanzeige. Mit Mühe konnte man den gedruckten Text noch lesen:

Am Abend des 13. Juli wurde Giorgio Lucarelli *allzufrüh der Zuneigung der Seinen entzogen. In unermeßlicher Trauer bleiben zurück die Eltern Carlo und Assunta, die Ehefrau Antonietta, die Töchter Sonia und Sabrina sowie alle Verwandten.*

Die Totenmesse wird am 18. Juli um 9.00 Uhr in der Gemeindekirche von Montesecco stattfinden, die Beerdigung anschließend auf dem örtlichen Friedhof.

Auf der linken Seite des Plakats war ein schwarzes Kreuz abgebildet, das von kunstvoll verschlungenen Phantasiepflanzen umrankt wurde. Weniger kunstvoll waren die dicken roten Druckbuchstaben, die quer über das Plakat geschmiert worden waren: VV LA VIPERA!

»Evviva la vipera, hoch lebe die Viper!« las Lidia Marcantoni halblaut, als könne sie ihren alten Augen nur trauen, wenn sie auch hörte, was da geschrieben stand.

»Um Gottes willen!« sagte sie dann.

»Verdammte Schweinerei!« sagte Ivan.

»Und das am Tag der Beerdigung«, sagte Marta.

»Das sind Verbrecher«, sagte Ivan, »da nützt Einsperren gar nichts. Die sollte man ...«

»Weil der Respekt fehlt«, sagte die alte Marcantoni, »und die Moral. Zu meiner Zeit war das anders, aber wen wundert es, wenn sie im Fernsehen nichts als halbnackte Flittchen zeigen.«

»Was hat denn das Fernsehen damit zu tun?« fragte Ivan.

»Na, woher kommt es denn, daß die jungen Leute keine Moral mehr haben? Schau dir doch die kleine Vannoni an! Schreit in der Nacht herum, daß sie schwanger ist. Ist das vielleicht Moral?«

»Die kann von mir aus alle fünf Monate schwanger werden, aber das ...«, sagte Ivan.

»Wißt ihr, was passiert, wenn das die Lucarellis sehen?« fragte Marta.

»Wir übermalen es einfach. In der gleichen Farbe. In Rot«, sagte Ivan.

»Quatsch!« sagte Marta, doch Ivan war schon bei Curzios und klopfte, um nach Farbe zu fragen.

»Quatsch!« sagte auch Marisa Curzio. »Dann sieht es aus, als hätten die Kommunisten geputscht.«

»Ja und?« hielt Ivan dagegen. »Es gibt Schlimmeres. Zum Beispiel, wenn da klar und deutlich steht: Hoch lebe die Viper!«

»Abreißen!« riet Paolo Garzone, der von irgendwoher aufgetaucht war. Mit seinen massigen Fingern zupfte er unbeholfen am oberen Rand des Plakats herum.

»Hol lieber einen Spachtel!« sagte Marta.

»Bevor du einen Krampf in den Fingerchen bekommst«, sagte Ivan.

Paolo brummte irgend etwas, doch er setzte sich in Bewegung und war kurz darauf mit einem Werkzeugkasten zurück. Bedächtig klappte er ihn auf und holte einen Spachtel heraus.

»Hast du keinen breiteren?« fragte Marta.

»Irgendwo schon«, sagte Paolo und kramte tief in seinem Kasten.

»Los, gib her!« sagte Ivan. Er nahm den Spachtel. »Die Technik zählt, nicht die Größe. Stimmt's, Marta?«

»Ist seiner wirklich so klein, Marta?« Marisa Curzio kicherte.

»Klein?« Ivan warf sich in die Brust. »Wenn du zwanzig Jahre jünger wärst, Marisa, würde ich dir mal zeigen ...«

»Jetzt mach schon!« sagte Marta.

»Klein!« Ivan schüttelte den Kopf. Dann setzte er den Spachtel an der rechten unteren Ecke des Plakats an. Er kratzte unangenehm übers Metall der Anschlagtafel, doch das Papier löste sich ein Stück weit. Ivan stocherte nach, riß einen Fetzen mit der linken Hand ab, schabte weiter. Nach und nach beseitigte er die Information über Ort und Zeit der Totenmesse und arbeitete sich schon zum unteren Rand des Wortes »Viper« vor, als er mit dem Spachtel abrutschte.

»Verdammt«, knurrte er und hielt sich den blutenden Finger.

»Die Technik zählt, was?« sagte Marisa Curzio.

»Das kommt von der Flucherei«, sagte die Marcantoni in der eigenwilligen Interpretation des Zusammenhangs von Ursache und Wirkung, die ihr eigen war.

»Laß mich mal!« sagte Marta, doch Ivan gab den Spachtel nicht ab.

»Was ist denn hier los?« fragte eine Stimme hinter ihnen. Mit den beiden Mädchen an der Hand stand Antonietta Lucarelli vor ihrem Haus. Durch den Fliegenvorhang folgten Carlo und Assunta. Die Erwachsenen trugen Schwarz, Sabrina und Sonia hatten blaue Sommerkleider an.

»Nichts ist los«, sagte Ivan.

»Gar nichts«, sagte Lidia Marcantoni.

Paolo Garzone richtete sich vor der Anschlagtafel zu voller Größe auf und ließ die breiten Arme neben dem Körper hängen. Marisa Curzio rückte dicht an ihn heran. Sie stellte sich auf die Zehenspitzen, blieb aber dennoch einen Kopf kleiner. Das Doppel-V von Evviva schien wie ein blutrotes Geweih aus ihrem Haar zu sprießen. Die Lucarellis standen stumm vor ihrer Haustür.

»Geht ruhig schon mal zur Kirche hoch!« sagte Lidia Marcantoni.

»Der Pfarrer wollte noch etwas mit euch besprechen, glaube ich.« Marta stieß Ivan in die Seite.

»Ja, hat er gesagt«, sagte Ivan.

»Vorhin«, sagte Paolo.

»Klang ziemlich wichtig«, sagte Ivan.

»Wir kommen dann nach«, sagte Lidia.

»Bis gleich!« sagte Marisa Curzio.

Antonietta Lucarelli musterte den offenen Werkzeugkasten auf dem Pflaster. Sie sah den Spachtel in Ivans Hand. Ein Papierfetzen, auf den schwarze Buchstaben in Kursivschrift gedruckt waren, lag vor seinen Füßen. Ivan lächelte verlegen.

»Geht zur Seite!« sagte Antonietta und ließ die Hand Sonias los.

»Es ist nichts von Bedeutung«, sagte Marta.

»Nichts, worüber man sich aufregen müßte«, sagte Marisa Curzio.

»Gib uns fünf Minuten, und es ist überhaupt nie dagewesen«, sagte Ivan.

»Bitte, Antonietta!« sagte Paolo Garzone.

»Los, bewegt euch!« sagte Antonietta. Paolo ging auf sie zu, doch sie schob ihn zur Seite. Zögernd gaben auch die anderen den Blick frei. Ein Viertel der Todesanzeige fehlte. Vom ausgefaserten unteren Rand hingen Papierfetzen. Darüber höhnten rote Druckbuchstaben: Hoch lebe die Viper!

Keiner der Lucarellis sagte etwas. Das Schweigen fühlte sich unheimlich an. Für unendliche Augenblicke schien es, als hätte die rote Schrift die Sprache selbst beschädigt, als müsse man erst nach neuen, ganz anderen Wegen suchen, um sich seinen Mitmenschen mitzuteilen. Es war eine Erleichterung für alle, als Assunta sich auf die Türschwelle sinken ließ, die Hände vors Gesicht schlug und zu schluchzen begann. Carlo Lucarelli beugte sich zu seiner Frau hinab und strich ihr unbeholfen übers weiße Haar. Mit einer heftigen Handbewegung wehrte sie ihn ab.

Der alte Lucarelli richtete sich langsam auf. Mit mühsam beherrschter Stimme sagte er: »Es wird ihr das Herz brechen.«

»Wieso dieser Haß?« Antonietta sprach zu sich selbst. »Woher kommt dieser unbändige, maßlose Haß? Über den Tod hinaus. Giorgio war kein Engel, alles andere als das, aber ...«

»Ich schabe das Plakat ab«, sagte Ivan und setzte den Spachtel wieder an. »In fünf Minuten ist es geschehen, und ...«

»Nein!« krächzte Carlo Lucarelli.

»... und dann rufen wir in der Gemeinde an, daß sie einen schicken, der hier neu plakatiert ...«

»Nein!« wiederholte der alte Lucarelli heiser. »Es bleibt

so, wie es ist. Alles bleibt, wie es ist. Giorgio wird heute nicht beerdigt. Er wird so lange nicht beerdigt, bis wir den haben, der das verbrochen hat. Ich werde dieses Schwein Buchstaben für Buchstaben ablecken lassen, bevor ich ihm den Schädel einschlage und das kranke Gehirn vor dem Sarg meines Sohnes zerstampfe. Und dann, dann erst wird Giorgio begraben.«

Ivan ließ den Spachtel sinken. Lidia Marcantoni bekreuzigte sich. Alle spürten, daß Carlo Lucarelli es todernst meinte. Ohne ein weiteres Wort drehte er sich um, fingerte den Schlüssel ins Zündschloß seiner Ducati, startete sie mit zwei harten Fußtritten, stieg mühsam auf und fuhr los. Blauer Rauch schwebte über der Piazza, als Lucarelli um die Biegung verschwunden war.

Kaum eine halbe Stunde später traf der Pfarrer aus Pergola ein. Niemand hielt es für nötig, ihn auf die verunstaltete Todesanzeige aufmerksam zu machen. Zwar glaubte man nicht, daß Carlo Lucarelli einlenken würde, doch konnte und wollte es ihm niemand abnehmen, den Pfarrer selbst über die vertagte Beerdigung zu informieren. Lidia Marcantoni bot sich an, den Geistlichen hinzuhalten, bis der Alte zurückkehrte, und nutzte die Gelegenheit, eindringlich neue Kirchenbänke einzufordern, die es auch betagteren Gläubigen ermöglichten, an der heiligen Messe in gebührender Weise teilzunehmen.

»Gewiß«, sagte der Pfarrer. »Sobald wir ein wenig Geld zur Verfügung haben, werden wir das anpacken.«

»Wir brauchen uns nicht wundern, wenn der Kirche die Leute davonlaufen«, sagte Lidia Marcantoni vorwurfsvoll. »Das sind unhaltbare Zustände.«

»Ja«, sagte der Pfarrer, »das sollten wir nach der Beerdigung genauer …«

»Kommen Sie, Hochwürden! Sie müssen sich selbst ein Bild machen!« drängte Lidia und dirigierte den Pfarrer mit sanfter Gewalt zur Kirche hinauf.

»Aber ich muß noch kurz mit den Hinterbliebenen ...«, protestierte der Pfarrer.

»Nur einen Moment!« sagte Lidia und sperrte die Kirchentür auf. Am Altar standen frische Blumen, und das Lesepult war ein wenig zur Seite gerückt worden, um Platz für einen Sarg zu schaffen, der nun doch nicht hierhergebracht werden würde. Zumindest nicht jetzt. Lidia Marcantoni schlug mit dem Daumen ein paar schnelle Kreuzzeichen über Stirn und Brust. Sie zog den Pfarrer in die hinterste Kirchenbank auf der Frauenseite, stützte sich auf der Rückenlehne vor ihnen ab, kniete nieder und lud den Pfarrer ein, es ihr gleichzutun.

»Nun, Hochwürden?« fragte sie.

»Na ja«, sagte der Pfarrer, »es ist eine Holzbank, aber ehrlich gesagt ...«

»Sie ist hart wie Stein!« sagte Lidia. »Sie ist uneben und drückt an den Knien. Sie ist am Rand abgeschlagen, so daß sich Fiorella Sgreccia vor ein paar Wochen einen Splitter eingezogen und nur dank Gottes Erbarmen keine Blutvergiftung eingefangen hat. Außerdem ist dieses lebensgefährliche Brett viel zu tief angebracht. Man kommt überhaupt nicht mehr hoch.«

Der Pfarrer stand auf.

»Nicht jeder ist so sportlich wie Sie, Hochwürden«, sagte Lidia. Ächzend erhob sie sich und begann aufzuzählen, wer im Dorf unter Rheuma und Ischias litt. Der Pfarrer folgte der immer ausführlicher werdenden Erläuterung der gesundheitlichen Probleme älterer Menschen mit schwindender Langmut. Obwohl Lidia ihr Bestes gab, konnte sie den Pfarrer nicht mehr in der Kirche halten. Sie fragte sich, wo Carlo Lucarelli blieb. So verständlich sein Schmerz und seine Verbitterung waren, ging es doch nicht an, daß er mit dem Motorrad durch die Gegend fuhr, während der Pfarrer hier im Dorf auf die Beerdigung seines toten Sohnes drängte.

Auf dem Weg zur Piazza hinab hörten Lidia und der

Pfarrer, wie sich Motorengeräusch vom Ortseingang näherte, doch nicht Carlo fuhr vor, sondern ein Wagen der Polizia Stradale. Die beiden Polizisten stiegen aus und fragten nach dem Haus der Lucarellis. Lidia wies auf die Eingangstür, und einer der Polizisten klopfte. Sabrina öffnete. Der Polizist starrte das Mädchen an, das mit verweinten Augen und verkniffenem Mund in der Tür stand.

Der andere Polizist räusperte sich und sagte: »Ist jemand zu Hause?«

»Außer dir?« fragte der erste.

»Deine Mutter zum Beispiel?« fragte der zweite.

Sabrina nickte wortlos und verschwand im Haus. Kurz darauf erschien Antonietta. Sie war ganz in Schwarz gekleidet.

»Ja?« fragte sie.

»Es ist ...«, sagte der eine Polizist.

»Es ist wegen Herrn Lucarelli«, sagte der andere.

»Ja«, sagte Antonietta. Ihre Hand tastete nach dem Türrahmen. Am Ringfinger steckte der goldene Ehering. Antoniettas Stimme klang belegt, als sie fragte: »Haben Sie über die Todesursache meines Mannes etwas herausgefunden?«

»Sie wissen Bescheid?« fragte der erste Polizist.

»Unser aufrichtiges Beileid!« sagte der zweite.

»Danke«, sagte Antonietta. Sie sah von einem zum anderen.

»Sie können uns glauben, daß es auch für uns eine traurige Pflicht ist ...«

»Es war Mord, nicht?« sagte Antonietta. Ihre Lippen zitterten.

Die beiden Polizisten warfen sich einen kurzen Blick zu. Dann fragte der eine behutsam: »Geht es Ihnen gut, Signora? Wollen Sie sich vielleicht irgendwo setzen?«

»Haben Sie eine Ahnung, wer es getan hat?« fragte Antonietta mühsam beherrscht.

»Beruhigen Sie sich!« sagte der erste Polizist.

»Es war ein Unfall«, sagte der zweite.

»Nichts deutet auf Fremdeinwirkung hin«, sagte der erste.

»Und wieso ist er dann Stunden um Stunden da draußen geblieben, ohne Hilfe zu holen?« Man sah Antonietta an, daß sie nicht wußte, was die beiden eigentlich von ihr wollten. Wieso sie gekommen waren, wenn sie keine neuen Erkenntnisse hatten. Was sie selbst verbrochen hatte, um so gequält zu werden.

»Nein, nein, er muß sofort tot gewesen sein«, sagte der erste Polizist.

»Er ist mit dem Kopf gegen eine Steineiche geprallt«, sagte der zweite.

»Ohne Helm.«

»Er ist in einer Linkskurve zwischen Mezzanotte und Pergola von der Straße abgekommen.«

»Wahrscheinlich wegen überhöhter Geschwindigkeit.«

»Was?« fragte Antonietta.

Der erste Polizist sagte: »Signora, hören Sie mir bitte genau zu: Ihr Mann Carlo Lucarelli ist bei einem Unfall mit seinem Motorrad ums Leben gekommen.«

»Aber Carlo ist doch ...« Antonietta verstummte. Sie starrte den Polizisten ungläubig an. Wenn es wahr wäre, müßte dann nicht die Erde beben, so daß kein Stein auf dem anderen bliebe? Würde dann nicht die Sonne vom Himmel fallen und die Trümmer auflodern lassen? Müßte dann nicht der Haß Gott vom Thron stoßen und sich höhnisch lachend darauf niederlassen?

»Signora?« fragte der erste Polizist.

»Das ist nicht wahr.« Antonietta schüttelte den Kopf. »Das kann nicht wahr sein. Sagen Sie, daß es nicht stimmt!«

»Es tut uns leid«, sagte der Polizist.

Antoniettas Blick irrte über das Pflaster der Piazza. Ein paar Meter weiter hing eine ausgefranste Todesanzeige an der Anschlagtafel der Gemeinde. Sie war mit roten Buchstaben besprüht, die den Tod eines Menschen bejubelten und den eines zweiten herbeigeführt hatten. Wortlos schlug Antonietta die Tür zu und schloß sich im Dunkel ihres Hauses ein.

»Signora!« Der zweite Polizist klopfte zaghaft.

»Lassen Sie sie!« sagte Lidia Marcantoni. Sie berichtete den Polizisten, daß mit Carlo der Vater des vor kurzem umgekommenen Giorgio Lucarelli verunglückt war. »Und ausgerechnet am Tag der geplanten Beerdigung!«

Die beiden Polizisten hatten es so eilig wegzukommen, als befürchteten sie, das Unglück dieser Familie könne sie anstecken. Dennoch wußte Minuten später ganz Montesecco von Carlo Lucarellis Unfalltod.

Man schwieg, reagierte wie betäubt. Die professionellen Trostfloskeln, zu denen der Pfarrer in seiner Hilflosigkeit griff, bewirkten nur, daß sich die allgemeine Stimmung gegen ihn wandte. Er hatte hier sowieso nichts mehr verloren. Natürlich konnte man Giorgio nicht in der geplanten Weise beerdigen, wenn sein Vater, statt hinter dem Sarg herzugehen, gerade selbst ins Leichenschauhaus transportiert wurde. Das war auch dem Pfarrer klar, doch da er nun mal in Montesecco war, bot er sich an, einen Gottesdienst zu halten oder den Hinterbliebenen im Gespräch Trost zu spenden. Die Lucarellis ließen ausrichten, daß sie sich zu beidem nicht in der Lage fühlten, und so fuhr der Pfarrer wieder ab, nicht ohne Lidia Marcantoni beauftragt zu haben, eine gemeinsame Totenmesse und eine Doppelbestattung der beiden Lucarellis anzuregen.

Daß er damit nur die diesmal verlorene Zeit hereinholen wolle, mochte eine aus tiefsitzendem Antiklerikalismus gespeiste Unterstellung Franco Marcantonis sein, denn der Pfarrer konnte ja schließlich nicht wissen, was das ganze Dorf als Vermächtnis des alten Lucarelli anerkannte: Bevor nicht geklärt war, wer die Todesanzeige verunstaltet und vielleicht sogar Giorgios Tod mit verursacht hatte, würde keine Beerdigung stattfinden. Weder die von Giorgio noch die von Carlo.

»Es war Carlos letzter Wunsch«, sagte sogar Gianmaria Curzio, der mit Carlo seit einem Streit vor vielen Jahren nicht mehr gesprochen hatte, und alle stimmten zu, obwohl sie sich bewußt waren, daß es sich eher um eine schreckliche Verwünschung als um einen Wunsch gehandelt hatte. Vielleicht lag dem das Bedürfnis zugrunde, Carlos letzte Worte im nachhinein abzumildern und so seinen Unfalltod nicht als postwendende Strafe des Schicksals für den ungeheuerlichen Racheschwur verstehen zu müssen, zu dem sich der Alte verstiegen hatte. Nein, schon ein Verkehrsunglück war schlimm genug, man wollte nicht auch noch mit einem Gott zu rechnen haben, der Tag und Nacht auf Montesecco herabsah, jede Äußerung abwog und zürnend eingriff, sobald ihm etwas mißfiel.

Der Himmel war stahlblau. Wie an den Tagen zuvor stach die Sonne zur Mittagsstunde herab und ließ die Mauern erglühen, doch der Schatten des Todes hatte sich zwiefach über das Dorf gelegt und in jeder Ritze eingenistet. Am stärksten zu spüren war er im verdunkelten Wohnzimmer der Lucarellis, wo Giorgios Leiche wächsern im offenen Sarg lag, und von da drang er durch Mauern und Wände, fiel über alles und jeden her, erschwerte das Atmen und vernebelte die Augen. Wie eine Seuche hatte er sich ausgebreitet und verlangte nach einem wundersamen Heilmittel, das jedoch niemand zu kennen schien.

Tod und Schicksal, maßloser Haß, Viperngift und versteckter Mord, Rachegelübde und Motorradunfälle, ein strafender Gott, zwei Leichen, die man nicht beerdigen durfte – es war zuviel. Wer sollte auch nur versuchen, all das zu begreifen? Wer konnte damit schon umgehen? In Montesecco hatte man genug damit zu tun, den Alltag zu bewältigen, man war es nicht gewohnt, schwarze Gedanken stunden- und tagelang hin und her zu wälzen. Es würde sowieso zu nichts führen.

Und so begann, ohne daß man sich darüber abgesprochen hätte, einer nach dem anderen, seine gewohnten Tätigkeiten wiederaufzunehmen. Milena Angiolini füllte Pastateig in die Nudelmaschine. Marta Garzone kontrollierte die Bestände ihrer Eistruhe, bevor sie telefonisch die neue Bestellung durchgab. Paolo Garzone schrieb Rechnungen für die Installationsarbeiten, die er während der letzten beiden Wochen in Pergola und Bellisio durchgeführt hatte. Angelo Sgreccias Mutter Fiorella stickte. Lidia Marcantoni putzte die Messingkerzenständer in der Kirche, während ihre Schwester Costanza selbstgesammelte Knospen des Besenginsters wie Kapern einlegte.

Alle machten sich an die Arbeit, und auch wenn es niemandem ganz gelang, die dumpfen Schatten loszuwerden, so wich doch allmählich das Gefühl der Lähmung, das so übermächtig erschienen war. Es war möglich, etwas zu tun, und sei es nur, Blumen zu gießen, Salat zu ernten oder den Abfall zum Container zu tragen. Der immer gleiche Alltag, über den man so oft jammerte, half über das Schlimmste hinweg, er erweckte neue Kraft, neuen Willen, sich nicht widerstandslos allem auszuliefern, was auf Montesecco herabprasselte. Und mehr noch, er zeigte den Weg, wie man Widerstand leisten konnte: Man mußte einfach mit beiden Händen zupacken, jeder so, wie er konnte, man mußte langsam und geduldig abarbeiten, was angefallen war. Immer eins nach dem anderen.

»Du reißt ja auch nicht zehn Kalenderblätter auf einmal ab, nur weil es dir zu eintönig ist, jeden Morgen die gleiche Handbewegung zu machen«, sagte Gianmaria Curzio.

»Nein«, sagte Benito Sgreccia. Er stützte sich auf seinen Spazierstock.

»Und du stehst nicht stundenlang vor dem Kalender und grübelst, warum gerade heute der 19. ist«, sagte Curzio.

»Keinesfalls«, sagte Benito Sgreccia.

Wie jeden Tag nach dem Mittagessen hatten die beiden Alten unter dem Vorwand, sich die Beine vertreten zu müssen, das Dorf verlassen und sich an der gemauerten Bank unter dem Holzkreuz getroffen. Hinter dem Stamm der Aleppo-Kiefer gleich neben dem Kreuz hatten sie zwei Gläser und die Flasche Grappa deponiert, von der sie ein Schlückchen zur Verdauung des wie immer viel zu schweren Essens benötigten. Davon zumindest waren die beiden überzeugt, ganz im Gegensatz zu den beiden Frauen, die ihnen zu Hause den Schnaps verleideten. Marisa Curzio berief sich bei ihrem Verbot auf die Leberwerte ihres Vaters, die irgendwelchen Ärzten nicht gefallen hatten, obwohl Gianmaria sich so in Form fühlte wie seit seiner Partisanenzeit 1944/45 nicht mehr. Benito Sgreccia floh dagegen vor der unausweichlich aufkommenden Diskussion mit seiner Frau Fiorella, ob der Genuß eines Gläschens Grappa schon als Sauferei zu bezeichnen wäre.

Benito Sgreccia schenkte ein, sie hoben die Gläser.

»Salute«, sagte Curzio.

»Cincin«, sagte der alte Sgreccia. Sie kippten den Schnaps.

»Gar kein Kalenderblatt abreißen, alle Kalenderblätter auf einmal abreißen, beides würde kein vernünftiger Mensch tun«, sagte Curzio. »Aber sobald es ein wenig komplizierter wird, verhalten sich die meisten genau so. Die einen haben keine Geduld, die anderen bringen vor lauter Gedanken gar nichts zustande. Nein, nein, man muß erst einen kleinen Schritt tun, und dann noch einen, und dann wieder einen, und irgendwann ist man angekommen.«

»Meine Rede«, sagte Benito Sgreccia. Er schraubte die Grappaflasche zu und verstaute sie hinter der Bank.

»Manche Wege sind steil und beschwerlich, andere dauern vielleicht länger, führen aber bequemer zum Ziel. Jeder geht den Weg, der ihm am besten liegt«, sagte Curzio.

»Hm«, sagte der alte Sgreccia.

»Das ist bloß ein Bild, Benito, verstehst du? Was ich meine, ist, daß wir den Vorteil ausnützen sollten, den wir haben.«

Benito Sgreccia überlegte. Dann fragte er: »Welchen Vorteil haben wir denn?«

»Wir haben Zeit. Wir haben genug Zeit, um jeden im Dorf zu fragen, was er an dem Tag gemacht hat, als Giorgio Lucarelli starb.«

»Jeden im Dorf?«

»Einen nach dem anderen, Männer und Frauen, Kinder und Greise. Wir schreiben eine Liste, und dann überprüfen wir, ob es stimmt, was sie uns erzählt haben.«

»Schritt für Schritt«, sagte Benito Sgreccia.

»Genau«, sagte Gianmaria Curzio.

Sie saßen eine Weile schweigend nebeneinander. Schließlich hatten sie Zeit. Curzio streckte die Beine von sich und blickte übers Land. Sgreccia lehnte vornübergebeugt auf seinem Spazierstock. Die Hände hatte er über dem Knauf verschränkt. Seine Augen verengten sich zu schmalen Schlitzen, als sei er im Begriff einzudösen. Gegenüber zogen sich die Linien des Weinbergs der Fattoria sattgrün den Hügel hinauf. Die Vernaccia-Reben wurzelten tief. Sie kamen noch an Wasser, wenn alles andere schon längst vertrocknet war.

Weiter hinten waren die Felder bei Cabernardi zu erkennen. Nichts unterschied sie nun von allen anderen, doch vor dreißig Jahren war dort kein einziger Halm gewachsen. Schwefelgelbe Ödnis hatte sich weit um die Mine ausgebreitet, und bei ungünstigem Wind war der Höllengestank aus den Schornsteinen bis Montesecco gedrungen. Die Weinstöcke hatte damals keiner schwefeln müssen.

Trotz allem war die Mine ein Segen gewesen. In der ganzen Gegend hatte sie für bescheidenen Wohlstand gesorgt, und als der Montecatini-Konzern sie schließen wollte, wehrten sich die Arbeiter mit Zähnen und Klauen. Benito Sgreccia war dabeigewesen, als sie vierzig Tage lang die Mine besetzt hielten. Die zweite Schicht weigerte sich einfach, aus dem Schacht auszufahren. Blieb fünfhundert Meter unter der Erde. Vierzig Tage lang. *Solidarität mit den lebendig Begrabenen* titelte damals die »Unità«, und dreimal am Tag kamen die Frauen aus den umliegenden Dörfern und schickten das Essen hinab. Bleich und verstört stiegen die Arbeiter nach vierzig Tagen aus den Eingeweiden der Erde, doch sie wurden als Helden gefeiert. Sie hatten Montecatini besiegt. Alle 860 Entlassungen wurden zurückgenommen.

Sieben Jahre später war dann endgültig Schluß. Benito Sgreccia hustete.

»Vielleicht sollten wir jetzt den ersten Schritt tun«, sagte Curzio endlich.

Benito Sgreccia machte die Augen auf. Manchmal siegte man, manchmal verlor man. Das konnte man nicht vorhersagen, wenn man zu kämpfen begann.

»Welchen Schritt?« fragte er.

»Wir überprüfen das erste Alibi«, sagte der alte Curzio.

»Und?« fragte Benito Sgreccia.

»Und was?«

»Wo warst du?«

»Ich?«

Der alte Sgreccia nickte. Sein Hals bestand nur aus Runzeln.

»Du willst wissen, wo ich war, als Giorgio …?« Curzios Stimme klang empört.

»Ihr wart über Kreuz, du und die Lucarellis«, sagte Benito Sgreccia. Niemand konnte sich genau erinnern, was die Feindschaft zwischen den Familien ausgelöst hatte. Es lag auf jeden Fall schon Jahrzehnte zurück.

Curzio sagte: »Mit Carlo hatte ich Streit, ja, mit Giorgio nicht. Das weißt du ganz genau. Ich habe vielleicht nicht viel mit ihm gesprochen, aber … Mein Gott, du glaubst doch nicht, daß ich irgend etwas damit zu tun haben könnte?«

Benito Sgreccia saß unbeweglich auf der Bank. Seine

Augenlider senkten sich. Curzio stöhnte. Dann sagte er: »Na gut. Vormittags war ich mit Marisa in Pergola. Dann haben wir zusammen gegessen. Dann war ich hier, mit dir, wenn du dich erinnerst, und nachmittags war ich zu Hause. Marisa kann das bezeugen.«

»Aha«, sagte Benito Sgreccia.

»Und du?«

»Wie immer«, sagte der alte Sgreccia.

»Ich überprüfe das. Darauf kannst du Gift nehmen!« sagte Curzio. Er stand auf. »Und jetzt komm mit!«

»Wohin?« fragte Benito Sgreccia. Er hievte sich an seinem Stock nach oben.

»Zu unserem Revoluzzer. Vielleicht hatte Carlo Lucarelli ausnahmsweise mal recht. Und irgendwo muß man ja anfangen.«

Benito Sgreccia nickte. Die beiden trotteten den Weg ins Dorf zurück. Im Schatten des Palazzo Civico rasteten sie kurz und stiegen dann langsam die Treppen hoch. Vor der Tür von Matteo Vannonis Haus blieben sie stehen. Curzio wischte sich über die Stirn, und Benito Sgreccia klopfte mit dem Knauf des Spazierstocks. Es dauerte ein wenig, bis Vannoni öffnete.

»Ja?« fragte er.

Die beiden Alten sahen sich an.

»Los, frag ihn!« sagte Curzio.

»Wieso ich?« fragte Benito Sgreccia.

»Du kannst auch mal etwas sagen«, sagte Curzio.

»Ich habe geklopft«, sagte Benito Sgreccia. Er begann zu husten. Tief aus der Lunge heraus.

Curzio schüttelte den Kopf und wandte sich an Vannoni. »Soweit alles in Ordnung, Matteo?«

»Was wollt ihr?« fragte Vannoni.

Der Oleander in den Terrakottatöpfen neben Vannonis Tür stand in voller Blüte. Satte rote Blüten. Benito Sgreccia räusperte sich, drückte den Rücken durch und stellte den Spazierstock gerade.

»Wir haben ja ziemlich viel Zeit ...«, sagte er. Er wandte sich hilfesuchend an Curzio. »Mach du!«

Curzio sagte: »Du kennst doch die Kalender, bei denen man jeden Tag ein Blatt abreißen muß, und da wäre es doch Blödsinn ...«

»Es geht um die Alibis«, sagte Benito Sgreccia.

Curzio nickte. »Wer zum Beispiel den ganzen Nachmittag hier im Ort Holz gehackt hat ...«

»Holz gehackt? Bei der Hitze?« warf Benito Sgreccia ein.

»Oder sonst etwas«, sagte Curzio. »Das ist ja bloß ein Beispiel. Ich meine, wer den ganzen Nachmittag hier im Dorf war ...«

»Und das beweisen kann«, sagte Benito Sgreccia.

»Willst du es ihm erklären, oder soll ich?« fragte Curzio.

»Mach nur!« sagte Benito Sgreccia.

»Wer ein Alibi hat«, sagte Curzio, »der kann natürlich nicht gleichzeitig Giorgio Lucarelli ein paar Stunden lang daran gehindert haben, Hilfe zu holen, als er von der Viper gebissen wurde. Und da dachten wir, wir sollten einfach mal jeden fragen ...«

»Einen nach dem ...« Der alte Sgreccia verstummte unter Curzios empörtem Seitenblick.

»... was er denn so gemacht hat. An jenem Nachmittag. So zwischen elf Uhr vormittags und sieben Uhr abends.«

»Du zum Beispiel«, sagte Benito Sgreccia. Er erstickte den Husten, der sich seine Kehle heraufdrängte, und atmete tief durch.

Die beiden Alten hatten sich schwergetan, ihr Anliegen vorzubringen, und wie sie jetzt gespannt und ein wenig verlegen auf Vannonis Antwort warteten, wirkten sie ebenfalls nicht gerade wie professionelle Ermittler. Vannoni hätte sie auslachen, ihnen gönnerhaft auf die Schulter klopfen und sie nach Hause schicken können, doch er tat es nicht. Vielleicht spürte er unter ihrer offensichtlichen Hilflosigkeit das andere, Ernste, über das nicht zu lächeln war. Den festen Willen, neu zu beginnen, indem man Stein für Stein aus dem Trümmerhaufen hervorzog, in den die Todesfälle die Dorfgemeinschaft verwandelt hatten. Die Entschlossenheit, jeden einzelnen Stein daraufhin abzuklopfen, ob er noch zu verwenden war, und ihn später an der richtigen Stelle wieder einzufügen. Oder aber auszusortieren.

»Ich habe kein Alibi«, sagte Vannoni.

»Nein?« fragte Benito Sgreccia.

»Was hast du denn den ganzen Nachmittag gemacht?« fragte Curzio.

»Nichts«, sagte Vannoni. »Nichts von Bedeutung. Nichts anderes als die anderen Tage auch, seit ich wieder hier bin.«

Benito Sgreccia stützte sich auf seinen Stock. Gianmaria Curzio nestelte ein Taschentuch aus seiner Westentasche. Es war weiß, hatte einen blauen Rand, und in einer Ecke waren ebenfalls blau Curzios Initialen eingestickt. GC. Curzio tupfte sich den Schweiß von der Stirn.

»Also gut, kommt rein!« sagte Vannoni. Er ging voran, durchs Wohnzimmer, betrat den Raum, in dem früher Catias Gitterbett gestanden hatte. Der Boden war mit Holzspänen bedeckt. Rechts an der Wand waren dicke Scheite Brennholz aufgeschichtet. Auf einem Schemel lagen neben einem Hammer ein paar Meißel und Messer in unterschiedlicher Größe. Und darunter, achtlos übereinandergeworfen, zehn, zwölf, fünfzehn handspannenlange hölzerne Eidechsen.

»Im Gefängnis habe ich sie aus feuchtem Zeitungspapier modelliert«, sagte Vannoni. »Als Häftling bekommst du höchstens ein Plastikmesser in die Hand. Alles andere sei zu gefährlich, sagen sie.«

»Du hast an jenem Nachmittag Eidechsen geschnitzt?« fragte Curzio.

»Kein besonders gutes Alibi, nicht?« Vannoni lachte.

»Wieso gerade Eidechsen?« fragte Curzio.

Vannoni zuckte die Achseln. »Ich habe auch mal einen Vogel probiert. Der wurde aber nichts. Eidechsen sind einfacher.«

Als die beiden Alten wieder draußen waren, gingen sie nebeneinander die Gasse zum Balcone hinauf. Sie setzten sich im Schatten der Esche auf die Brüstung.

»Was hältst du davon?« fragte Curzio.

»Es war ein erster Schritt«, sagte Benito Sgreccia.

Curzio nickte.

»Nein«, sagte Angelo Sgreccia, »sie will nicht mit dir sprechen. Nicht mit dir, und auch mit sonst keinem.«

»Sie ist meine Tochter«, sagte Matteo Vannoni.

»So geht das nicht, Matteo«, sagte Angelo Sgreccia. »Du kannst nicht nach fünfzehn Jahren zurückkommen und heile Familie spielen wollen. Für Catia bist du ein Fremder.«

»Ich will ja nur mit ihr reden, verdammt noch mal.«

»Soll ich ihr mit Gewalt die Kiefer auseinanderziehen?« fragte Angelo. Er stemmte die Hand gegen den Türpfosten.

»Sag ihr ...«, sagte Vannoni. Daß es keinen Sinn hatte, sich einzuigeln? Daß die Leute sowieso dachten, was sie wollten?

»Was?« fragte Angelo.

»Vergiß es!« sagte Vannoni. Er wandte sich ab und ging langsam die Gasse am östlichen Ortsrand hoch.

Er verstand Catia ja. Als er jung war, war er selbst nicht viel anders gewesen. Auch er hatte sich von diesem Dorfmief erdrückt gefühlt. Jeder kennt dich von klein auf, jeder glaubt, alles über dich zu wissen, und wenn du dagegen ankämpfst, wenn du darauf bestehst, daß du mehr bist und anders, dann lachen sie dich aus. Bestenfalls stecken sie dich in eine Schublade, die ihnen gerade paßt. Vannoni? Das ist der, der nicht sein will, wer er eigentlich ist. Sie würden es immer besser wissen. Das war ihm so gegangen, das würde Catia so gehen. Es würde ihr nichts nützen, wenn sie auf ihrem Geheimnis bestand und den Leuten die kalte Schulter zeigte. Montesecco war stärker.

Vannoni war es damals einfacher erschienen, die Welt umzukrempeln als sein Heimatdorf. Dafür gab es Rezepte. Nicht das der Recht-und-Ordnung-Kommunisten vom PCI. Schnell langte Vannoni viel weiter links außen an. Er war nicht der einzige. In den 70ern brodelte Italien. Demonstrationen, Streiks, Fabrikbesetzungen, proletarische Enteignungsaktionen, Kämpfe Hunderter außerparlamentarischer Gruppen und Grüppchen überall. Vannoni schloß sich der Lotta-Continua-Fraktion in Urbino an. Ganze Nächte schrieb er an Flugblättern und Artikeln. Er agitierte in der Großschreinerei in Fermignano, wo er angestellt war. Er diskutierte auf Kongressen, prügelte sich mit Polizisten, Denunzianten und Rechtsabweichlern. Als Lotta Continua zerbrach, wurde er nur noch militanter. Er glaubte felsenfest an die Revolution.

Und er glaubte daran, daß sie nicht von selbst käme. So sehr, daß er nur noch einen kleinen Schritt vom bewaffneten Kampf entfernt war. Einen halben Schritt, den zu tun Tag für Tag notwendiger schien. Bis zu jenem 16. März 1978, als die Genossen und er in Urbino Molotowcocktails abfüllten, um in der Nacht das Ortsbüro der Neofaschisten vom MSI anzugreifen. Das war lange her. Es waren andere Zeiten gewesen.

Vannoni blieb neben Marisa Curzio stehen. Sie saß in dem schmalen Schattenstreifen, der langsam zur Brüstung hinwandern würde, und pulte Erbsen in ein Sieb auf ihrem Schoß. Vannoni lehnte den Rücken an den Putz. Er spürte die Wärme, die von der Mauer abstrahlte. Gelb und grau wellten sich die Hügel in die Ferne. Das Grün der Waldfetzen biß in den Augen.

»Sieh mal einer an«, sagte Marisa Curzio. »Du traust dich doch mal auf die Straße!«

»Wußtest du, daß Catia schwanger ist?« fragte Vannoni.

»Sie hat es ja laut genug herumgeschrien.«

»Vorher, meine ich?«

»Vorher?« Marisa Curzio brach eine Erbsenschote auf. Sie fuhr mit dem Daumen an der Innenseite der Schote entlang. Die Erbsen kollerten ins Sieb. »Man hat vielleicht etwas munkeln hören.«

»Und was hat man über den Vater gemunkelt?«

»Nichts«, sagte die Curzio. Ihr Sohn Davide war ein paar Jahre älter als Catia. Vannoni hatte ihn noch nicht gesehen. Vielleicht studierte er in Bologna oder sonstwo.

»Man munkelt, daß eine siebzehnjährige schwanger ist, und vom möglichen Vater ist nicht die Rede? In einem Kaff wie Montesecco? Erzähle mir doch keine Märchen, Marisa!«

»Die Männer sind eh alle gleich. Da sagt keiner nein, wenn sich die Gelegenheit bietet«, sagte Marisa Curzio. Ihr Mann hatte ein Jahr nach Davides Geburt Arbeit in Belgien gefunden. Und kurz darauf eine andere Frau. Der hat er vier Kinder gemacht. Das wenigstens hatte Elena erzählt.

»Wer war es?« fragte Vannoni.

Marisa zuckte die Achseln.

Vannoni wandte sich um, doch Marisa sprach ihn noch einmal an: »Man soll ja über Tote nicht schlecht reden, aber wie Carlo Lucarelli dich vorgestern abend angegangen ist, das war nicht in Ordnung. Ich fand es gut, daß du dich gewehrt hast, Matteo. Das wollte ich dir noch sagen.«

Vannoni ging weiter. Daß er sich gewehrt hatte! Er hatte einfach die Beherrschung verloren, war wieder einmal durchgedreht. Wie immer, wenn es darauf ankam. Wie bei Maria damals. Und vorher schon. Er fragte sich, ob Marisa Curzio wußte, wie haarscharf er am Terrorismus vorbeigeschrammt war. Bis zu jenem Abend des 16. März 1978, als er mit den Genossen Molotowcocktails abgefüllt hatte, war er stetig darauf zugeschritten. Dann hatte irgendwer das Radio angeschaltet, und sie vernahmen, daß

Aldo Moro von der römischen Kolonne der Brigate Rosse entführt worden war. Sie hörten den überschnappenden Reporterstimmen zu, spürten hilflose Wut aus ihnen heraus, und sie waren sich einig, daß Moro ein Schwein war, einer, der tausendfach den Prozeß verdient hatte, in dem ihn die Brigate Rosse im Namen des Proletariats zum Tod verurteilen würden. Auch Vannoni stimmte zu, doch als sie im Fernsehen die Bilder vom Ort des Überfalls in der Via Fani sahen, die Polizeisperren, die von Kugeln durchsiebten Autos, die fünf Bahren, auf denen die fünf toten Polizisten der Eskorte unter Planen lagen, da stand er auf und ging.

»Heute keine Aktion«, hatte er den Genossen gesagt. »Das würde politisch völlig untergehen«, hatte er hinzugefügt und in dem Moment selbst noch nicht gewußt, daß es für ihn vorbei war. Ihm war nur klargeworden, daß ihn die Gewalt anekelte. Erst als er gegen Mitternacht in Montesecco ankam, seinen Fiat 500 auf der menschenleeren Piazza abstellte, über die zwei Laternen mattgelbes Licht streuten, und als zwischen den geduckten Häusern schwarze Nacht hervorquoll und die Zeiger der Uhr auf zwanzig nach acht standen und er nur die Grillen und das Schnarchen des alten Curzio hörte und als er fühlte, daß Rom und die Via Fani Welten und Lichtjahre entfernt waren, erst da begriff er, daß alles sinnlos war, daß sich hier nie etwas ändern würde, auch wenn es unter Blut und Tränen gelänge, das ganze System zu zertrümmern und Stein für Stein eine neue, gerechte, freie Gesellschaft aufzubauen. Hier würden weiter die Grillen zirpen und der alte Curzio schnarchen, die Männer würden an der Brüstung des Balcone sitzen und die Frauen vor der Bar. Keine Macht der Welt, keine Revolution, keine Gewalttat käme dagegen an. Montesecco war stärker.

Vannoni war weder glücklich noch traurig gewesen, es war eben so, eine Art Naturgesetz wie die Schwerkraft. Es nützte nichts, sich darüber aufzuregen. Man konnte sich vom Boden abstoßen und in die Luft springen, aber man fiel unweigerlich wieder zurück. In jener Nacht hatte Matteo Vannoni das begriffen, und er war zu seinem Haus hochgegangen, hatte die Schlafzimmertür geöffnet, das Licht angeschaltet, hatte Lucarellis Hintern durchs Fenster verschwinden sehen. Und dann hatte er seine Frau erschossen. Hatte geschossen und nachgeladen und wieder geschossen.

Die Schüsse hatten Catia geweckt, er hörte sie die ganze Zeit schreien, während er mit der Polizei telefonierte. Als er zu ihr kam, stand sie weinend in ihrem Gitterbettchen. Er nahm sie auf den Arm, trug sie auf und ab und summte ihr Kinderlieder vor, doch sie hörte nicht auf zu weinen. Schon damals hatte er nicht mit ihr umgehen können. Genau wie heute.

Über dem Bareingang befestigte Ivan einen neuen Fliegenvorhang, auf dem eine grellbunte Palme abgebildet war.

»Wie in der Südsee«, stellte er befriedigt fest. »Es fehlen nur noch die Hawai-Mädchen mit Blumengirlanden. Aber ich habe schon eine Idee. Da werden euch die Augen übergehen.«

»Seit wann weißt du, daß Catia schwanger ist?« fragte Vannoni.

»Catia schwanger?« Ivan tat, als fiele er aus allen Wolken.

»Seit wann?«

Ivan holte tief Luft und plapperte los: »Ich hatte nicht den Hauch einer Ahnung. Mir sagt ja keiner etwas. Aber hör zu, Matteo, da hat sich einiges geändert in den letzten Jahren, das ist heutzutage nicht mehr wie früher. Familienehre und der ganze Quatsch. Kein Grund, sich aufzuregen. Freilich, Catia ist noch ein wenig jung, aber sie wird auch älter, und du wirst sehen, wie stolz du dich als Opa fühlen wirst, wenn das Kleine dir erst mal zwischen den Beinen herumkrabbelt und ...«

»Wenn du etwas weißt, was ich wissen sollte, und du

sagst es mir nicht ...« Vannoni sprach die Drohung nicht aus.

»Ich? Was soll ich denn wissen?« Ivan war vom Mienenspiel bis zu den erregt gestikulierenden Händen ganz Verzweiflung. »Frag doch deine Schwester! Frag Angelo Sgreccia! Die waren doch für Catia verantwortlich. Wenn die Eltern keine Ahnung haben, wieso soll dann gerade ich etwas wissen?«

Die Eltern. Catias Eltern. Ivan wollte niemanden verletzen, er dachte sich nichts dabei, er redete so daher, und gerade das ging Vannoni durch Mark und Bein. Er mochte der leibliche Vater sein, aber als Catias Eltern galten Elena und Angelo. Und waren sie es nicht auch? Nach fünfzehn Jahren?

Vannoni klopfte sich eine MS aus der Packung und steckte sie an.

»Ehrlich, Matteo«, sagte Ivan. Er verschwand hinter dem neuen Fliegenvorhang.

Vannoni sog an der Zigarette.

Wenn die *Eltern* keine Ahnung haben, dachte er. Der Satz hallte in seinem Kopf wider, klang ihm fremder und fremder, und langsam drängte sich ein anderes Wort in den Vordergrund. *Wenn* die Eltern keine Ahnung haben.

Und wenn doch?

Wenn Elena und Angelo schon lange Bescheid wußten?

Wenn sie herausbekommen hatten, wer der Vater von Catias Kind war? Daß sie zum Beispiel von Giorgio Lucarelli geschwängert worden war?

Vannoni fragte sich, wie er an Angelo Sgreccias Stelle reagiert hätte. Als Vater sozusagen.

»Kscht, Nerone!« Der Kater duckte sich und sprang vom Tisch.

Den Tisch hatte Costanza Marcantonis Großvater eigenhändig gezimmert. Das mußte vor 1915 gewesen sein, denn solange sich Costanza zurückerinnern konnte, war er dagewesen. Nur selten bedauerte sie, daß sie keine Kinder hatte und daß ihre Neffen schon seit Jahrzehnten nichts mehr von Montesecco wissen wollten, doch tat es ihr leid, daß sie diesen Tisch nicht in der Familie weitervererben konnte. An ihm hatte sie mit ihrer Großmutter Kräuter gehackt und Aufgüsse vorbereitet. Hier hatte sie schon als kleines Mädchen gelernt, daß Spinnweben Wunden schlossen und der Absud der Wilden Malve gegen Skorpionstiche half, während ihre Geschwister nichts Besseres zu tun hatten, als draußen zu spielen. Ihr ganzes Leben lang hatten Lidia und Franco ihre Kraft verplempert. Kein Wunder, daß sie jetzt wie zwei Häufchen Elend dasaßen. Costanza grummelte.

»Die armen Lucarellis«, sagte Lidia Marcantoni. »Daß gleich beide ohne den Segen der Kirche gehen mußten!«

»Gott würde es ihnen nachsehen, wenn es ihn gäbe«, nuschelte Franco Marcantoni. Er zwirbelte die Härchen, die aus seinem rechten Ohr wuchsen.

»Ich überlebe dich, Franco«, sagte Lidia, »und ich garantiere dir, du bekommst eine christliche Beerdigung, wie es sich gehört. Da kannst du dich in deinem Testament noch so sehr dagegen wehren!«

»Und ich garantiere dir, daß ich aus dem Sarg aufstehen und deinen Pfarrer zum Teufel schicken werde.«

»Hör auf, in deinem Ohr herumzubohren! Das tut man nicht.«

»Kindsköpfe«, murmelte Costanza. Sie wischte mit der Hand über die schweren Eichenbretter des Tischs, die über die Jahrzehnte schwarz geworden waren. In die Mitte stellte sie ein großes Einmachglas. Auf dem vergilbten Etikett stand in fast verblaßter Tintenschrift: *Pere sciroppate, 1952*. Doch statt der eingemachten Birnen befand sich eine klare Flüssigkeit in dem Glas. Und unten am Boden, längs der Wölbung, rollte sich der Kadaver einer schwarzen Viper.

»Mein Gott!« Lidia Marcantoni bekreuzigte sich.

»Was ist denn das wieder für eine Sauerei?« fragte Franco. Er beugte den Kopf nach vorn.

»Ein Beweisstück. In Spiritus eingelegt.« Costanza nickte zufrieden.

»Die Viper, die Giorgio gebissen hat?« Lidia bekreuzigte sich noch einmal.

Costanza nickte. Nerone war ganz wild auf die Schlange gewesen. Er spielte so gern. Doch wenn ihm Costanza auch sonst keinen Wunsch abschlagen konnte, diesmal war sie hart geblieben. »Nein«, hatte sie gesagt, »nein, Nerone, das brauchen wir noch.«

»Sie ist doch tot, oder?« fragte Lidia. Sie tippte mit dem Finger gegen das Glas.

»Ohne kirchlichen Beistand gestorben. Das arme Tier!« sagte Franco.

»Ihr begreift gar nichts!« sagte Costanza. Schon als Kinder waren ihre beiden Geschwister so gewesen. Immer nur Spaß und Tollerei im Sinn, hatten nichts lernen wollen und hatten nichts gelernt. Da besaß ja Nerone zehnmal mehr Grips. Costanza streichelte den Kater, der um ihren Rock strich.

»Nun sag schon!« sagte Franco. »Verarbeitest du die Schlange zu einem Trank fürs ewige Leben?«

Es war ein Fehler gewesen, sich von den beiden Hilfe zu erhoffen. Bloß weil Lidia und Franco mit ihr verwandt waren und im Gegensatz zu Nerone ihre Meinung sagen konnten.

»Ich habe sie bei Godis Haus gefunden«, sagte Costanza. »Wo Giorgio seine Oliven hatte.«

»Wie kam er dann zur Brücke vor Angiolinis Hof, wo er gefunden wurde?« fragte Franco. »Eineinhalb Stunden entfernt? Am Dorf vorbei?«

»Eben«, sagte Costanza.

Lidia studierte die Schlange so ehrfürchtig, als handle es sich mindestens um den Leichnam des heiligen Sebastian, in dem noch Dutzende von Pfeilen steckten. Sie sagte:

»Die ist mehr als tot. Seht mal, wie die zugerichtet ist. Als hätte einer in blinder Wut noch auf sie eingeschlagen, als sie sich schon lange nicht mehr rührte.«

»Selbst du würdest ihr nicht den linken Arm hinhalten, wenn sie dich schon in den rechten gebissen hat«, sagte Franco.

Lidia hatte recht. Keine Stelle ohne Quetschungen und offene Wunden, von denen die Hautfetzen weghingen.

»Die Viper war unter einem Haufen Bruchsteine begraben«, sagte Costanza.

»Auch kein christliches Begräbnis«, sagte Franco.

»Man begräbt Menschen, keine Schlangen«, sagte Lidia.

»Sie war unter einem Haufen Bruchsteine *begraben*?« fragte Franco.

Costanza brummte zufrieden. Das hatte die sich doch gleich gedacht. Man mußte ihre Geschwister nur mit der Nase auf die richtige Fährte drücken, und schon schnupperten sie los wie junge Hunde.

»Das gehört sich nicht«, sagte Lidia.

»So, als ob jemand sie verstecken wollte?« fragte Franco.

Costanza schüttelte den Kopf. »Giorgios Wasserflasche stand gut sichtbar daneben. Die hätte dann ja auch beseitigt werden müssen. Und so sah es auch nicht aus.«

»Wie sah es dann aus?« fragte Franco.

»Als ob die Schlange gesteinigt worden wäre. Es sah aus, als habe einer in maßlosem Haß Stein um Stein auf sie herabgeschmettert, damit sie tot und unkenntlich und für alle Zeiten vor seinen Augen verborgen wäre.«

»Giorgio?«

»Vielleicht.« Costanza hob den Kater auf ihren Schoß und strich über sein schwarzes Fell. »Vielleicht auch nicht.«

»Steinigen ist furchtbar grausam«, sagte Lidia. »Das tut ein gottloser Mensch dem an, was er am meisten fürchtet. So haben die Heiden zum Beispiel die heilige ...«

»Keiner mag Vipern«, sagte Franco langsam, »Giorgio mochte sie auch nicht, aber panische Angst hatte er nicht vor ihnen. Ich war mal mit ihm draußen auf dem Feld, da ist uns eine über den Weg gelaufen.«

»Giorgio war ein gläubiger Mensch«, sagte Lidia. »Und er hatte anderes zu tun. Er mußte schnell den Biß abbinden und ins Krankenhaus gelangen.«

»Giorgio war vielleicht nicht allein«, sagte Costanza.

»Du meinst den, der ihn gehindert hat, Hilfe zu suchen?« fragte Franco.

»Und der ihn tot an der Brücke bei Magnoni abgelegt hat.«

»Und der panische Angst vor Vipern hat.«

Costanza gab Nerone einen Klaps. Sie stand auf und trug das Einmachglas mit der Viper in ihren Vorratsraum. Sie stellte es hoch ins Regal neben ein Säckchen Hagebutten und deckte es mit einer Plastiktüte zu.

»Wir sollten uns mal ein wenig umsehen«, hörte sie ihren Bruder nuscheln, als sie wieder in die Stube trat.

»Nach einem gottlosen Menschen«, sagte Lidia.

3

So merke dir: Der allzu starre Sinn
zerbricht am ehsten, und der stärkste Stahl,
wenn man ihn überhart im Feuer glühte,
zersplittert und zerspringt zuallererst.

Sophokles: Antigone, Verse 473–476

Die nächsten beiden Tage brannte die Luft, und auch am dritten Morgen stand kein Wölkchen am Himmel, als sich die Sonne glühend nach oben schob. Es war zwar Wind aufgekommen, aber ein böiger Südwind, der in unregelmäßigen Stößen über Montesecco hinwegzischte, als käme er aus einem bockigen, heißgelaufenen Fön. Er mochte roten Wüstensand bringen, Heuschreckenschwärme oder sonst eine biblische Plage, aber sicher keinen Regen. Man konnte sich kaum mehr erinnern, wann der letzte Tropfen gefallen war.

In den Häusern war es nachts genausowenig auszuhalten wie tagsüber, doch das war nicht der Grund, weshalb Paolo Garzone die Nacht in einem Liegestuhl unter freiem Himmel verbracht hatte. Der Liegestuhl stand neben der Anschlagtafel der Gemeinde, auf der zwei Todesanzeigen nebeneinander klebten. Die eine war zu einem Viertel abgeschabt, die abgelösten Enden am ausgefransten unteren Rand flatterten im Wind, und der Text oberhalb davon war mit fetten roten Buchstaben verunstaltet. Das zweite Plakat war dagegen sorgsam geklebt und völlig unversehrt.

Damit dies so blieb, hatte die Dorfgemeinschaft einen nächtlichen Wachdienst eingerichtet, und Paolo Garzone hatte sich mit der Begründung, daß er der einzige sei, der die Stangen der Anschlagtafel notfalls auch zu Handschellen für einen ertappten Übeltäter biegen könne, gegen den Rest der Freiwilligen durchgesetzt. Der nun männerlose Haushalt der Lucarellis war von Wachaufgaben gänzlich freigestellt worden, doch das Angebot Antoniettas, dem jeweiligen Wachhabenden am Morgen ein herzhaftes Frühstück zuzubereiten, hatte zumindest Paolo Garzone dankend angenommen.

Und so stand der Liegestuhl verlassen da, als ein dunkelblauer Fiat mit der Aufschrift »Comune di Pergola« auf die morgendliche Piazza bog. Ihm entstiegen der Pfarrer und der für die öffentliche Ordnung zuständige Assessore der Gemeinde. Sie warfen einen Blick auf den Liegestuhl, dessen gelb-weißer Leinenstoff in einer Bö aufknatterte, und studierten dann die neuere der beiden Todesanzeigen:

Im Abstand von wenigen Tagen wurden jäh und allzufrüh aus dem irdischen Leben gerissen Giorgio Lucarelli *und* Carlo Lucarelli. *In untröstlichem Schmerz bleiben zurück Assunta, Antonietta, Sabrina, Sonia und alle Verwandten.*

»Jäh und allzufrüh aus dem Leben gerissen«, sagte der Pfarrer.

»Sie haben recht, Hochwürden«, sagte der Assessore, »das klingt schon etwas anklagend.«

»Untröstlicher Schmerz! Sie können sicher sein, daß die Kirche jedem Gläubigen beisteht, doch man muß auch bereit sein, Trost anzunehmen.«

»Natürlich.«

»Und vor allem fehlt jeder Hinweis auf die Beerdigung. Die Hinterbliebenen haben sich diesbezüglich auch gar nicht an mich gewandt.«

»Dann wollen wir mal!« sagte der Assessore.

Der Pfarrer ging die wenigen Schritte zum Haus der Lucarellis voraus und klopfte. Antonietta öffnete und bat die beiden herein. Um den Tisch saßen Assunta, die Mädchen und Paolo Garzone. Das Frühstücksgeschirr war schon abgeräumt. Durch die offene Tür des Nebenzimmers fiel schwaches Kerzenlicht. Die beiden Särge waren nur zu erahnen.

»Im Auftrag der Gemeinde Pergola möchte ich Ihnen mein aufrichtiges Beileid zu dem doppelten Schicksalsschlag aussprechen, den Sie und Ihre Familie hinzunehmen hatten«, sagte der Assessore.

»Danke«, sagte Antonietta.

»Die Gemeinde ist natürlich bereit, Ihnen bei der Organisation und Durchführung der Beerdigung jede erdenkliche Hilfe zuteil werden zu lassen. Und Hochwürden steht ebenfalls zu Ihrer Verfügung.«

Der Pfarrer nickte.

»Danke«, sagte Antonietta, »aber das wird nicht nötig sein.«

»Ganz Montesecco hilft mit«, sagte Paolo Garzone.

»Um so besser«, sagte der Assessore. »Nun gibt es leider auch Vorschriften, deren Einhaltung ich zu überwachen habe. Sie können mir glauben, daß es mir äußerst unangenehm ist, Sie darauf hinweisen zu müssen, doch Tote müssen nun mal schnellstmöglich bestattet werden.«

Antonietta sagte nichts. Die Mädchen saßen stumm auf ihren Stühlen. Paolo Garzone stützte die Ellenbogen schwer auf den Tisch. Assunta stand auf, schloß die Tür zum Nebenraum und schlurfte zur Spüle.

»Die sterblichen Hüllen mögen in geweihter Erde zur letzten Ruhe kommen, damit die Seelen zu Gott heimkehren können«, sagte der Pfarrer.

»Sie dürfen nicht zwei Leichen unbegrenzt in einem Privathaushalt aufbewahren«, sagte der Assessore. »Das ist keine Schikane. Sinn dieser Vorschrift ist, eine Gefährdung anderer auszuschließen. Schon aus seuchenhygienischen Gründen muß ich darauf ...«

Eine Kaffeetasse zersprang klirrend auf den Steinfliesen. Meterweit stoben die Scherben von den schwarzen Halbschuhen weg, in denen Assuntas nackte Füße steckten.

»Aus seuchenhygienischen Gründen«, sagte Assunta mit kaum hörbarer Stimme. »Die zwei Leichen, das waren mein Mann und mein einziger Sohn. Siebenundvierzig Jahre lang habe ich mit Carlo unter einem Dach gelebt, in guten wie in schlechten Zeiten. Und Giorgio habe ich unter Schmerzen in diese Welt gesetzt, aus der er jetzt vor mir gegangen ist. Mein Mann und mein einziger Sohn, verstehen Sie?«

Mit ihren faltigen Fingern strich Assunta sanft an der Rundung eines Tellers entlang. Wie in Gedanken schob sie ihn langsam über den Rand der Ablage. Sie schien gar nicht zu bemerken, wie er zu ihren Füßen zersprang. Als der Assessore einen Schritt auf sie zu machte, sprach sie weiter. Immer noch leise und beherrscht, doch voller Verachtung: »Bleiben Sie mir vom Leib, Sie und Ihre seuchenhygienischen Gründe! Als ginge es um Ungeziefer, als stapelten sich im Haus Dutzende von Rattenkadavern, die man beseitigen muß. Die Nase zuhalten, die stinkenden Fleischhaufen auf eine Kehrichtschaufel, und ab in den Müll, was?«

»Beruhigen Sie sich, Signora!« sagte der Pfarrer.

»Aus seuchenhygienischen Gründen! Wo haben Sie denn Ihren Mundschutz gelassen? Hier stinkt es nach Tod und Verwesung, riechen Sie das nicht? Wie halten Sie das nur aus? Mir wird auch übel, aber wegen Ihnen! Sie, Sie stinken viel schlimmer als jeder Rattenkadaver. Und jetzt raus hier, alle beide!«

»Signora, Sie müssen verstehen ...«, sagte der Assessore.

»Raus!« brüllte Assunta Lucarelli, und erst jetzt brachen die Dämme, kochten Wut und Abscheu in ihr über, fuhren ihre Hände durchs weiße Haar, krallten sich ihre Fingernägel in die eigenen bleichen Wangen. Und was da mit wirrem Haar und verzerrtem Gesicht kreischte und heulte, war keine trauernde Witwe und Mutter, sondern eine Furie aus längst vergangenen heidnischen Zeiten, die auferstanden war, um zu zeigen, daß sich Vernunft und modernen Gesetzesvorschriften zum Trotz nichts geändert hatte. Daß Jahrhunderte kultureller Zähmung nur eine hauchdünne Tünche an Selbstkontrolle aufgetragen hatten, an der das Leben nur einmal mit dem Daumennagel kratzen mußte, um die uralten Instinkte und Leidenschaften wie eh und je hervorbrechen zu lassen.

»Raus!« kreischte Assunta mit sich überschlagender Stimme.

»Ich werde die Polizei schicken müssen«, sagte der Assessore zu Antonietta, bevor er sich zurückzog. Der Pfarrer war schon durch die Tür verschwunden.

So unvermittelt der Ausbruch gekommen war, so schnell war er auch vorbei. Assunta sank auf einen Stuhl und schluchzte leise. Antonietta legte den Arm um ihre Schulter. Paolo Garzone zog die beiden verstörten Mädchen an sich.

Draußen liefen die Dorfbewohner zusammen und sahen zu, wie der blaue Gemeinde-Fiat Montesecco verließ. Es dauerte ein paar Minuten, bis Antonietta vor die Tür trat und die Umstehenden über das Vorgefallene informierte.

»Wir haben keine Wahl. Auch Carlo hätte nicht gewollt, daß Giorgio und er im Polizeiwagen zum Friedhof gefahren werden«, sagte sie.

»Wenn es darum geht, Giorgios Tod aufzuklären, ist keiner da, und jetzt wollen sie sofort die Polizei schicken«, murrte Franco Marcantoni.

»Es hilft nichts. Der Assessore hat recht. Wir können sie nicht länger ...«, sagte Antonietta. Sie brach ab, als Assunta aus der Tür kam. Ihr folgte Paolo Garzone mit den beiden Mädchen an der Hand.

»Doch, wir können«, sagte der alte Marcantoni. Er blickte von einem zum anderen. »Oder?«

»Und ob wir können«, sagte Ivan Garzone.

»Das wäre das erste Mal, daß uns jemand von außen sagt, wie wir unsere Angelegenheiten zu regeln haben«, sagte Gianmaria Curzio. »Erinnert ihr euch, wie die Deutschen im Krieg Montesecco nach Waffen durchsucht haben? Das einzige, was sie gefunden haben, war eine Mistgabel.«

»Ich stelle meinen Schuppen zur Verfügung«, sagte Franco Marcantoni.

»Bei mir ist es besser. Unten im Loch, wo wir 43 die Gewehre versteckt hatten«, sagte der alte Curzio. Das Loch war eine unterirdische Kammer, die vielleicht schon im Mittelalter aus dem Tuffstein geschlagen worden war. Eine schwere Falltür in Curzios hangwärts liegendem Vorratsraum versperrte den Zugang. Jeder in Montesecco wußte darüber Bescheid, denn so folgsam war als Kind keiner gewesen, daß ihm nicht irgendwann ein längerer Aufenthalt im Loch angedroht worden war.

»Ich weiß nicht«, sagte Antonietta. Sie nickte Paolo dankend zu und zog ihre beiden Töchter an sich.

»Es hat keinen Sinn«, sagte Marta Garzone.

»Es hat keinen Sinn, sie zu begraben«, sagte Assunta. Sie schlurfte zur Anschlagtafel und fuhr mit der Hand über das Papier der Todesanzeigen, als sei es die Haut ihrer Toten. »Sie werden keine Ruhe finden. So fest könnt ihr die Särge gar nicht zunageln. Jede Nacht werden sie durchs Dorf geistern, und ihr werdet ihre Stimmen durch die Wände wispern hören, ihre Fragen nach dem Mörder von Giorgio und nach dem, der Carlo in den Tod getrieben hat. Solange nicht Gerechtigkeit geschehen ist, werden sie euch wie der Sprovengolo die Luft nehmen, und wenn ihr aus euren Alpträumen erwacht, werdet ihr euch verzweifelt fragen, warum ihr Carlos letzten Wunsch mißachtet habt.«

»Laß uns nur machen!« sagte Ivan Garzone.

Marta schüttelte den Kopf und sagte: »Davon werden sie nicht wieder lebendig.«

Die Alten murrten. Sie wollten sich den Gegner nicht nehmen lassen, der sich gerade erst gefunden hatte: die Polizei, den Staat, die von außen, die ihnen immer schon das Leben schwergemacht hatten. Denen würde man ein Schnippchen schlagen. Sicher, damit war keineswegs geklärt, was mit Giorgio geschehen war und wer die Todesanzeige beschmiert hatte. Noch mußte man auch dem nächsten Nachbarn mißtrauen, aber es half doch, sich gemeinsam gegen einen Gegner zu stellen, der ein Gesicht hatte, einen Namen und die Uniform der Carabinieri trug. Das war allemal besser, als gar nichts tun zu können.

Antonietta sagte nichts. Sie schien weit weg zu sein, versunken in wer weiß welche Gedanken. Assunta entschied die Frage, als sie mit tonloser Stimme sagte: »Wenn ihr sie jetzt begrabt, könnt ihr mich auch gleich dazulegen.«

Franco Marcantoni trat einen Schritt auf sie zu. Er sagte: »Das Dorf steht hinter euch. Und wenn sie die Polizei ganz Italiens anrücken lassen, sie werden nicht mehr finden als die Deutschen damals.«

Es war ein Versprechen. Alle nickten feierlich dazu. Nur Marta Garzone warf ein: »Waffen verwesen nicht, Leichen schon.«

»Sei jetzt still, Marta!« sagte Ivan.

»Es wird uns schon etwas einfallen«, sagte Marcantoni.

Ivan drehte das Gesicht in den Wind. Er sog die Luft ein und sagte: «Wüstenwind. Es wird wieder heiß werden. Eine Mordshitze, in der es keiner aushält, weder Lebende noch Tote. Da ist man froh über jede Abkühlung. Über ein kaltes Eis zum Beispiel.«

Er winkte Sabrina und Sonia zu sich und sagte: »Geht hinauf in die Bar und holt euch ein Crocchino. Oder zwei. Ach was, nehmt euch so viel Eis, wie ihr essen könnt!«

»Du bist verrückt!« sagte Marta.

Die beiden Mädchen zögerten.

»Los, ab mit euch!« rief Ivan. »Und denkt auch an die anderen Kinder! Jeder darf sich bedienen.«

»Auf einen Schokobecher hätte ich auch Lust«, sagte der alte Sgreccia.

»Genau. Wieso eigentlich nur die Kinder?« fragte Marcantoni.

Ivan fuchtelte mit dem Zeigefinger durch die Luft. »Die Kinder sind eingeladen, aber ihr bezahlt! Zumindest den Einkaufspreis.«

Franco Marcantoni murmelte etwas über den Zusammenhang von Unternehmertum und schlechtem Charakter, und die anderen Alten redeten so lange auf Ivan ein, bis er resignierte. Es gab freies Eis für alle!

»Ihr seid alle verrückt! Aber ich mache da nicht mit«, rief Marta. Sie ließ sich auch von Antonietta nicht zurückhalten. Die anderen zuckten nur die Achseln, als sie in ihrem Auto wegfuhr. Es gab Wichtigeres zu tun. Es galt Eis zu essen.

Ivan drehte eine Runde durchs Dorf, um jedem Bescheid zu geben, und eine halbe Stunde später war der Balcone gefüllt wie sonst nur am Samstagabend nach Sonnenuntergang. Wo ein wenig Schatten fiel, saß man in Grüppchen zusammen. Benito Sgreccia und Gianmaria Curzio besetzten die vordere Steinbank. Zwischen ihnen schmolz eine ursprünglich eineinhalb Kilogramm schwere Torta Fragola, der die beiden mit Suppenlöffeln zu Leibe rückten. Lidia Marcantoni kratzte die dickflüssigen Reste einer Coppa Caffè aus einem Pappbecher, den sie dann in die zwei schon geleerten drückte. Marisa Curzio und Milena Angiolini knabberten an Waffeln mit Schoko- und Vanilleeisfüllung und unterhielten sich kichernd darüber, mit welchem Filmschauspieler sie am liebsten ihr nächstes Duetto teilen würden. Costanza Marcantoni hatte sich auf Ghiaccioli spezialisiert, ein in schreienden Farben gehaltenes Wassereis, dessen Form an eine Apollo-Rakete erinnerte, und Paolo Garzone verkündete nach dem Genuß eines Gran Tropical, einer Granita Limone und eines Stecco Vaniglia seine Absicht, das ganze Sortiment durchzuprobieren.

»Das mußt du auch«, rief Ivan quer über die Piazzetta. »Schlußverkauf! Alles muß raus! Wir brauchen den Platz! Greift zu, so günstig könnt ihr euch nie mehr den Magen vollschlagen!«

Mit einer Pappschachtel unter dem linken Arm wanderte er von Gruppe zu Gruppe und drückte jedem, der schon mehr als die Hälfte seines Eises gegessen hatte, Nachschub in die Hand. Überwältigt davon, daß sich

Montesecco offensichtlich in das Schlaraffenland verwandelt hatte, vergaßen die Kinder, in gewohnter Weise über den Platz zu toben. Die Erwachsenen dagegen tauten den ersten Völlegefühlen und den zunehmend vereisten Magenwänden zum Trotz immer mehr auf. Die Stimmung wurde geradezu ausgelassen, als sich Angelo Sgreccia und Paolo Garzone auf ein Wettessen einließen. Franco Marcantoni gab den Schiedsrichter, und unter Anfeuerungsrufen und spöttischen Kommentaren schlangen die beiden je eine Coppa Cacao hinunter. Selbst Antonietta mußte lächeln, als Paolo Garzone mit vollgestopftem Mund und rollenden Augen als erster aufsprang und die Arme in Siegerpose nach oben reckte.

»Übertreibe es nicht, Paolo!« sagte Antonietta.

Paolo schluckte, wischte sich über den Mund und sagte: »Das Zeug muß weg. Es soll doch nicht verderben, oder?«

»*Du* wirst dir den Magen verderben.«

Paolo zuckte die Achseln. »Man läßt nichts verkommen. So bin ich erzogen worden.«

»Nicht nur du«, sagte Antonietta.

»Und so würde ich auch meine Kinder erziehen, wenn ich welche hätte«, sagte Paolo. Er riß das Papier von einem Crocchino. Die Schokoladenglasur war mit Mandelsplittern übersät. Paolo bot Antonietta das Eis an.

»Jetzt nicht«, sagte sie.

»Das Leben geht weiter«, sagte Paolo. Er biß in das Eis. Die Glasur splitterte unter seinen Zähnen und warf Schollen, in deren Brüchen weißes Vanilleeis aufschien. Der hellrote Amarenakern, den es umschloß, war noch nicht zu sehen.

»Mach langsam!« sagte Antonietta. Paolo nickte. Er zerknüllte das Papier des Crocchino zwischen den Fingern, ging zum Eingang der Bar und warf es in den Papierkorb.

Die Windböen waren abgeflaut, die Hitze drückte aus einem schmutzigweißen Himmel, und erst jetzt wurde man sich des feinen roten Staubs bewußt, der Tische, Bänke und den Asphalt überzuckert hatte. Eine dünne Schicht Wüste, die über allem lag, sich in den Haaren festsetzte und in jede Pore einzudringen schien. Vielleicht war es dieser Staub aus einer fernen Welt, der die Dorfbewohner daran erinnerte, daß zwei unbestattete Tote im Haus Lucarelli lagen, die nicht dort bleiben konnten, weil die Gesetze es verboten.

Vielleicht akzeptierte man auch nur, daß die Eisvorräte der Bar beim besten Willen nicht völlig zu verzehren waren. Auf jeden Fall wurde die Völlerei abgebrochen. Das Signal dazu gab Ivan Garzone, als er die restlichen Eiskartons an die Frauen des Dorfs verteilte. Sobald die Beute in Gefriertruhen und Kühlschränken verstaut war, sammelten sich alle unten auf der Piazza.

Zuerst trugen die Männer Carlos Sarg aus dem Haus und befestigten ihn auf dem Gestell, auf dem das Gnadenbild der Madonna an Ferragosto durchs Dorf getragen wurde. Paolo und Ivan Garzone packten an den vorderen Holmen zu, Angelo Sgreccia und Franco Marcantoni hinten. Auf Francos Kommando hoben sie an und schulterten den Sarg. Gefolgt von den anderen, trugen sie ihn die Gasse hinauf, durch die Carlo Lucarelli ihnen vorangegangen war, als er von der Autopsie Giorgios zurückgekehrt war.

Kein Laut war zu hören, nur die Glocke von Santa Maria Assunta schlug in regelmäßigen Abständen. Doch auch wenn Lidia Marcantoni oben im Kirchturm läutete, es war kein Begräbniszug, der unter ihr auf den Balcone einbog. Niemand klagte, niemand weinte, auch Assunta ging gefaßt mit. Es war kein Abschied, keine Entscheidung, sie handelten weder fromm noch pietätlos. Was sie taten, war so selbstverständlich, wie die Hühner zu füttern oder die Ernte einzufahren. Giorgio und Carlo hätten es genauso gesehen.

Die Sargträger ließen die Kirche links liegen, schritten

an der verschlossenen Tür der Sebastianskapelle vorbei und betraten den vorderen Raum der Bar. Die Stühle und Tische waren noch draußen auf der Piazzetta. Nur der Kicker stand einsam in der Mitte des kahlen Raums. Die Sturmreihe der roten Mannschaft streckte die Beine in die Luft. Vorsichtig senkten die vier Männer das Traggestell ab und hoben den Sarg herunter. Erst als sie auch Giorgios Leiche geholt hatten, öffneten die Frauen die Sargdeckel.

Die Eistruhe stand im hinteren Raum, schräg gegenüber der Theke. Es war eine große, in Blau und Weiß gehaltene Truhe, auf der über einem angedeuteten tropischen Strand das Logo der Firma zu lesen war: *GIS. Creagelati.* Die Deckfläche bestand aus zwei sanft gerundeten Plexiglasscheiben, die man zum Öffnen gegeneinander verschieben konnte. Die Truhe brummte leise.

»Nicht übereinander, wenn es irgendwie geht«, sagte Assunta. Sie schob den rechten Flügel der Deckfläche ganz zurück. Die Truhe war leer. Ihre Innenwände waren mit einer dünnen Schicht Eiskristalle überzogen. Angenehme Kälte dampfte heraus.

»Also los!« sagte Angelo Sgreccia. Paolo Garzone packte mit an. Carlo war immer ein schmächtiger Mann gewesen, und auch bei Giorgio gab es kaum Probleme. Seine Knie mußten ein wenig angewinkelt werden, doch die Truhe war breit genug, um sie beide nebeneinander auf den Rücken zu legen.

Assunta strich sanft mit der Hand über die wächsernen Wangen der beiden Toten. Dann schloß sie die Eistruhe. Durch das Plexiglas schienen die bleichen Gesichter fast schmerzhaft verzerrt und noch fremder als vorher, doch als die Innenseite des Glases beschlug, verschwammen sie in weichem grauen Nebel.

»Ich bringe noch eine Vase mit Blumen«, sagte Milena Angiolini.

»Nein!« sagte Assunta. Es war nicht an der Zeit, die Toten zu betrauern. Noch mußten sie ausharren in dem unheimlichen Schattenreich zwischen dem irdischen und dem ewigen Leben. Es ging nicht anders.

»Schlaft gut!« sagte Assunta, und jeder begriff, daß ihr Mann und ihr Sohn für sie erst wirklich tot wären, wenn man sie mit Anstand und Würde begraben hatte. Noch waren sie da, in ihrer aller Mitte, und noch ein letztes Mal würden sie aufstehen, um sich dann endgültig zur ewigen Ruhe zu betten. Dann sollten ihre Särge in Sträußen und Kränzen versinken, nicht jetzt. Man stellte keine Blumen für jemanden auf, der vor dem letzten, anstrengendsten Stück Weg, das er zu bewältigen hatte, kurz rastete. Ja, Carlo und Giorgio schliefen nur, einen langen, tiefen Schlaf, in dem sie von niemandem gestört werden sollten. Dafür hatte Assunta zu sorgen. Dafür hatten alle zu sorgen.

Und deshalb handelte Ivan ganz in ihrem Sinn, als er die Unterseite einer leeren Eistortenschachtel abriß, mit schwarzem Filzstift *defekt* daraufschrieb und den Karton zwischen die Plastikgriffe der Eistruhe klemmte.

Die Tür von Lucarellis Haus stand offen. Aus dem Innern tönten die ersten Takte von »*L'isola che non c'è*«. Der Plattenspieler war so laut gestellt, daß die Bässe brummten und der Gesang in den Spitzen schepperte. Sonia Lucarelli störte sich nicht daran. Sie sollte tun, was ihr Spaß mache, hatte ihre Mama gesagt. Das hätte Papa auch so gewollt. Sonia machte es Spaß, Musik zu hören. Sie stand im Schatten des Hauses, wiegte sich in den Hüften und summte die Melodie mit.

»Hör auf!« sagte ihre Schwester Sabrina aus dem Liegestuhl vor der Anzeigetafel. Sie hatte die Beine angezogen und bepinselte ihre Zehennägel mit dem violetten Nagellack, den Milena Angiolini ihnen beiden geschenkt hatte.

»Warum?« fragte Sonia.

»Darum.«

Unter dem Liegestuhl hatte sich Gigolo zusammengerollt. Seine Schnauze lag auf den Vorderpfoten, und die wäßrigen Augen starrten ins Leere. Nur wenn eine Fliege zu aufdringlich wurde, klappte er die Lider zu.

Sonia machte ein paar Tanzschritte, stemmte die Fäuste in die Hüften und ließ das Becken kreisen. Sie sang: »... porta all'isola ...«

»Das ist ja gräßlich«, sagte Sabrina.

»... che non c'è.« Sonia drehte sich um die eigene Achse und warf die Arme nach oben.

»Du singst wie eine quietschende Kellertür.« Sabrina kicherte blöd. Sie streckte den rechten Fuß in die Luft und bewegte die Zehen auf und ab. Es war reines Theater, denn bei der Hitze trocknete der Lack schneller, als man ihn auf die Nägel bekam.

»Ich schreibe dir eine Karte aus San Remo, wenn ich das Festival gewonnen habe«, sagte Sonia. Alle berühmten Sängerinnen hatten mal klein angefangen. Milva und Mina und Laura Pausini, und wie sie alle hießen. Sabrina würde schon sehen.

Sabrina ließ ihre Fußsohlen langsam aufs Pflaster hinab und stand auf. Die Zehen reckte sie immer noch affig nach oben.

»... forse è proprio l'isola che non c'è ...«, sang die Stimme von Edoardo Bennato aus dem dunklen Hauseingang. Sonia trällerte mit. Sie legte den Kopf schief und übte ihren Augenaufschlag. Singen allein war nicht alles. Wie man aussah und wie man sich benahm, zählte mindestens genausoviel. Daß man zum Beispiel in jeder Situation nett lächeln konnte.

Sabrina beugte sich nach unten, um ihre violetten Nägel zu betrachten. Dann rückte sie den Liegestuhl zur Seite und stupste mit den Zehen in Gigolos braunes Fell. Der Hund tat so, als hätte er nichts bemerkt.

»Los, auf!« Sabrina stieß mit dem Fuß hart in Gigolos Flanke. Mit einem Kläffen sprang der kleine Hund auf. Der verstümmelte Schwanz zuckte.

»Komm, Gigolo!« sagte Sabrina.

»Wohin gehst du?« fragte Sonia.

»Fort!«

»Wie fort?«

»Für immer fort!«

Sonia sah zu, wie ihre Schwester in die Sandalen schlüpfte. Sabrina war fast zwei Jahre älter als sie, aber deswegen durfte sie noch lange nicht abhauen. Kinder blieben bei ihrer Familie. Nur Erwachsene gingen für immer fort.

Das Lied verklang. Die Stille tat weh. In sie hinein zischte Sonia: »Wenn du fortgehst, verrate ich dich.«

»Mir doch egal«, sagte Sabrina und ging ins Haus.

Sonia winkte Marisa Curzio zu, die drüben aus der Tür trat und sich Richtung Kirche wandte. Als sie hinter dem Haus des Americano verschwunden war, war die Piazza wieder menschenleer. Eine einsame Taube trippelte auf die Autos zu, die schräg vor dem Mäuerchen an der Hangseite parkten. Rechts stand ein verlassener Liegestuhl. Er war mit gelb-weißem Stoff bespannt. Er sah aus, als würde er auf die Nacht warten.

Sabrina kam mit einer Umhängetasche und einem Strick in der Hand zurück.

Sonia mochte die Nacht nicht. Sie mochte auch den Liegestuhl nicht. Fast unhörbar summte sie den Refrain von »*L'isola che non c'è*« vor sich hin.

»Ich komme mit«, sagte sie dann leise.

»Ich gehe nicht nach San Remo.« Sabrina packte Gigolos Halsband und schlang den Strick durch. Sie verknotete ihn.

»Trotzdem«, sagte Sonia. Sie dachte an die Insel, die es nicht gab.

»Nein«, sagte Sabrina. Sie wickelte das freie Ende des Stricks ein paarmal um ihr Handgelenk und zog an. Gigolo stemmte sich in den Boden, doch der Strick hielt.

»Warte auf mich!« sagte Sonia. Sie mußte noch ihre Lieblingsplatten einpacken. Und die blauen Schuhe. Und das Goldkettchen, das sie von Papa zum Geburtstag bekommen hatte.

Sabrina riß heftig an der Leine. Gigolo jaulte, ließ sich einen halben Meter mitschleifen und gab dann auf. Folgsam trabte er hinter Sabrina her. Ohne sich umzusehen, hielt sie auf das Ostende der Piazza zu. Sonia folgte zögernd. Ihre Platten würde sie unterwegs doch nicht abspielen können. Sie würde selbst singen, egal, was Sabrina sagte. Und das Kettchen würde sie irgendwann holen. Spätestens vor ihrem ersten Auftritt in San Remo. Da würde sie es tragen, und am Schluß, wenn alle begeistert applaudierten, würde sie sagen, daß es ein Geburtstagsgeschenk von ihrem Papa war.

Sie holte Sabrina an den Stufen neben Marisa Curzios Haus ein. Gigolo zog nach links, zur Bar hoch.

»Nein, Gigolo, da runter!« Sabrina riß ihn an der Leine zurück.

»Nicht so fest«, sagte Sonia, »du tust ihm weh.«

»Er ist ein blöder Hund. Ich kann ihn nicht leiden«, sagte Sabrina.

Das stimmte nicht. Sabrina hatte ihn oft genug gestreichelt. Früher wenigstens. Noch vor ein paar Tagen.

»Er muß folgen«, sagte Sabrina. »Er kann nicht einfach zur Bar hoch laufen, nur weil er immer zur Bar hoch gelaufen ist.«

Sonia nickte.

»Bloß weil er vielleicht etwas zu fressen will«, sagte Sabrina.

»Sag mal ...!« sagte Sonia

»Was?«

»Nichts«, sagte Sonia. Sie war auf jeden Fall froh, daß Gigolo dabei war. Vielleicht würde sie später mal ein Lied über einen kleinen Hund dichten, der die Insel, die es nicht gab, suchte.

Im Vorbeigehen warf Sonia einen Blick in die Gasse rechts. Die Nachmittagssonne erreichte den Boden nicht mehr. Die Schattengrenze lag hart auf der Wäsche, die bei Sgreccias unter den Fenstern des ersten Stocks hing. Geradeaus öffnete sich der Torbogen.

Sonia blickte auf den Weg, der steil abfiel und unten in die Straße mündete, die rechts Richtung Pergola und links am Friedhof vorbei nach San Lorenzo führte. Gigolo blieb stehen. Er knurrte.

»Er will hierbleiben«, sagte Sonia. Sie war sich nicht sicher, ob sie nicht auch hierbleiben wollte.

»Ich hasse ihn«, sagte Sabrina, doch sie zog vorsichtiger am Strick als zuvor.

Gigolo stemmte die Beine ein. Er knurrte lauter, bellte. Kläffend sprang er hoch, auf die Mauer des Torbogens zu, zweimal, dreimal, auch wenn er sich wegen der straff gespannten Leine jedesmal fast erwürgte.

Dann sah Sonia sie auch. An der Innenseite des Torbogens waren ein paar Ziegel aus der Mauer gebrochen. In der Lücke, etwa auf Kopfhöhe eines erwachsenen Mannes, balancierte eine erdfarbene Schlange. Der Schwanz hing etwas weiter herab als der dreieckige Kopf. Die lidlosen Augen schienen durchs Tor nach Montesecco hineinzustarren. Gigolo bellte wie verrückt.

»Kusch!« befahl Sabrina. Sie zog den Hund an sich und beugte sich zu ihm hinab.

»Sei jetzt still!« sagte sie. Gigolo knurrte tief. Seine Nackenhaare sträubten sich.

»Ist sie tot?« fragte Sonia. Die Viper war fast so lang wie sie selbst und so dick wie Franco Marcantonis Gartenschlauch.

»Natürlich ist sie tot«, sagte Sabrina. »Glaubst du, eine lebendige Viper hängt an einer Mauer und rührt sich nicht, wenn ein Hund sie ankläfft?«

Sonia wich etwas zurück. Vipern konnten völlig starr und leblos erscheinen, doch kaum schickte die Frühlingssonne die ersten wärmenden Strahlen herab, wachten sie auf und bissen zu. Es war zwar heiß, es war nicht Winter, doch was besagte das schon? Vielleicht verstellte sich die Viper nur. Sonia war sich nicht sicher, ob Vipern überhaupt sterben konnten.

»Halt mal den Hund!« sagte Sabrina. Sonia ging in die Hocke und legte beide Arme um Gigolos schmutziges Fell. Sie spürte sein kehliges Knurren mehr, als sie es hörte.

Sabrina umrundete den Torbogen, griff über das Gatter von Marcantonis Grund am Fuß der Stadtmauer und brach einen Haselnußzweig ab. Sie tippte die Schlange am Schwanz an. Er schaukelte ein wenig und pendelte langsam aus. Dann hob Sabrina mit dem Zweig den spitzen Kopf an. Die Viper tat, als wäre sie tot.

»Ksssst«, machte Sabrina.

»Hör auf!« sagte Sonia.

»Sie ist mausetot«, sagte Sabrina. Sie warf den Zweig weg, packte die Schlange mit der Hand am Schwanz und ließ sie auf den Boden gleiten. Gigolo knurrte wieder lauter.

»Faß sie mal an!« sagte Sabrina. »Sie ist ganz fest und kühl und glatt.«

Nie würde Sonia eine Viper anfassen, und sei sie auch hundertmal tot. Sie vergrub ihr Kinn zwischen Gigolos spitzen Ohren.

»Da, schau mal!« Sabrina hatte die Schlange umgedreht. Auf der helleren Bauchseite zog sich ein handspannenlanger Schnitt vom Kopf abwärts. Sabrinas Finger ließen die Wunde aufklaffen. Es sah eklig aus.

»Glaubst du, es ist die Viper, die Papa …?« fragte Sonia.

»Die da?« Sabrina lachte schrill. »Nein.«

Sonia tippte jetzt doch mit dem Zeigefinger gegen die Schuppen. Sie waren glatt und kühl.

»Niemals ist das dieselbe Viper!« sagte Sabrina.

»Warum nicht?«

»Darum.«

Sonia strich über Gigolos zerzaustes Fell. Der Hund hatte sich beruhigt. Er ließ die Zunge aus dem Maul hängen und hechelte.

»Weil die Schlange, die Papa gebissen hat, sich nicht so einfach fangen und den Hals aufschlitzen läßt«, sagte Sabrina.

»Wir müssen sie begraben«, sagte Sonia leise.

»Spinnst du?«

»Willst du sie einfach liegen lassen, bis sie zu stinken anfängt?«

Sabrina setzte sich auf den staubigen Boden. Sie bog den Schlangenkörper, bis Kopf und Schwanzspitze aneinanderstießen. Die Viper bildete jetzt einen unregelmäßigen Kreis.

»Wie eine Kette«, sagte Sonia.

»Genau«, sagte Sabrina. Sie nahm die Viper mit beiden Händen auf und schlang sie sich um den Hals. Kopf und Schwanz standen zur Seite ab. Es war keine schöne Kette.

»Ich nehme sie mit. Als Andenken«, sagte Sabrina. Sie stand auf.

Auf der rechten Seite war der Torbogen in die Außenmauer des Palazzo eingelassen. Sie war ganz aus schweren Bruchsteinen gebaut und ging ein wenig schräg nach oben, so wie es früher bei den Burgen üblich war. Das unterste Fenster befand sich mindestens fünf Meter über dem Weg. Da konnte keiner heimlich hineinklettern.

Von der Straße unten näherte sich Motorengeräusch. Ein weißes Auto bog in den Weg ein.

»Es ist schon Nachmittag. Vielleicht sollten wir erst morgen …« Sonia blickte zu ihrer Schwester hoch. Sabrina hatte ihre Haare zu einem Pferdeschwanz gebunden. Das weiße Kleid war weit ausgeschnitten, so daß die Schlangenkette auf ihrer nackten Haut zu liegen kam. Sabrinas linke Hand kraulte sanft den Kopf der Viper.

Das Auto stoppte vor dem Tor. Am Steuer saß Ivan Garzone. Sonia hörte, wie er die Handbremse anzog. Er ließ den Motor laufen und stieg aus.

»Soll ich euch zwei Hübschen mit hinauf …?« Ivan

brach mitten im Satz ab. Seine Hand krallte sich in die Autotür.

»Sabrina, wirf das weg!« zischte er. »Pack so fest zu, wie du kannst, und wirf es weg!« flüsterte er.

»Sie ist tot«, sagte Sabrina. Sie wich einen Schritt zurück.

»Wirf es sofort weg!« brüllte Ivan. Sonia zuckte vor Schreck zusammen.

Mit beiden Händen hob Sabrina die Kette über den Kopf und ließ dann die Schlange vor sich zu Boden fallen.

»Und jetzt geht zurück!« schrie Ivan. »Weiter! Noch weiter!«

Die Schlange lag in der Mitte des Tors. Sie rührte sich nicht. Ivan hielt dennoch Abstand. Er drückte sich dicht an der Mauer entlang und kam auf die Mädchen zu.

»Sie war doch schon tot«, sagte Sabrina trotzig.

»Sie hat da gehangen.« Sonia zeigte auf die Kante des Torbogens. Sie schniefte. Sie wollte jetzt nicht weinen, aber die Tränen liefen einfach heraus.

»Jemand hat sie aufgeschlitzt«, sagte Sabrina.

»Ist ja gut«, sagte Ivan. Er zog Sonia an sich heran und legte den anderen Arm um Sabrina. »Es ist nichts passiert. Aber ihr dürft nie mehr eine Viper anfassen. Niemals. Nicht einmal in ihre Nähe dürft ihr gehen. Versprecht ihr das?«

Sonia wischte sich die Augen. Sie nickte.

»Und jetzt kommt mit!« Ivan ließ sein Auto mit laufendem Motor stehen, packte die beiden Mädchen an der Hand und führte sie bis zur Piazza. Gigolo lief hinterher.

»Um Himmels willen«, sagte Antonietta, als Ivan erzählte, was er gesehen hatte.

»Es hört nicht auf, Antonietta«, sagte Ivan am Ende. »Es ist wie verhext.«

Die Friedhofsmauer war aus dem gleichen nackten Beton wie die des Gefängnisses in Falconara. Nur weniger hoch. Davor standen sechs Zypressen Wache. Fünf davon ragten weit über die Mauer empor, nur die zweite von links war offensichtlich erst vor kurzem neu gepflanzt worden. Vielleicht hatte der Blitz in den alten Baum eingeschlagen. Vannoni würde bei Gelegenheit Lidia Marcantoni fragen.

Ins Gitterwerk des schmiedeeisernen Tores waren drei Kreuze eingearbeitet. Vannoni schob den Riegel zurück. Das Tor quietschte in den Angeln. Der Friedhof war etwa doppelt so groß wie der Gefängnishof, hatte aber auch einen quadratischen Grundriß. Geradeaus führte ein von Buchsbaumhecken gesäumter Kiesweg zu einer kleinen Kapelle. Doch Vannoni wandte sich unwillkürlich nach rechts, auf die Doppelgrabkammern zu.

Eine davon hatte Vater angemietet, als Mutter gestorben war. Er war sicher gewesen, daß er sie nicht lange überleben würde. Es hatte dann doch noch zehn Jahre gedauert. Vannoni blieb stehen. Wo Maria lag, wußte er nicht. Zur Beerdigung hatten sie ihn nicht aus der Untersuchungshaft gelassen. Später hatte er nie nach ihrem Grab gefragt.

In dem verdorrten Rasen vor der Hecke steckten hier und da ein paar schiefe Grabsteine und rostige Kreuze. Alle waren deutlich älter als fünfzehn Jahre. Vannoni folgte dem äußeren Umgang und ließ den Blick über die Namen an der Wand streichen. In drei Reihen übereinander verschlossen Marmorplatten die Grabkammern. Gut ein Drittel war nicht beschriftet. Mehr als genug Platz für alle, die noch in Montesecco sterben würden.

Vannonis Eltern lagen in der Mittelreihe. Er las die Namen, die Daten, die Trauerinschrift. Er betrachtete die beiden Blumensträuße auf dem Sims vor der Doppelplatte. Es waren zwei gleiche Sträuße aus weißen und gelben Blumen. Vannoni kannte sie, aber er hatte vergessen, wie sie hießen. Sie welkten bereits, standen wohl schon ein paar Tage. Wahrscheinlich hatte Elena sie aufgestellt, kurz bevor er zurückgekehrt war. Für den Fall, daß er gleich zum Friedhof gehen würde.

Vannoni wandte sich um und suchte mit den Augen die Wände ab. Gelb und Weiß. Ein wenig verwelkt. Ja, dahinten, schräg gegenüber, ebenfalls in der mittleren Reihe. Er ging quer über den Rasen. Noch bevor er die Inschrift lesen konnte, erkannte er, daß es wirklich der gleiche Strauß war. Natürlich hatte Elena auch an Marias Grab gedacht.

Auf der Platte stand in goldfarbener Schrift eingraviert: *Maria Bertini, in Vannoni. 23.6.1953–16.3.1978.* Sonst nichts. Kein Hinweis auf den Mord. Wahrscheinlich sollte Vannoni dafür dankbar sein.

Er versuchte an Maria zu denken. Wie sie früher gewesen war. Er versuchte sich an Situationen zu erinnern, in denen sie sich eins gefühlt hatten, in denen er sie zum Lachen gebracht hatte, doch er konnte machen, was er wollte, er sah nur diesen letzten fremden Blick, den er mit sechs Kugeln hatte auslöschen wollen und der sich stattdessen für immer in sein Hirn gebrannt hatte.

Es tut mir leid, Maria, es geht nicht, dachte er. Er legte eine seiner hölzernen Eidechsen auf den Sims neben der Blumenvase. Dann drehte er sich um und ging. Als er den Riegel des Friedhofstors zuschob, dachte er, daß er jetzt wenigstens dagewesen war.

Auf dem Rückweg ins Dorf fiel ihm ein, daß er nicht darauf geachtet hatte, ob eine der Grabkammern neben Maria noch frei war. Es war ein unsinniger Gedanke. Was ging es ihn an, wo er lag, wenn er tot war? Das sollte Catia regeln, wie sie mochte. Er würde sich auf jeden Fall kein Grab zu Lebzeiten anmieten. Von ihm aus konnten sie seine Leiche auf den Müll werfen.

Vannoni ging schneller, keuchte den Berg hoch. Er hielt sich ganz am Straßenrand, im Schatten der überhängenden Äste. Er bog nach rechts ab und lief den Weg hinauf. Erst unter dem Torbogen hielt er an. Er wischte sich den Schweiß ab. Als sein Puls wieder normal schlug, steckte er sich eine Zigarette an. Er rauchte langsam. Er trat die MS aus. Dann schlenderte er die zwanzig Meter bis zu Sgreccias Haus.

Im Wohnzimmer lief der Fernseher. Es roch nach köchelndem Tomatensugo. Als Vannoni rief, kam Elena aus der Küche. Weder Catia noch Angelo waren zu Hause.

»Ich war am Friedhof«, sagte Vannoni. »Danke für die Blumen!«

»Man müßte wahrscheinlich schon wieder neue hinstellen«, sagte Elena.

»Ja«, sagte Vannoni. Er mußte vorsichtig sein.

»Wie geht es Catia? Ich meine, gesundheitlich?« fragte er.

»Gut.«

Vannoni nickte. Elena erzählte irgend etwas über irgendeinen Frauenarzt in Pergola, von dem Vannoni nie gehört hatte. Er sah den bunten Bildern auf Canale 5 zu.

»Wann ist es denn eigentlich soweit?« fragte er.

»Im November«, sagte Elena.

Vannoni überlegte. »Also wird das Kleine Skorpion oder Schütze.«

»Skorpion, wenn alles normal läuft. Der Termin ...« Elena brach ab. »Seit wann interessierst du dich für Sternzeichen?«

Alle interessierten sich für Sternzeichen. Wieso sollte Vannoni sich nicht dafür interessieren? Über den Fernsehschirm flimmerte ein Werbespot für Joghurt. Von Parmalat.

Elena setzte sich an den Tisch. Sie sagte: »Also gut, ich sage es dir. Du kannst dir das Zurückrechnen sparen. Es war im Karneval. Am Giovedì Grasso. Catia besuchte einen Maskenball in der Schule. Angelo wollte sie um dreiundzwanzig Uhr abholen, doch sie war schon zwei Stunden früher gegangen. Allein. Um ein Uhr haben wir die Polizei verständigt. Ob sie wirklich gesucht haben, weiß ich nicht. Auf jeden Fall stand Catia um sieben Uhr morgens bei uns vor der Tür. Lächelnd hat sie sich unsere Vorwürfe angehört, hat sofort versprochen, so etwas nie wieder zu tun, doch keine Macht der Welt hätte aus ihr herausbekommen, wo sie die Nacht verbracht hatte und wie sie nach Hause gekommen war.«

Elena legte die Hände auf der Tischplatte übereinander. Sie sah müde aus. Ihre Haare waren streng zurückgebunden, der Scheitel kerzengerade. Unwillkürlich suchte Vannoni nach ersten grauen Strähnen.

»Skorpion also«, sagte er. »Ich dachte daran, dem Kleinen eine Sternzeichenfigur zu schnitzen. Mal sehen, ob ich das hinbekomme.«

Vannoni verabschiedete sich. Die Hitze drückte. Zu keiner Zeit des Tages schien die Luft mehr zu brodeln als kurz nach Sonnenuntergang. Dabei war es sicher nicht heißer als tagsüber. Es lag eher daran, daß sich die sehnlichst erhoffte Abkühlung nicht sofort einstellen wollte, wenn der glühende Ball hinter dem Horizont versank.

Von irgendwoher hörte Vannoni plätscherndes Wasser, dann die Spritzgeräusche eines Schlauches, Kreischen, ein kicherndes Lachen. Der Geruch von Grillfleisch hing in der Luft. Vannoni zündete sich noch eine Zigarette an. Er stieg die fünf Stufen zur Piazza hoch und passierte die ehemalige Schule. Auf dem Liegestuhl vor der Anzeigetafel saß eine der Lucarelli-Töchter. Sie summte vor sich hin. Auf ihrem Schoß lag der kleine braune Hund, der Beppone so ähnlich sah, und ließ sich kraulen.

Vannoni blieb stehen. Er sagte: »Hallo.«

»Ciao.«

»Bist du ganz allein?«

»Sabrina darf nicht raus.« Die Kleine zog den Hund dichter an sich.

Vannoni sagte: »Weißt du, daß ich mich im Karneval mal als Tisch verkleidet habe?«

Das Mädchen sah zu ihm auf.

»Ich habe ein langes weißes Tischtuch auf ein Brett geklebt und mir das Brett auf den Rücken gebunden. Wenn ich mich dann gebückt habe, war ich ein Tisch.« Vannoni beugte sich nach vorn und stützte sich mit den Fingerspitzen am Boden ab.

»Einmal hat einer ein Glas auf mir abgestellt«, sagte er.

»Da konntest du nicht mehr hoch.« Das Mädchen kicherte.

»Aber was glaubst du, wie der Mann geschaut hat, als der Tisch plötzlich nach vorne wackelte und sein Glas entführte!« Vannoni machte zwei wiegende Schritte und richtete sich dann auf.

»Klirr!« sagte das Mädchen. »Jetzt ist das Glas kaputt.«

»Ja, lauter Scherben«, sagte Vannoni. »Und du, als was hast du dich verkleidet?«

»Als Prinzessin.«

»Klar. Warst du so auf dem Maskenball der Schule?«

»Nein. Der war doch nur für Große.«

»Aber dein Papa hätte dich doch begleiten können.«

»Der war ja gar nicht da.«

»Wo war er denn?«

»Fort. In Pesaro, bei Onkel Adriano. Weil der Onkel so krank war.«

Aus dem Haus nebenan rief Antoniettas Stimme: »Komm essen, Sonia!«

»Da ist dein Papa sicher erst spät zurückgekommen?« fragte Vannoni.

»Weiß nicht.« Das Mädchen zuckte die Achseln.

Am anderen Ende der Piazza tauchte Paolo Garzones alter Fiat Ducato auf. Langsam rumpelte er näher.

»War dein Papa am nächsten Morgen müde?« fragte Vannoni.

»Ich muß jetzt gehen«, sagte das Mädchen. Es setzte den Hund auf den Boden und stand auf.

Paolo Garzone parkte den Lieferwagen drei Schritte neben dem Liegestuhl ein.

»Hat er sich tagsüber mal hingelegt? Mußtet ihr leise sein? Hat er mit deiner Mutter gestritten?« fragte Vannoni.

Paolo Garzone war schneller aus dem Auto, als es Vannoni einem Mann seiner Statur zugetraut hätte. Er legte seine Pranke behutsam auf die Schulter des Mädchens.

»Ciao, Paolo«, sagte das Mädchen.

Garzone beugte sich hinab. Er fragte: »Was wollte er von dir, Sonia?«

»Er hat sich im Karneval mal als Tisch verkleidet und ein Glas kaputt gemacht«, sagte das Mädchen. Es tänzelte auf den Fliegenvorhang in der Tür zu.

»Laß sie in Ruhe, Matteo!« sagte Paolo Garzone.

»*Ich* bin nicht an kleinen Mädchen interessiert«, sagte Vannoni.

Paolo Garzone trat ganz nahe an ihn heran. Er nestelte an Vannonis Hemd herum, als müsse er irgendwelche Flusen entfernen, und sagte: »Ich verbiete dir, mit Sonia zu sprechen. Oder mit Sabrina.«

»Was geht dich das an?«

»Vielleicht hast du ja Giorgio wirklich nicht umgebracht«, sagte Paolo, »aber solange man dir nicht hundertprozentig trauen kann, bleibst du von der Familie weg. Antonietta hat es schwer genug.«

»Und sie hat verboten, daß ich mit den Kindern rede?«

»Nein.« Paolo schüttelte den Kopf. »Antonietta ist eine wunderbare Frau. Dazu ist sie viel zu rücksichtsvoll. Aber ich verbiete dir das. Du hältst gefälligst Abstand!«

»Sonst passiert was?« fragte Vannoni.

Paolo grinste und bohrte den Finger in Vannonis Brust. »Laß dich überraschen!«

Vannoni hob den linken Arm und wischte Paolos Hand zur Seite. Ein paar Momente lang starrten sie sich in die Augen, dann drehte sich Paolo wortlos um und stapfte davon. Er verschwand in der Tür der Lucarellis.

Vannoni ging nach Hause. Er schnitt den Rest der Wildschweinsalami auf, die ihm Elena vor drei Tagen vorbeigebracht hatte. Das Weißbrot war außen steinhart, doch der

Kern der Scheiben war noch eßbar. Vannoni füllte ein Glas mit Leitungswasser. Er trank gierig und füllte nach.

Während des Karnevals also! Catia hatte gefeiert, hatte vielleicht zuviel getrunken. Giorgio Lucarelli hatte zumindest eine prächtige Gelegenheit gehabt. Ausgerechnet mit Giorgio! Das erklärte natürlich, wieso Catia sich so hartnäckig weigerte, mit dem Namen herauszurücken. Und warum sie ihn mitten in der Nacht weckte, nur um ihn zu fragen, ob er Giorgio umgebracht hatte. Es paßte alles zusammen.

Vannoni kaute an der Salami. Er wischte die Brotkrumen mit dem Unterarm vom Tisch. Nein, er hatte nicht den Hauch eines Beweises. Er rührte sich nur ein Gebräu von Unterstellungen und gewagten Schlußfolgerungen zusammen. So, als wünsche er geradezu, daß sich die schlimmste aller Möglichkeiten bewahrheitete. Als wolle er sich suhlen in dem Gefühl, von jedermann immerzu betrogen und verraten zu werden.

Er hatte fünfzehn Jahre Zeit gehabt, mit jener Nacht klarzukommen. Er hatte es nicht geschafft. Pech für die, die jetzt darunter zu leiden hatten! Aber er konnte nicht anders. Er stand auf und stellte das leere Wasserglas in die Spüle. Es mußte Beweise geben. Und er würde sie finden.

Die hölzernen Beine des Liegestuhls ratterten über das Pflaster, als Benito Sgreccia ihn aus dem Schein der Straßenlaterne zog. Er stellte das Transistorradio in Reichweite daneben ab. Den gebogenen Griff seines Spazierstocks verankerte er in der Armlehne des Liegestuhls. Dann plazierte er sich vor der Sitzfläche, hielt sich mit beiden Händen an den Armlehnen fest und ließ sich ächzend hinab. Ein Hustenanfall schüttelte ihn.

Seine Lunge war völlig ruiniert. Allzu lang hatte er nicht mehr zu leben. Ob es noch ein paar Wochen oder ein paar Jahre waren, könnten sie ihm vielleicht im Krankenhaus sagen, doch da brachten Benito Sgreccia keine zehn Pferde hin. Er ging nicht einmal mehr zum Arzt in Pergola, seit der ihm nicht bestätigen wollte, daß sein Lungenschaden auf die Arbeit in der Schwefelmine zurückzuführen sei. Schließlich habe er nur acht Jahre unter Tage gearbeitet, und das liege schon drei Jahrzehnte zurück.

1959 war Benito Sgreccia zum letztenmal eingefahren, auf Ebene 20 Nord in 630 Meter Tiefe, er erinnerte sich genau. Wahrscheinlich sollte er den Direktoren von Montecatini dankbar sein, daß sie die Mine gegen den erbitterten Widerstand der ganzen Gegend geschlossen hatten. Sonst hätte er dort weiter Schwefelstaub in seine Lunge gefüllt und würde jetzt nicht einmal mehr röcheln. Benito Sgreccia hätte gern gewußt, was der Arzt dann auf seinen Totenschein geschrieben hätte.

Ein Windstoß ließ halb abgelöstes Papier rascheln. Ein paar Meter links stand die kommunale Anschlagtafel mit den Todesanzeigen, auf die Benito Sgreccia aufzupassen hatte. Die Dächer vor ihm versperrten den Blick auf die schwarzen Hügelketten, deren Kuppen mit den Lichtinseln von San Pietro, Palazzo, Piticchio, Cabernardi und den anderen Dörfern bis hin nach Arcevia überzuckert waren, doch darüber öffnete sich ein majestätischer, wolkenloser Nachthimmel.

Das Sommerdreieck strahlte hell und stürzte, wenn man sich darauf konzentrierte, blitzend und größer werdend aus dem Himmel heraus. Es erinnerte ein wenig an die Lichter eines Zuges, der im Tunnel auf einen zurast. Dann änderte sich das Bild. Andere Sterne sprangen hervor, fügten sich zu Bildern, dem Wassermann, der Hydra, der Schlange, deren gedachte Verbindungslinien bald im Glanz von Abermillionen entfernteren Leuchtpunkten versanken. Sobald sich die Augen eingestimmt hatten, schien kaum noch leeres Schwarz im Sternenmeer übrigzubleiben.

Der alte Sgreccia tastete nach dem Radio. Er schaltete es ein. Sanftes Rauschen floß aus dem Lautsprecher und machte sich zurück auf den Weg in den Weltraum. Mit Daumen und Zeigefinger drehte Benito Sgreccia an der Skaleneinstellung. Er wischte durch die Töne eines Klavierkonzerts, emphatische Werbebotschaften, serbische und albanische Sprecherstimmen, Fetzen von Fußballreportagen, durch die aufgeregten Grüße von Maddalena aus Empoli an Roberto aus Messina, durch Poprhythmen, Predigten und Politikerinterviews. Und immer wieder durch das unendliche Meer des Rauschens, das all diese fernen Welten wie exotische Inseln umspülte.

Als sich von hinten Schritte näherten, tastete der alte Sgreccia nach seinem Stock. Noch bevor er sich aufrichten konnte, hörte er Gianmaria Curzios Stimme, die ihn halblaut anrief: »Wie wäre es mit einem Grappa, Benito?«

»Hm«, sagte Sgreccia und lehnte sich wieder zurück. Er griff nach der Flasche, die ihm Curzio entgegenhielt, setzte an, nahm einen Schluck und gab die Flasche zurück.

»Dein Radio rauscht«, sagte Curzio. Er lehnte sich an das Mäuerchen. Dicht über seinem Kopf standen zwei der Deichselsterne des Großen Wagens.

Benito Sgreccia drehte nach rechts, bis er einen Sender einigermaßen klar eingestellt hatte. Die Stimme der Sprecherin sagte: »... fraglich, ob die zweite Kammer die Immunität des Senators auf Lebenszeit aufhebt. Aufgrund der Aussagen des Mafiakronzeugen Tommaso Buscetta hat die römische Staatsanwaltschaft im April Untersuchungen gegen Giulio Andreotti eingeleitet. Der vielfache ehemalige Ministerpräsident und starke Mann der Democrazia Cristiana wird beschuldigt, den Mord am Zeitungsverleger Mino Pecorelli in Auftrag gegeben zu haben ...«

Sgreccia hustete. Die Partei der Christdemokraten zerbröckelte gerade. Fünfundvierzig Jahre lang hatten sie bestimmt, was in Italien Sache war, und nun lösten sie sich auf. Verschwanden wie eine ausgebrannte Sonne im Weltraum.

»… sagte der Vorsitzende von Rifondazione Comunista, daß mit der Sozialdemokratisierung des PDS die Tradition des ehemaligen PCI nur noch …«

Und die Kommunisten waren auch weg, hatten sich geteilt und umbenannt. Fünfundvierzig Jahre große Worte und tägliche Kämpfe und hehre Ideale und schmieriges Gebettel, endlich mit an die Macht zu dürfen, und dann: ffft, war die Luft raus, war alles nicht mehr wahr gewesen, kannten sie sich auf den Bildern von vor zwei Jahren nicht mehr, hatten sie die Worte noch nie gehört, die jahrzehntelang die alleinige Wahrheit bedeutet hatten.

»Für mich war die tote Schlange am Tor ein Ablenkungsmanöver«, sagte Curzio. »Der Täter wollte, daß sich niemand die wirklich wichtigen Fragen stellt, weil sich alle den Kopf darüber zerbrechen, was die Viper bedeuten soll. Also fühlt er sich schon in die Enge getrieben. Und das heißt wiederum, daß wir mit der Überprüfung der Alibis auf genau dem richtigen Weg sind.«

»Vielleicht«, sagte Benito Sgreccia. Vielleicht war alles auch ganz anders.

»Milena Angiolini und Marta Garzone sind aus dem Schneider«, sagte Curzio. »Die waren zusammen einkaufen. Ich habe die Kassenzettel mit Datum und Uhrzeit gesehen. Paolo Garzone hat zumindest für den Nachmittag ein Alibi. Da hat er bei einer Hausrenovierung in Bellisio Heizkörper installiert. Ich habe mit einem Elektriker gesprochen, der auch dort war.«

»… sein Sprecher in Tunis wies die Vorwürfe als völlig unbegründet zurück. Nie habe Bettino Craxi vor oder während seiner Amtszeit …«, sagte die Radiosprecherin.

Und von den Sozialisten war auch nicht viel mehr geblieben als ihre Skandale. Alles ging entzwei, alles zerfiel. Die Parteien, die Politik, ganz Italien. Auch über Montesecco strahlte allenfalls noch der Sternenhimmel wie eh und je. Allerdings sollten ja viele Sterne schon erloschen sein. Nur ihr Licht war noch unterwegs.

»Dein Sohn macht ein wenig Schwierigkeiten«, sagte Curzio.

»Angelo?« fragte der alte Sgreccia.

»Er sagt, es ginge mich überhaupt nichts an, wo er sich an dem Tag aufgehalten habe, und ich solle mich um meinen eigenen Kram kümmern.« Curzio trank aus der Grappaflasche und reichte sie Benito Sgreccia hinab.

»Angelo war für Melli auf Tour. La Spezia und zurück«, sagte Benito Sgreccia.

»Und wieso sagt er mir das nicht?« fragte Curzio. »Wenn er arbeiten war, könnte er mir das doch sagen. Hast du es nachgeprüft?«

»Giorgio starb am Dienstag, nicht?« sagte Benito Sgreccia.

»Ich will keineswegs behaupten, daß Angelo ...«, sagte Curzio, »aber du solltest mal mit ihm reden und ihm klarmachen, daß wir die Leute nicht zum Spaß ...«

»Marisa sagt, daß ihr am Montag einkaufen wart«, sagte der alte Sgreccia.

»Was?«

»Und zusammen gegessen hättet ihr am Sonntag und am Montag und danach auch wieder. Nur am Dienstag nicht. Da hätte sie nämlich Migräne gehabt und den ganzen Tag im abgedunkelten Schlafzimmer verbracht. Sie glaubt zwar, daß du mal nach ihr gesehen hast, aber das könnte auch erst am Abend gewesen sein«, sagte Sgreccia. Selten hatte er eine so lange Rede gehalten. Das letzte Mal vielleicht bei der Hochzeit von Angelo und Elena, doch damals hatte er sich tagelang darauf vorbereitet. Er hustete.

»Du hast meine Tochter nach meinem Alibi gefragt?« fragte Curzio ungläubig.

»Ihres ist auch nicht sehr überzeugend«, sagte Benito Sgreccia.

»Ich habe mich halt im Tag geirrt. Das kann doch mal passieren!«

»Hm«, machte Benito Sgreccia. »Was war also am Dienstag?«

»Gib den Grappa her!« sagte Curzio. »Fiorella hat recht. Dir tut der Alkohol nicht gut.«

Er nahm dem alten Sgreccia die Flasche aus der Hand, schlurfte durch den Schein der Laterne und verschwand im Dunkel.

»... und nun zum Wetter: Es bleibt unverändert heiß und trocken. Ganz Italien und die Inseln ...«

Benito Sgreccias Hand tastete nach dem Regler des Radios. Er mußte nur ein wenig drehen, um das Rauschen des Weltraums wiederzufinden. Das Universum war irgendwann einmal durch einen großen Knall entstanden. Es flog entweder ewig mit rasender Geschwindigkeit auseinander oder würde wieder in sich zusammenstürzen. Beides war kaum zu glauben, wenn man die Millionen Sterne dort oben funkeln sah. Der alte Sgreccia schloß die Augen, zählte stumm bis zehn und machte die Augen wieder auf. Der Sternenhimmel war noch da.

Man sagt, daß manche Tiere Erdbeben und Vulkanausbrüche vorherahnen und sich rechtzeitig in Sicherheit bringen, auch wenn keiner weiß, was sie eigentlich warnt. Vielleicht ist das aber nur Aberglauben, und vielleicht zwitscherten an diesem Morgen auch gar nicht so viel weniger Vögel in den Pinien oberhalb der Piazza von Montesecco als an jedem anderen Morgen. Dennoch schien die Welt stiller geworden zu sein. Als halte die Seele des Dorfs inne, um sich auf etwas Ungeheuerliches vorzubereiten.

Ein Erdbeben war nicht zu erwarten, wohl aber ein Kommando der Polizei, dem der Respekt, den Montesecco seinen Toten schuldete, völlig egal war, wenn er mit seuchenhygienischen Grundsätzen in Widerspruch geriet. Daß die Polizisten anrücken würden, war so sicher wie das Amen in der Kirche, aber in welcher Stärke und mit wieviel Entschlossenheit, darüber waren die Meinungen am Abend zuvor weit auseinandergegangen.

Und wenn man den Gegner nicht richtig einschätze, könne man ihn auch nicht besiegen, hatte der alte Marcantoni gesagt, bevor er sich in der ausführlichen Erörterung der Partisanenstrategie im Winter 1943/44 verlor. Immerhin setzte sich seine Auffassung, daß wahre Stärke auf blinden Aktionismus verzichte, durch, und so wurde der Vorschlag Paolo Garzones, die beiden Leichen in einem der leerstehenden Häuser einzumauern, nach heftiger Diskussion abgelehnt. Das Versteck in der Eistruhe schien gut genug. Man einigte sich darauf, abzuwarten und wachsam zu bleiben.

»Devise: Gewehr bei Fuß!« hatte Ivan Garzone gesagt.

Im wörtlichen Sinne galt das für Franco Marcantoni, der seit acht Uhr dreißig auf der Rundbank am Ortseingang saß und seinen Karabiner geladen neben sich lehnen hatte. In jüngeren Jahren hatte er damit manches Wildschwein erlegt, und obwohl er seit längerem darauf verzichtete, durchs Unterholz zu krabbeln, war sein Gewehr gepflegt wie eh und je. Man wußte ja nie, wann man es mal brauchen würde.

Auf dem abgeernteten Feld unten pfiff Luigi nach seinen Hunden. Er begann seine Herde nach Hause zu treiben. Grünfutter gab es nirgends, und für die Schafe wurde es zu heiß. Allen war es zu heiß. Franco Marcantoni sah zu dem Holzkreuz über sich auf, fluchte stumm und drehte den Verschluß seiner Wasserflasche auf. Er nahm einen kleinen Schluck. Das Wasser floß lauwarm durch die Kehle. Marcantoni phantasierte von Eiswürfeln, die immer größer wurden und schließlich zu einer leise summenden Eistruhe verschmolzen.

Er riß die Augen auf und folgte mit seinem Blick dem glitzernden Band der Straße nach Pergola, bis sie in der Ferne hinter einer Kuppe verschwand. Es waren knapp drei Kilometer, die er von oben einsehen konnte. In den vergangenen zwei Stunden waren sieben Autos nach Pergola unterwegs gewesen und fünf in der Gegenrichtung. Plus dem Briefträger auf seinem Moped. Es bestand kaum die Gefahr, einen Polizeikonvoi aufgrund des hohen Verkehrsaufkommens zu übersehen. Man durfte nur nicht einschlafen.

Franco Marcantoni war auch eine halbe Stunde später noch wach, und er übersah auch nicht die beiden Autos, die über der Kuppe erschienen und gemächlich auf Montesecco zuhielten. Das vordere mochte ein schwarzer Leichenwagen sein, gefolgt von etwas Blauem mit weißer Aufschrift, das schwer nach Polizeiwagen roch. Das waren sie. Es ging los, doch Franco Marcantoni war fast ein wenig enttäuscht. Ein einziger Streifenwagen, das war alles. Immerhin erkannte er jetzt, daß es Carabinieri waren und keine simple Gemeindepolizei, die den Inbegriff von Staatsgewalt darin sah, den Corso am Marktsamstag für den Verkehr zu sperren.

»Willkommen in Montesecco!« murmelte Marcantoni. Er richtete den Lauf seiner Wildschweinbüchse nach oben und drückte ab. Ein paar Tauben stoben auf. Der Donner des Schusses rollte über Feld und Hügel. Kilometerweit. Wer immer auf den Feldern arbeitete, würde den Mähdrescher abstellen und ins Dorf zurückkehren. Aus den Weinbergen würden sie hocheilen, aus den Gemüsegärten am Ortsrand, würden sich mit den Hausfrauen und Alten vereinen, die in den Häusern alles stehen- und liegenließen, weil sie jetzt auf der Piazza gebraucht würden. Der Leichenwagen und seine Polizeieskorte durchquerten die Senke bei der Abzweigung nach Madonna del Piano. In ein paar Minuten würden sie hier sein. Der alte Marcantoni schulterte sein Gewehr und schlurfte ins Dorf zurück.

Vor der Tür der Lucarellis drängte sich Schulter an Schulter, als der Leichenwagen auf der Piazza stoppte. Der Fahrer blieb hinterm Steuer sitzen, steckte sich eine Zigarette an und ließ den linken Arm aus dem offenen Fenster baumeln. Aus dem Streifenwagen stiegen vier schwarz Uniformierte. Der Brigadiere ließ einen seiner Männer am Wagen zurück und kam mit den beiden anderen auf die menschliche Mauer zu.

»Macht keine Schwierigkeiten!« sagte er. Er trug einen Schnauzbart und hatte den gleichen Hundeblick wie Totò.

»Nicht, wenn ihr in euer Auto steigt und verschwindet«, sagte Paolo Garzone finster.

»Wir tun bloß unsere Arbeit.«

»Ihr hättet halt etwas Ordentliches lernen sollen«, sagte Ivan Garzone.

»Los, Leute!« sagte der Brigadiere. Seine Leute zögerten.

Milena Angiolini trat aus der ersten Reihe hervor, warf die blonden Locken zurück und strahlte den jungen Polizisten links hinter dem Brigadiere an. »Ich glaube es einfach nicht, daß ihr euch an wehrlosen Frauen vergreifen wollt. Aber wenn es denn sein muß, dann will ich von dir abgeführt werden. Pietro, nicht? Wir haben letzten Herbst auf der Sagra in Bellisio zusammen getanzt, erinnerst du dich? Du warst ja so süß!«

»Oho!« rief Ivan Garzone.

»Und so sensibel«, seufzte Milena Angiolini. »Hast du mir nicht gestanden, wie schlimm es ist, Polizist zu sein? Daß keiner den Menschen in dir sieht?«

»Den Mann, meinst du? Das stimmt!« sagte Marisa Curzio. Einige lachten.

»Einen, der mal alle fünfe gerade sein läßt«, sagte Milena Angiolini.

Der junge Polizist übte verbissen an einem versteinerten Gesichtsausdruck.

»Was hast du eigentlich am Samstagabend vor?« lockte Milena Angiolini.

»Frauen schlagen«, vermutete Marisa Curzio.

»Stiefel lecken«, meinte Ivan Garzone.

»Leichen schänden«, sagte Franco Marcantoni.

»Schluß jetzt!« zischte der Brigadiere. Er schritt die

Reihe der Dorfbewohner ab und musterte die Gesichter. Vor Ivan Garzone blieb er stehen. »Wie heißen Sie?«

Ivan grinste breit.

»Ich fordere Sie auf, den Weg freizugeben«, sagte der Brigadiere. »Leisten Sie dieser Aufforderung nicht Folge, behindern Sie die Polizei in Ausübung ihrer hoheitlichen Pflicht. Sie werden angezeigt und begleiten uns zur Feststellung Ihrer Personalien. Sollten Sie auch nur den kleinen Finger erheben, machen wir Widerstand gegen die Staatsgewalt daraus, und Sie fahren so lange in den Knast ein, bis von den beiden Leichen da drinnen nur noch Skelette übrig sind.«

Ivans Grinsen verging. Er konnte nicht klein beigeben, das war klar. Man erwartete von ihm Durchhaltevermögen und Stärke. Auch wenn man ihn einsperrte. Natürlich wäre das eine Katastrophe. Gerade jetzt im Sommer schaffte Marta die Arbeit in der Bar nicht alleine. Und die Kinder brauchten ihren Vater. Ivan hatte das ganze Dorf auf eigene Kosten mit Eis versorgt, er hatte seine Kühltruhe zur Verfügung gestellt. Er hatte mehr getan als alle anderen. Er war kein Held. Wie kamen die eigentlich auf die wahnwitzige Idee, daß er stoisch und unbeirrbar in der Reihe bleiben würde? War er etwa Mahatma Gandhi? Und würden sie etwa nicht lachend auf dem Balcone sitzen und seinen Wein trinken, während er im Knast steckte?

»Also?« fragte der Brigadiere.

Ivan schnaufte. Er kämpfte mit sich. Wieso gerade er? Wieso sollte er sich einsperren lassen, nur weil der alte Lucarelli einen unsinnigen Schwur abgelegt hatte? Was änderte es schon, ob man zwei Leichen beerdigte oder nicht? Und wieso sollte er den Zugang zu einem Haus blockieren, in dem sich diese Leichen nicht einmal befanden? Es war vollkommen idiotisch, aber er, Ivan, war kein Idiot. Er würde einfach einen Schritt zur Seite tun.

»Zum letztenmal«, sagte der Brigadiere. »Sie gehen jetzt aus dem Weg, und wir holen die Leichen da heraus.«

Ivan antwortete nicht. Er rührte sich nicht. Er blieb stehen. Er war aus Granit. Ihm würde ein Gedenkstein auf der Piazzetta errichtet werden. Er würde in die Geschichtsbücher eingehen. Er war eins mit dem Universum. Er war der Mahatma Gandhi von Montesecco. Er lächelte.

»Die Leichen?« fragte Marisa Curzio den Bigadiere. »Ihr wollt die Leichen herausholen? Hat euch denn niemand angerufen?«

»Angerufen?« fragte der Brigadiere.

»Das hättest du doch machen sollen!« sagte Elena Sgreccia.

»Ich? Nein! Wie kommst du darauf?« sagte Marisa Curzio.

»Doch, sicher«, sagte Elena Sgreccia.

»Was soll das?« fragte der Brigadiere.

»Na, die Leichen sind doch geklaut worden«, sagte Marisa Curzio.

»Plötzlich waren sie weg«, sagte Milena Angiolini und schlug die Augen nieder.

»Eine gottlose Ungeheuerlichkeit!« entrüstete sich Lidia Marcantoni.

»Geklaut?« Der Brigadiere brauchte ein wenig, um die Information zu verarbeiten.

»Gestern vormittag. Vorher habe ich ein paar fremde Männer im Dorf gesehen. Einer sah dem da ähnlich.« Milena Angiolini zeigte auf den dritten Polizisten.

»Ich warne euch«, sagte der Brigadiere.

»Ganz sicher bin ich mir nicht.« Milena Angiolini setzte ein scheues Lächeln auf.

»Vielleicht solltet ihr den Tatbestand aufnehmen«, schlug Marisa Curzio vor. »Ich bin sicher, daß alle hier gern ihre Aussagen zu Protokoll …«

»Wie ihr wollt«, sagte der Brigadiere. Er strich sich die Uniform glatt. »Irgendwer hat also zwei Leichen gestohlen. Gut. Besser gesagt: nicht gut. Ein Verbrechen. Und wir gehen jetzt dahinein, sehen uns den Tatort an, suchen nach Spuren, Fingerabdrücken und so weiter et cetera p.p.«

Marisa Curzio überlegte, trat dann aus der Reihe und sagte: »Na gut.«

»Tut eure Arbeit!« sagte Elena Sgreccia.

»Zeit wird es«, sagte der alte Curzio.

Die Mauer der Dorfbewohner zerbröckelte. Einzig Ivan Garzone stand da, als wäre er an seinem Schatten festgewachsen. Er lächelte selig. Der Brigadiere ging um ihn herum und verschwand im Haus der Lucarellis. Die beiden anderen Uniformierten folgten ihm.

Ein paar der Frauen setzten sich auf das Mäuerchen in den Schatten der Pinien, doch der Rest blieb stehen. Sehr viele Möglichkeiten, zwei Leichen zu verstecken, gab es im Haus der Lucarellis nicht. Es dauerte gerade mal zehn Minuten, bis die Carabinieri alles durchsucht hatten.

Hinter den finster blickenden Polizisten tauchte Assunta Lucarelli auf. Ihre schlohweißen Haare hingen wirr unter dem schwarzen Kopftuch hervor. Das Gesicht war eingefallen, die Falten wirkten jeden Tag tiefer. Assuntas Blick wanderte über die Grüppchen auf der Piazza, doch es gab keinerlei Anzeichen, daß sie auch nur einen ihrer Nachbarn erkannte.

»Und? Spuren gesichert?« fragte Franco Marcantoni.

Der Brigadiere würdigte ihn keiner Antwort. Er wischte sich über die Stirn.

»Wenn wir das ganze Dorf durchsuchen wollen, brauchen wir Verstärkung«, sagte einer der Carabinieri.

»Und Durchsuchungsbefehle«, nuschelte der alte Marcantoni. Er umklammerte den Gewehrlauf. »Ohne Durchsuchungsbefehl kommt ihr nicht über meine Schwelle!«

»Habt ihr die Kruzifixe gesehen? Die Madonnenbilder?« fragte der junge Polizist. »Die Lucarellis sind religiös.«

»Und sie achten ihre Toten.« Der Brigadiere nickte. »Wir schauen uns mal in der Kirche um.«

Der Brigadiere wies den Fahrer an, mit dem Streifenwagen nachzukommen, und schritt voran. Wie ein Mann folgten ihm die Dorfbewohner zur Piazzetta, die bis auf einen kleinen häßlichen Hund verwaist war. Gigolo lag im Schatten des einzigen Tisches nahe der Brüstung des Balcone. In der Ferne sah man die Adria als schmalen Strich unter dem gleißenden Himmel.

Der Brigadiere hatte keinen Blick für die atemberaubende Aussicht. Er rüttelte an der Kirchentür.

»Verschlossen«, sagte er. Er nickte zufrieden. Die Menge sammelte sich in einem Halbkreis um ihn.

»Aus Sicherheitsgründen«, sagte der alte Curzio.

»Wenn hier im Dorf sogar schon Leichen gestohlen werden!« sagte Marisa Curzio.

Der Brigadiere strahlte. Er sagte: »Ein Abgrund an Kriminalität! Gut, daß wir da sind. Dann schauen wir doch mal gemeinsam, ob etwas fehlt. Wer hat den Schlüssel?«

»Der Pfarrer in Pergola«, sagte Lidia Marcantoni.

»Und wer noch?«

»Ich«, gab Lidia Marcantoni zu. »Normalerweise.«

»Aber heute zufälligerweise nicht?«

»Nein, heute nicht.«

»Wer hat ihn dann? Heute?«

Aus der Gasse ums Eck hupte es. Hinter dem Streifenwagen, der zwischen der Kapelle und dem Gedenkstein für Don Igino parkte und die Zufahrt zum Balcone versperrte. Der Fahrer des Streifenwagens sah nach hinten. Es hupte ein zweites Mal, schon etwas ungeduldiger. Der Polizist machte eine empörte Geste, stieg dann gemächlich ein und ließ den Wagen an.

»Heute? Wer den Schlüssel heute hat?« fragte Lidia Marcantoni.

»Ja, heute. Den Schlüssel zu dieser Kirchentür hier.« Der Brigadiere war ganz Geduld und Rücksichtnahme gegenüber begriffsstutzigen älteren Mitbürgern. Zumindest, solange sie guten Willens waren.

»Das weiß sie nicht«, sagte Franco Marcantoni. Er drückte seiner Schwester die Hand.

»Wenn sie es wüßte, hätte sie die Kerle schon längst beschrieben«, sagte Marisa Curzio. Sie trat einen Schritt nach vorn, um den Streifenwagen passieren zu lassen. Hinter ihm tuckerte ein weißer Kleinlaster her und verbreitete Dieselgestank. Auf der Seitenwand des Lasters umrahmten schwungvolle blau-grüne Kringel die Aufschrift *GIS. Creagelati.*

»Es ist nämlich so, daß die Schlüssel auch geklaut wurden«, sagte der alte Curzio.

»Gestern«, brummte Paolo Garzone.

»Ungefähr zu der Zeit, als die beiden Toten verschwanden. Gott sei uns allen gnädig!« Lidia Marcantoni bekreuzigte sich.

Der Fahrer des Lasters stieg aus, ging zum Eingang der Bar, wischte den Fliegenvorhang zur Seite und rief hinein: »Firma GIS. Helft ihr mir mal mit dem bestellten Eis?«

»Es ist nicht deine Schuld, Lidia!« Franco Marcantoni legte den Arm um ihre Schulter.

»Ein Abgrund an Kriminalität«, sagte der alte Curzio. »Gut, daß ihr von der Polizei jetzt da seid.«

Das Gesicht des Brigadiere lief rot an. Das mußte an der Hitze liegen. Er war es wohl nicht gewohnt, in praller Sonnenglut vor verschlossenen Kirchentüren zu stehen. Und seine Uniform mit den Stiefeln, der festen Hose mit den netten roten Längsstreifen und der schwarzen Jacke war zwar kleidsam, aber für die Jahreszeit vielleicht etwas zu zugeknöpft.

Gianmaria Curzio machte einen Vorschlag zur Güte: »Ihr könntet den Streifenwagen nach Pergola schicken und den Pfarrer samt Schlüssel ...«

»Mir reicht es!« brüllte der Brigadiere. »Pietro, Marzio, brecht die verdammte Tür auf! Ich nehme das auf meine Kappe.«

Der Brigadiere bahnte sich einen Weg durch die Umstehenden und zog einen der Stühle von der Balkonbrüstung in den Schattenstreifen an der Außenmauer der Bar. Er ließ sich darauf fallen.

»Irgendwelche Probleme?« fragte der Fahrer des Eiswagens interessiert. Er trug ein kurzärmliges Hemd und eine Kappe mit dem Logo seiner Firma. Der Brigadiere knurrte etwas Unverständliches. Der Eiswagenfahrer zuckte die Achseln.

»He, ist niemand da?« rief er in die Bar hinein. Dann öffnete er die Hecktür seines Lasters und holte zwei vor Kälte rauchende Kartons heraus. Er setzte sie auf dem Asphalt ab und schloß gerade die Wagentür, als Marta Garzone aus dem Eingang der Bar trat. Sie war bleich und hatte Ringe um die Augen, als ob sie die ganze Nacht nicht geschlafen hätte. Auf dem Arm trug sie die kleine Paty.

»Na endlich«, sagte der Eismann. »Tragt das schon mal hinein, bevor es zerläuft!«

Ivan war nirgends zu sehen. Marta rührte sich nicht vom Fleck. Sie schien zu überlegen. Mit einem schnellen Seitenblick auf den Brigadiere sagte sie: »Wir haben nichts bestellt.«

»Freilich. Ihr habt doch vorgestern angerufen«, sagte der Eismann. Er kramte eine Rechnung aus der Hosentasche. »Zwei Kartons Crocchino, je einmal Torta Fragola, Torta Fantasia …«

»Wir können nichts brauchen. Die Truhe ist defekt«, sagte Marta. Sie drückte Paty an sich, als wolle ihr jemand das Kind wegnehmen.

Einer der beiden Polizisten hatte den Wagenheber aus dem Streifenwagen hergeschleppt. Er setzte ihn im Spalt über der steinernen Schwelle an. Der andere begann zu hebeln. Die Kirchentür ächzte, Holz knirschte.

»Bestellt ist bestellt«, sagte der Eismann. »Warum habt ihr denn nicht angerufen?«

»Ich … ich hatte anderes im Kopf«, sagte Marta.

»Soll ich mir die Truhe mal ansehen?« fragte der Eismann.

»Nein«, sagte Marta schnell. Zu schnell. Sie fuhr sich mit der freien Hand durchs Haar. »Es ist ..., wir hatten schon jemanden da. Es ist das Aggregat. Wir haben ein neues bestellt. In drei Tagen wird es geliefert. Oder höchstens in vier.«

»Na gut«, sagte der Eismann, »aber ich muß euch die Anfahrt in Rechnung stellen. Unterschreib mir ...«

Mit einem dumpfen Knall riß das Schloß der Kirchentür aus seiner Verankerung, Holz splitterte, der junge Polizist hebelte automatisch noch einmal, zweimal, merkte erst am Aufschrei des anderen, daß sich der rechte Flügel der Tür aus den Angeln hob, nach vorn neigte, kippte, und der Polizist warf sich zur Seite, rollte sich ab, und die Tür stürzte und krachte auf den Wagenheber herab. Staub flimmerte im Sonnenlicht. Der junge Carabiniere richtete sich fluchend auf und klopfte an seiner schwarzen Uniform herum.

Die Kirchentür stand offen. Ein dunkles Loch. Lidia Marcantoni schlug drei schnelle Kreuzzeichen.

»Wir können, Chef«, sagte der zweite Carabiniere.

»Moment«, sagte der Brigadiere. Er erhob sich. »Eine Hitze ist das heute, und die Luft steht. Der Verwesungsgeruch müßte doch ...«

»Kommt her!« befahl er seinen Leuten. Mit einer schnellen Handbewegung winkte er auch den Fahrer des Streifenwagens zu sich heran. Der Brigadiere ließ seine Finger über die Schnüre des Fliegenvorhangs gleiten. Eine Welle lief durch die darauf abgebildete Südseepalme.

»Es sei denn ... Und zufälligerweise geht gerade jetzt das Aggregat der Eistruhe kaputt, so daß sie nichts einlagern können. Sagt sie.« Der Brigadiere deutete auf Marta. Marta kniff die Lippen zusammen. Ihre linke Hand strich über Patys Haar. Der Brigadiere sagte: »Ich würde wetten, daß die Eistruhe funktioniert und bis oben hin voll ist. Sie haben die beiden Leichen tiefgekühlt.«

»Nein!« Marta schüttelte den Kopf und stellte sich in die Tür. Der Brigadiere grinste. Auch er strich Paty übers Haar. Paty vergrub ihr Gesicht an der Schulter ihrer Mutter und begann zu weinen.

»Finger weg!« zischte Marta, doch sie trat zur Seite. An der Spitze seiner Leute verschwand der Brigadiere im Halbdunkel der Bar.

Auf der Piazzetta war es totenstill. Eine Eidechse huschte über den Stein der Balkonbrüstung. Die Stoppelfelder glühten in der Sonne. Über den Hügeln von San Vito zogen zwei Düsenjäger weiße Streifen in den wolkenlosen Himmel.

Jetzt konnte nur noch ein Wunder helfen. Assuntas Blick fiel auf die schwarze Öffnung im Kirchenportal. Und wenn sie alle zu sehr gesündigt hatten? Wenn ihr Maß an Leid und Verzweiflung noch nicht voll war? Assunta zerriß den Gedanken und verwarf die Fetzen. Nein, ein Wunder mußte her! Jetzt. Sofort.

»Heilige Maria Muttergottes«, murmelte sie. Sie trippelte zum Heck des Lieferwagens, bückte sich mühsam und hob mit ihren knochigen Händen einen der beiden Eiskartons vom Boden auf. Sie nahm ihn auf ihren Arm und dachte an das Kind, das sie vor vierzig Jahren gewiegt hatte.

»He!« rief der Eismann hinter Assunta her, als sie vorsichtig über den abgesprengten Türflügel stieg und die Kirche betrat. Auf ihrem Weg zum Altar summte sie die Melodie von »Salve, madre dell'amore«. Unter dem Madonnenbild in der Apsis stellte sie den Eiskarton ab. Der Heiligenschein der Jungfrau leuchtete. Dennoch suchte Assunta in den Taschen ihres Kleides nach Zündhölzern. Vergeblich. Dann eben keine Kerzen.

Der Blick der Muttergottes ging hoch über sie hinweg, betrachtete die Orgelpfeifen auf der Chorempore. Assunta brauchte ihr nicht in die Augen zu sehen. Sie hatte oft genug zu ihr aufgeschaut. Voller Glauben und Vertrauen. Doch jetzt hatte auch Assunta ihren einzigen Sohn verloren. Sie krallte die Nägel in den Eiskarton und riß ihn auf.

»Meinen Sohn und meinen Mann«, sagte sie. Ihre Stimme zitterte. Es war nicht gerecht. Es war alles andere als gnädig.

»Du Schmerzensreiche«, sagte sie. Es klang bitter. Die da oben blieb stumm.

In dem Eiskarton stapelten sich Crocchino-Eistüten. Assunta nahm eine heraus. Kleine Wassertropfen perlten auf dem bunten Glanzpapier. Assunta zerfetzte es und biß durch die schwarze Glasur. Süße Kälte stach in ihre Zahnwurzeln. Weißes Fleisch. Und der Kern des Crocchino war geronnenes Blut.

Wer, wenn nicht sie, Assunta Lucarelli, hatte das Recht auf ein Wunder? Sie würde gefrorenes Blut zerbeißen und schlucken und fühlen, wie der Schmerz alle Wärme in ihrem Inneren abtötete. Man würde schon sehen, wer es länger aushielte. Assunta oder die da oben. Assunta biß und schluckte. Sie zerbrach den Stiel des Eises und ließ die Stücke auf die Steinplatten fallen. Dann riß sie das Papier vom nächsten Crocchino.

»Gib mir mein Wunder!« schrie sie die da oben an. Sie schlug die Zähne in den kalten Tod.

»Assunta!« rief eine Stimme vom Kircheneingang her.

»Laßt sie!« sagte eine andere Stimme.

Assunta stöhnte wie ein wildes Tier.

Sie hatten Assunta gesehen. Sie alle hörten sie kreischen. Wenn man sie mit Gewalt aus der Kirche herauszöge, würde sie sterben. Mit jeder Faser ihres Körpers würde sie »nein« brüllen und einfach tot umfallen. Nur ein Wunder konnte sie retten. Das Wunder.

Die Polizisten waren noch in der Bar, doch sicher hatten sie die beiden Toten schon gefunden. Es blieb keine Zeit, irgendwelche Pläne auszuklügeln. Der alte Marcantoni setzte sich auf die Steinbank unter der Esche. Er lud sein Gewehr durch und richtete den Lauf auf den Eingang der Bar.

»Macht schon!« sagte er. Fünf, sechs andere stoben davon. Der Eismann sagte »ähm«, sprang in seinen Lieferwagen und fuhr im Rückwärtsgang los.

»Und du, geh zur Seite!« sagte Franco Marcantoni zu Marta Garzone, die vor der Eistafel neben der Tür stand und Paty an sich preßte.

»Hört auf!« sagte Marta.

»Wir reden später«, sagte Marcantoni.

»Ich habe doch nur ...«, sagte Marta.

»Geh aus dem Weg!« sagte Marcantoni.

»Ich wollte es nicht verraten, wirklich nicht«, sagte Marta. Sie wich zurück.

Paolo Garzone öffnete die Fahrertür des Streifenwagens. Der Zündschlüssel steckte nicht.

»Ich habe falsch reagiert«, sagte Marta. »Es tut mir leid.«

Paolo nahm das Sprechteil des Funkgeräts aus der Halterung, wickelte das Kabel einmal ums Handgelenk und riß es heraus.

»Es ist nur ...«, sagte Marta. »Die beiden Toten da, zwei Schritte von der Theke weg, und die Kinder spielen davor auf dem Boden, und die verdammte Truhe summt den ganzen Tag vor sich hin ...«

Paolo schleuderte das Mikrofon des Funkgeräts über die Brüstung des Balcone. Dann bückte er sich und packte mit beiden Pranken am Rahmen unterhalb der Fahrertür an.

Angelo Sgreccia war als erster wieder da. Noch im Laufen lud er sein Jagdgewehr.

»Die Truhe summt anders als sonst, ich schwöre es euch«, sagte Marta. »Sie summt böse und krank. Ich hatte Angst, daß sie explodieren könnte. Daß sie einfach platzen würde und zerrissene, gefrorene Teile von ...«

Paolo hob an. Sein Gesicht verzerrte sich unter der Anstrengung, er zog, riß, stemmte, schob. Einer der Carabinieri trat gerade rechtzeitig aus der Bar, um zu beobachten, wie der Polizeiwagen einen Moment im 60-Grad-Winkel balancierte, bevor er schwer auf die Beifahrerseite niederkrachte. Der Außenspiegel zersplitterte, die Scheiben zerklirrten. Dem Polizisten fiel der Unterkiefer herab.

»Ihr seid ja alle total durchgeknallt!« brüllte er, tat zwei schnelle Schritte nach vorn, überlegte es sich anders, hob abwehrend die Hände und zog sich, langsam rückwärts gehend, in die Bar zurück.

»Ja, es stimmt, ich wollte, daß sie die Toten finden«, sagte Marta leise. »Ich habe mich nicht getraut, das Versteck zu verraten, aber ich war froh, als der Brigadiere alles kapiert hatte. Erleichtert war ich. Wegen der Kinder. Und wegen mir. Ich habe es einfach nicht ausgehalten. Die Leichen mußten weg. Egal, wohin. Egal, wie.«

Paolo wischte die abgesprengte Kirchentür zur Seite, griff sich den Wagenheber und stellte sich neben den alten Curzio, der gerade seine Vogelflinte in Anschlag brachte. Hinter der Kapelle tauchte keuchend und hustend der alte Sgreccia auf. Seinen Stock führte er mit der linken Hand. Das Gewehr hing über der rechten Schulter.

»Wir kommen jetzt heraus. Macht keinen Unsinn!« tönte die Stimme des Brigadiere durch den Fliegenvorhang. Dann kamen sie, einer nach dem anderen, und bemühten sich, jede hastige Bewegung zu vermeiden. Der Brigadiere musterte die vier Gewehrläufe, die auf ihn gerichtet waren, und die faltigen, von Wind und Sonne gegerbten Gesichter darüber. Es waren die Gesichter alter Männer. Sie hatten zusammen ein Vierteljahrtausend an Jahren hinter sich gebracht. Die Mienen waren hart und ausdruckslos.

Der Brigadiere zeigte auf den umgestürzten Polizeiwagen und sagte: »Ihr stellt ihn wieder auf, wir packen die beiden Leichen ein, und Schwamm drüber.«

»Welche beiden Leichen?« fragte der alte Sgreccia.

»Da sind keine Leichen«, sagte Paolo Garzone.

»Da ist nur eine leere, defekte Eistruhe«, sagte Franco Marcantoni.

»Wollt ihr etwa vier Polizisten erschießen?« Der Brigadiere lachte höhnisch auf.

Franco Marcantoni schüttelte den Kopf. »Nur in die Beine. Die paar Kilometer nach Pergola könnt ihr dann kriechen.«

»Wie alt bist du, Opa? Willst du im Gefängnis sterben?« fragte der Brigadiere.

In der Kirche sang Assunta nun mit brüchiger, hoher Stimme. Die Melodie erinnerte an ein Schlaflied, doch kein Wort war zu verstehen. Es hörte sich an, als hätte sie sich ihre eigene Sprache erschaffen.

»Es ist gar nichts passiert«, sagte der alte Curzio. »Ihr seid gar nicht bis Montesecco gekommen. Ihr hattet unterwegs einen Autounfall. Gott sei Dank ist niemand verletzt worden.«

»Damit kommt ihr nicht durch«, sagte der Brigadiere.

Der Gesang aus der Kirche ging in würgende Geräusche über. Assunta übergab sich, hustete und fuhr fort zu singen.

»Helft lieber der alten Frau!« sagte der Brigadiere.

»Genau das tun wir«, sagte der alte Sgreccia. Er hob sein Gewehr an, so daß der Brigadiere in die Mündung blicken konnte.

Marisa Curzio sagte: »Ihr einziger Sohn wurde von einer Viper gebissen und ist nach Stunden elend daran gestorben. Auf der Todesanzeige neben ihrem Haus hat jemand höhnisch die Viper hochleben lassen. Ihr Mann hat geschworen, seinen Sohn nicht zu beerdigen, bis der Täter gefaßt wird. Es waren seine letzten Worte, bevor er selbst tödlich verunglückte. Zwei Leichen und diese Worte sind alles, was Assunta geblieben ist.«

»Natürlich ändert es nichts, wenn ihr die beiden Leichen mitnehmt«, sagte Elena Sgreccia. »Es würde nur Assuntas Herz endgültig brechen.«

»Wenn sie nicht einmal die Ehre ihres toten Sohns schützen und den letzten Wunsch ihres Mannes erfüllen kann.«

»Und deshalb fleht sie um ein Wunder.«

»Um das kleine Wunder, daß ein paar Polizisten beide Augen zudrücken«, sagte Elena Sgreccia.

Auf dem Asphalt stand der zweite Karton, den der Eismann aus seinem Lieferwagen geladen hatte. Die graue Pappe war unten durchgeweicht und hatte sich dunkel verfärbt. Weiter hinten lag ein Türflügel. Vor der rosafarbenen Kirchenfassade streckten zwei eingetopfte Palmen ihre spitzen Blätter von sich. Im Kirchenportal klaffte ein rechteckiges schwarzes Loch. Der Himmel über der Piazzetta war blau.

»Wir sind Polizisten«, sagte der Brigadiere. »Wir gehören zur ruhmreichen Arma der Carabinieri, und keiner soll sagen können, daß wir nicht getan haben, was zu tun war. Wir haben beide Augen offengehalten. Und die Ohren auch. Wir sind uns sicher, daß ihr die Toten in der Kühltruhe der Bar versteckt habt. Schon allein, weil die verdammte Truhe nirgends zu finden war …«

»Was?« fragte der Fahrer des Streifenwagens.

»Wir haben ganz Montesecco durchsucht, zu viert«, fuhr der Brigadiere fort. »Haus für Haus, Keller, Lager, Ställe. Kirche und Bar natürlich auch. Leider ohne Erfolg. Oder hat einer von euch irgendwo eine Leiche entdeckt?«

»Nein«, sagte der junge Carabiniere.

»Nirgends«, sagte der ältere.

Der Streifenwagenfahrer schüttelte stumm den Kopf.

Der alte Sgreccia ließ als erster die Waffe sinken. Paolo Garzone und Angelo Sgreccia stemmten sich gegen das Dach des Polizeiwagens und hievten ihn wieder auf die Räder. Der Lack hatte ein paar Kratzer abbekommen. Daß die Seitenscheiben zersplittert waren, konnte man verschmerzen. Ein wenig Fahrtwind würde sicher angenehm kühlen. Es war ein heißer Tag.

4

Meist spielt das Herz schon vorher den Verräter,
wenn einer krumme Wege geht im Dunkeln.

Sophokles: Antigone, Verse 493–494

Seit dem frühen Vormittag hatte Matteo Vannoni auf der Schwelle seines Hauses gesessen. Er hatte eine Zigarette nach der anderen geraucht und die Piazza beobachtet. Antonietta war mit ihren Kindern aufgebrochen, lange bevor der Trubel losging. Es hatte so ausgesehen, als wollten sie in die Stadt, aber natürlich hatte Vannoni nicht fragen können, wie lange sie ausbleiben würden. Ohne Risiko ging sowieso nichts.

Daß Assunta mit dabei war, als ganz Montesecco hinter den Carabinieri zur Piazzetta hinaufzog, war Vannoni nicht entgangen. Im Haus der Lucarellis befand sich also niemand mehr. Vannoni drückte die Zigarette aus und stieg die Stufen hinab. Auf der Piazza sprach Ivan Garzone auf den Fahrer des Leichenwagens ein, der mit müden Augen hinterm Steuer saß. Vannoni schlenderte ein paar Meter neben ihnen vorbei.

Die beiden nahmen ihn überhaupt nicht wahr. Geschweige denn würden sie bemerken, daß er vor dem Ausgang der Piazza plötzlich verschwunden wäre. Als habe eine offene Haustür ihn eingesogen. Es war wie damals, als er am hellichten Tag in das Parteibüro der Christdemokraten marschiert war, sich die Schreibmaschine unter den Arm geklemmt hatte und grußlos wieder hinausspaziert war. Kein Mensch hatte auch nur aufgesehen. Es kam darauf an, so zu tun, als gehöre man dazu. Vannoni war das nie schwergefallen. Vielleicht, weil er sich nie wirklich irgendwo zugehörig gefühlt hatte.

Er sah sich nicht einmal um, als er die Tür der Lucarellis aufzog. Er stand in der Sala vor dem Tisch, der viel zu groß wirkte. Vannonis Blick wanderte über die Küchenzeile, über die Vitrine mit dem Geschirr. Er hatte sich nicht überlegt, wo er suchen sollte. Er wußte auch nicht, was er eigentlich suchte. Irgendeinen Beweis. Einen Liebesbrief Catias? Irgendeine verfluchte Trophäe, die sich Giorgio zur Erinnerung an eine unvergeßliche Nacht mit Vannonis minderjähriger Tochter aufbewahrt hatte?

Vannoni stand in der Sala und wußte, daß er nur verlieren konnte. Selbst wenn er gar nichts fand, würde das seinen Verdacht nicht ausräumen. Vielleicht hatte es nie ein Beweisstück gegeben. Und wenn doch, hatte Giorgio es vielleicht außer Haus versteckt, damit Antonietta es nicht zu Gesicht bekommen konnte.

Es war eine idiotische Idee gewesen, hier einzudringen. Vannoni sollte besser mit Catia reden, wieder und wieder, so lange, bis ... Gleich würde er zu ihr gehen, und hier würde er nichts anrühren, keinen Schrank verrücken, keine Matratze anheben, keine einzige Schublade aufziehen. Er war schon so gut wie weg, würde nur noch schnell durchs Haus schnuppern. Wenn er nun mal da war. Eine Minute, länger nicht.

Er ging durch die Zimmer. Er rührte nichts an, bis er im Schlafzimmer stand, vor dem Doppelbett im schmiedeeisernen Rahmen. An der weiß getünchten Wand hing der Farbdruck einer Schutzmantelmadonna. Der Kleiderschrank war ein Ungetüm aus schwarz lackierter Eiche. Auf der Spiegelkommode links stand eine Schale mit verschiedenfarbigen Muscheln. Und daneben ein Holzkästchen, das mit einem Vorhängeschloß gesichert war.

Das Kästchen gehörte nicht hierher. Vannoni sah das sofort, und er wußte im selben Augenblick, daß Antonietta es irgendwo gefunden und hier abgestellt hatte. Daß sie es seit Tagen umschlich und nicht den Mut fand, es aufzubrechen, weil sie ahnte, daß sich darin das finden würde, was Giorgio vor ihr verborgen hatte, und weil ihre Neugier, diese Geheimnisse zu ergründen, mit der Angst vor den Abgründen rang, die sich dabei auftun mochten.

Vannoni kannte Antonietta nur sehr flüchtig. Sie stammte aus Pergola und hatte dort dieselbe Schule wie er besucht, aber einige Klassen unter ihm. Als sie Giorgio Lucarelli geheiratet hatte, saß er schon längst ein. In Vannonis Leben hatte Antonietta nie eine Rolle gespielt, und doch fühlte er sich ihr jetzt näher als fast allen anderen in Montesecco. Einen Moment lang stellte er sich vor, das Kästchen gemeinsam mit ihr aufzubrechen, Giorgios Sünden in Augenschein zu nehmen und sich dabei schweigend gegenseitig in Schach zu halten.

Die Oberfläche des Sperrholzkästchens war leicht angerauht und fühlte sich warm an. Das Schloß war Kinderkram. Wahrscheinlich hätte Vannoni es mit der Hand herausreißen können, doch er benutzte sein Feuerzeug, um es aufzustemmen. Er klappte den Deckel nach hinten. Ganz oben lag in einem gefalteten Löschblatt die gepreßte Blüte einer Traubenhyazinthe. Vannoni legte sie vorsichtig beiseite.

Er nahm einen Briefumschlag aus dem Kästchen. Weiß, keine Briefmarke, unbeschriftet. Auch der Papierbogen, den er aus dem Umschlag zog, enthielt keine Anrede, weder ein intimes »Carissimo Giorgio« noch ein förmliches »Egregio signor Lucarelli«. Vannoni las:

Wie soll ich meine Seele halten, daß
Sie nicht an deine rührt? Wie soll ich sie
Hinheben über dich zu andern Dingen?
Ach gerne möcht ich sie bei irgendwas
Verlorenem im Dunkel unterbringen
An einer fremden stillen Stelle, die
Nicht weiterschwingt, wenn deine Tiefen
schwingen.

Die Gedichtzeilen waren mit blauer, schon etwas verblaßter Tinte geschrieben. Nein, das konnte nicht von Catia stammen, es mußte schon älter sein. Die Handschrift fiel etwas nach links, die Unterlängen waren kurz, die Rundungen regelmäßig, und die Zacken der *m*s und *n*s endeten zuverlässig auf der gleichen Höhe. Vannoni kannte die Schrift. Er kannte sie sehr gut. Von früher, aus einer Zeit, in der Catia gerade mal zwei Jahre alt gewesen war. Es war die Handschrift seiner Frau.

Maria hatte für Giorgio Lucarelli diese Verse aufgeschrieben, und er hatte sie gelesen, hatte gegrinst und irgend etwas Idiotisches wie »schön, aber nicht so schön wie du« gesagt, und dann hatten sie sich ausgezogen und waren miteinander ins Bett gegangen.

So war das gewesen, dachte Vannoni. Er fand noch vier weitere Umschläge in Giorgios Kästchen. Er setzte sich aufs Bett, entfaltete das zweite Blatt und las:

Im Winter ist meine Geliebte
Unter den Fischen und stumm.
Hörig den Wassern, die der Strich
Ihrer Flossen von innen bewegt,
Steh ich am Ufer und seh,
Bis mich Schollen vertreiben,
Wie sie taucht und sich wendet.

Er sah Maria vor sich, wie sie in einer Winternacht vor dem Kamin saß, ein Buch auf den Knien, über das sie ins prasselnde Feuer starrte, so weit weg von ihm und von allem anderen. In dem Moment war er sich sicher gewesen, daß es einzig ihr Blick war, der das Holz knacken und die Flammen hochzüngeln ließ.

»Was denkst du?« hatte er gefragt. »He, Maria, was denkst du gerade?«

Und sie war aus irgendeiner fernen Welt aufgetaucht und hatte zurückgefragt: »Glaubst du, daß das Feuer ein Tier ist?«

Natürlich hätte er einfach ja sagen müssen, ernst und wie selbstverständlich, aber das war ihm erst Jahre später klargeworden. Damals hatte er gelacht, weil er nicht wußte, wie er sonst reagieren sollte. Maria hatte sich nichts anmerken lassen, sie hatte sich auch nicht gewehrt, als er sich zu ihr setzte und den Arm um sie legte. Ihr Körper war warm gewesen, entspannt, nur ihre Finger krallten sich um das Buch, als wolle sie es mit ihrem Leben verteidigen. Vannoni wußte nicht, welches Buch es gewesen war. Er hatte sich nicht dafür interessiert.

Ich will die Nacht um mich ziehn als ein warmes Tuch
Mit ihrem weißen Stern, mit ihrem grauen Fluch,
Mit ihrem wehenden Zipfel, der die Tagkrähen scheucht,
Mit ihren Nebelfransen, von einsamen Teichen feucht.
Ich hing im Gebälke starr als eine Fledermaus,
Ich lasse mich fallen in Luft und fahre nun aus,
Mann, ich träumte dein Blut, ich beiße dich wund,
Kralle mich in dein Haar und sauge an deinem Mund.

Es war dieses Fremde, das ihn an Maria fasziniert hatte. Vom ersten Moment an war sich Vannoni sicher gewesen, daß sie genausowenig mit den anderen zu tun hatte wie er selbst, daß sie gleich dachte und fühlte, und der Beweis war der Panzer, mit dem sie sich gegen die Außenwelt abschirmte. Natürlich versuchte er immer wieder, zu ihrem wahren Ich durchzudringen, doch gelang es ihm nie. Unter jeder Panzerschicht fand sich eine neue, und wenn er ehrlich war, liebte er sie gerade dann am meisten, wenn er sie überhaupt nicht verstand.

Wenn sie eine dunkle Bemerkung machte, die wie eine Luftblase vom moorigen Grund eines Teichs aufstieg. Wenn sie mitten in einer Bewegung verharrte, als habe ein Gott die Zeit angehalten, um der Stille des Nichts zu lauschen. Sogar wenn die Jahrtausende, die sich in ihrem Blick abgelagert hatten, ihn und das Zimmer und die Welt in Luft auflösten. In solchen Momenten vermochte er nicht zu reagieren. Er sah Maria nur an, sagte nichts, wußte, daß er nichts zählte, und war dennoch glücklich. So, als habe er etwas Wichtiges begriffen, auch wenn er es nicht zu benennen wußte. Und dann war es vorbei, Maria lächelte ihn an und setzte das Nudelwasser auf und legte Catia in die Wiege und setzte sich neben ihn und nahm ein Buch zur Hand:

Dein rauchiges herz ist zeuge,
einziger könig, im wind
dein auge aus trauer.
Du bist der gesell des zaubers,
erleuchtet von vielen wüsten,
von ungehorsam gekrönt.

Die Schrift verschwamm vor Vannonis Augen. Er ließ das Blatt sinken und legte sich auf den Rücken. Unten hörte er Catia quengeln, doch er wußte, daß Maria da war und sich um die Kleine kümmerte. Sie würde Catia aus dem Bettchen nehmen, ein paarmal auf und ab gehen und irgendeine Melodie summen. *Aber du bist nicht fern und früh / oder spät. du bist hier.* Alles war in Ordnung, nur der Riß da, an der Schlafzimmerdecke, den mußte er mal verspachteln. Er mußte die Leiter holen, die Spachtelmasse anrühren, jetzt gleich oder doch lieber später, morgen, wenn er ausgeschlafen hatte, wenn *wie ein schnee aus luft / und wohnt …*

Vannoni hörte leichte, schnelle Schritte auf der Treppe und Marias Stimme, die etwas sagte, was er nicht verstand.

»Was?« murmelte er. Gleich, dachte er, ich komme schon, nur noch einen Moment. *… unerkannt schreitest du, / schöne bö, nächtlich …* Vannoni richtete den Oberkörper auf und stützte sich auf den Ellenbogen ab.

»Ich will aber nicht, Mamma«, rief Catias Stimme draußen, und Vannoni dachte noch, daß irgend etwas nicht stimmte, *… dein reich kehrt zu dir zurück, / verborgner, gläserner jäger.*

»Maria?« rief er, und schon flog die Tür auf, und da stand ein Mädchen, das schon längst nicht mehr zwei Jahre alt war, das anders aussah als Catia, das nicht Catia war. Vannoni starrte das Mädchen an. Es war die Lucarelli-Tochter, die er über Giorgio ausgefragt hatte.

»Mamma!« sagte sie leise. Sie wich einen Schritt zurück und schrie die Treppe hinunter: »Mamma, der Mann ist in deinem Schlafzimmer!«

Vannoni setzte sich auf. Es war zu spät, um abzuhauen. Auf der Bettdecke verstreut lagen ein paar Blätter Papier.

»Geh hinunter, Sonia, sofort!« sagte Antonietta draußen auf der Treppe. Vannoni verstand nicht, wie er ihre Stimme mit der Marias verwechseln konnte. Er fühlte sich so zerschlagen, daß er nicht einmal vom Bett aufstand, als Antonietta eintrat. Sie blieb vor ihm stehen.

Eine schöne Frau, dachte Vannoni. Schwarze Augen und ein Blick, der fast so fremd war wie der von Maria. Sie sah ihn kaum an, musterte statt dessen die Blätter rings um ihn, das aufgebrochene Kästchen.

Vannoni wäre es egal gewesen, doch sie rief nicht um Hilfe.

Sie fragte: »Woher hast du es gewußt?«

»Was?« fragte Vannoni.

Sie schüttelte den Kopf. »Nein, du hast es nicht gewußt. Sonst hättest du nicht kürzlich Sonia ausgefragt. Sonst wärst du nicht hier eingedrungen. Sonst hättest du nicht das Kästchen aufgebrochen.«

»Du hattest es schon geöffnet?« fragte Vannoni.

Antonietta nickte und legte den Zeigefinger auf einen kleinen Schlüssel, der an einem Kettchen um ihren Hals hing. Sie sagte: »Meine Töchter haben keine Ahnung. Ich will, daß das so bleibt. Laß sie in Ruhe!«

»Ich …«, sagte Vannoni. Er brach ab.

»Giorgio war an jenem Karnevalsabend nicht bei Adriano in Pesaro«, sagte Antonietta. »Das haben wir nur den

Kindern erzählt. Er hat mir damals eine Szene gemacht. Ob er denn um Erlaubnis fragen müsse, wenn er mal einen Abend außer Haus ginge. Ich habe mich damit zufriedengegeben. Das Foto habe ich ja erst jetzt entdeckt.«

Das Foto? Vannoni begriff nicht.

»Wieso hast du Giorgio umgebracht, wenn du es noch nicht gewußt hast?« fragte Antonietta.

Das Foto? Vannoni blickte auf die Blätter mit den Gedichten. Unwillkürlich zog seine Hand das Kästchen heran, griff hinein, ergriff, was noch drinnen war, breitete es neben sich aus. Briefe, zwei Schlüssel, Zeitungsausschnitte, Münzen und ein Foto. Ein Farbbild, von dem ihm seine Tochter Catia entgegenlächelte.

»Nur wegen eines vagen Verdachts bringt man doch keinen Menschen um!« sagte Antonietta.

Giorgio Lucarelli hatte ein Foto von Catia in seinem Schatzkästchen aufbewahrt. Nicht anders als ein erstmals verliebter Teenager. Es war so banal. Vannoni verspürte keinen Haß, keine Empörung. Nur Ekel.

»Erkläre es mir!« sagte Antonietta.

»Dein verstorbener Mann schläft erst mit meiner Frau und schwängert fünfzehn Jahre später meine Tochter. Und das soll ich dir erklären?« Vannoni prustete los. War das etwa nicht zum Lachen?

Antonietta lachte nicht.

»Ich habe Giorgio nicht umgebracht«, sagte Vannoni. Und wenn Giorgio noch lebte, würde er ihn auch jetzt nicht töten. Nicht mehr. Man brachte niemanden um, den man verachtete. Niemanden, über den man lachte. Es genügte nicht einmal, jemanden abgrundtief zu hassen, um einen Mord zu begehen. Nein, man mußte sich verraten fühlen, fremd, hoffnungslos allein. Man mußte eine solch allumfassende Einsamkeit spüren, die es nicht zuließ, daß der und du von der gleichen Sonne beschienen wurden. Vannoni wußte, wovon die Rede war.

»Giorgio war ein Wurm«, sagte er. Er reichte Antonietta

das Foto. Sie hatte schöne Hände. Am vierten Finger der linken Hand glänzte der Ehering, den ihr Giorgio angesteckt hatte. Vannoni begriff nicht, wieso sie ihn nicht abzog und die Toilette hinabspülte.

Antonietta sah das Foto nicht an. Sie kannte es wohl gut genug. Vannoni fragte sich, wann sie es zum erstenmal gesehen hatte.

Er blickte auf zu ihr, sah ihr streng zurückgestecktes schwarzes Haar, ihre dunklen Augen, ihre kaum merklich zitternden Lippen, und er fragte sich, wie es wohl war, wenn man entdeckte, von einem Wurm verraten worden zu sein, den man für seinen Ehemann gehalten hatte. Wieviel Fremdheit und hoffnungslose Einsamkeit man da verspürte.

»Dafür, daß du mich für seinen Mörder hältst, hast du erstaunlich wenig Angst vor mir«, sagte Vannoni.

»Da!« Antonietta gab ihm Catias Foto zurück. »Und jetzt verschwinde!«

Vannoni sammelte auch die Gedichte ein und ging die Treppe hinab.

Sie ähnelt dir, dachte er. Sie ist ein Mensch. Für jeden Menschen gibt es einen Punkt, an dem es zuviel wird.

Dann schüttelte er den Kopf. Sie hätte es tun können. Aber nicht so. Nicht, indem sie Giorgio daran gehindert hätte, einen Schlangenbiß ärztlich versorgen zu lassen. Wenn sie es gewußt hätte, hätte sie ihm ein Messer in den Bauch gerammt. Wieder und wieder und wieder.

Als die Carabinieri ohne die Leichen abzogen, hatte Montesecco eine erste große Schlacht gewonnen, doch noch lange nicht den Krieg. Es war gerade mal ein Teilerfolg auf einem Nebenkriegsschauplatz errungen worden. Der eigentliche Feind kam aber nicht von außen, er lauerte unerkannt innerhalb der Mauern Montesecco. Er glich einem Virus, das irgendeinen harmlosen Nachbarn in einen heimtückischen, maßlos hassenden Verbrecher verwandelt hatte, das sich ausbreitete und Denken wie Fühlen aller mit Mißtrauen infizierte.

Der Sieg gegen die Polizisten war keinen Pfifferling wert, wenn man nicht in der Hauptsache vorankam. Es ging um nichts weniger, als die alte Ordnung wiederherzustellen. Das Alltagsleben mit all seinem Mief, den Streitereien, der sterbenslangweiligen Routine, die im nachhinein wie das Paradies erschien. Jetzt, nach dem Sündenfall.

Und so wunderte es nicht, daß die Krieger auf der Piazzetta keineswegs triumphierten. Ein fast peinliches Gefühl der Beklommenheit erfaßte sie, verstohlen sahen sie einander in die Augen, als suchten sie nach Bestätigung, daß es nicht sie gewesen sein konnten, die nur wenige Minuten zuvor bereit gewesen waren, vier Polizisten abzuknallen.

Wie Fremdkörper fühlten sich die Gewehre in ihren Händen an, man fragte sich, ob man sie mit gesenktem Lauf unter den Arm klemmen oder lässig über die Schulter legen sollte. Alles war falsch, und selbst als die Männer dem Beispiel Franco Marcantonis folgten und die Flinten an die Außenmauer der Kapelle lehnten, wich ihre Beklemmung nicht. Überrascht stellten sie fest, daß sie keine Ahnung hatten, was sie mit ihren Händen sonst so anstellten, wenn sie auf der Piazza bei den anderen standen. Vergruben sie sie in den Hosentaschen, ließen sie die Arme einfach baumeln, verschränkten sie sie hinter dem Rükken? Sie probierten alles aus, und nichts funktionierte, jede Haltung fühlte sich künstlich an, gezwungen, gewollt. Als hätten sich Arme und Hände in monströse Auswüchse umgebildet, mit denen umzugehen man ganz neu lernen mußte.

Nur Ivan Garzone hatte nicht bemerkt, daß die Stimmung gekippt war. Lautstark krähte er seine Heldentaten heraus und verkündete, daß er den Staatsbütteln nie gewichen wäre, da hätten sie machen können, was sie wollten, und wenn sie mit Panzern und Maschinengewehren angerückt wären, hätte er sich das Hemd aufgerissen, hätte ihnen die nackte Brust entgegengereckt und geschrien: »Nur über meine Leiche!«

Die Umstehenden nickten abwesend und gruben die Finger so fest ineinander, daß die Nägel weiß wurden.

Ein paar der Frauen hatten Assunta Lucarelli zur Bank unter der Esche geführt. Der Rücken der Alten krümmte sich in die steinerne Lehne. Unter schlohweißem Haar lagen die geschlossenen Augenlider tief in ihrem eingefallenen Gesicht. Man hätte sie für tot halten können, wenn da nicht das Wippen ihrer Füße gewesen wäre. Vor und zurück, vor und zurück. Die abgetretenen Sohlen der schwarzen Schuhe schleiften über den Asphalt.

»Es ist vorbei«, murmelte Milena Angiolini.

»Alles wird gut«, sagte Lidia Marcantoni. Sie hatte Paty Garzone auf ihrem Schoß sitzen und drückte sie an sich. Die Lippen des Mädchens waren zwei dünne, blutleere Striche. Mit den Augen folgte es den Bewegungen seiner Mutter, die die Glasscherben und Lacksplitter von dem umgestürzten Polizeiwagen erst in der Mitte der Piazzetta zusammenfegte und dann auf eine Schaufel kehrte. Marta Garzone packte auch den durchweichten Eiskarton darauf und verschwand damit in der Bar. Als sie wieder herauskam, trug sie einen Putzeimer in der linken Hand. Sie stellte ihn ab.

»Was soll denn das?« fragte Ivan.

Marta Garzone starrte vor sich auf den Boden. Das ausgelaufene Eis war in dunklen, klebrigen Strömen eingedickt. Fliegen ließen sich darauf nieder. Marta kniete sich hin, tauchte den Putzlumpen ins Seifenwasser und wrang ihn über dem Eimer aus. Sie begann den Boden zu scheuern. Auf dem rauhen Asphalt hinterließ der Lumpen Fusseln. Marta wusch ihn aus und klatschte ihn wieder auf den Boden.

»Hör auf!« sagte Ivan.

»Es stinkt. Das ist die Hitze«, sagte Marta. Sie sah

nicht auf, wischte nun mit beiden Händen, so wie die Frauen früher das Weißzeug auf dem Waschstein gerieben hatten.

»Riechst du es nicht?« fragte Marta. »Diesen Gestank nach Tod und Verwesung?«

»Bist du verrückt geworden?« fragte Ivan.

»Laß sie!« sagte Franco Marcantoni.

»Das ganze Dorf muß geputzt werden«, sagte Marta. Sie tauchte den Lumpen ins Wasser.

»Sie hat ja recht. Die Leichen müssen weg!« sagte Marisa Curzio.

Marta scheuerte. Knapp einen Quadratmeter hatte sie schon geschafft. Vielleicht den fünfzigsten Teil der Piazzetta, wenn man die gepflasterte Auffahrt nicht mitrechnete, die an der Mauer entlang zum Tor hinabführte.

»Was ist los mit dir?« Ivan ging neben dem Eimer in die Hocke und griff nach den Handgelenken seiner Frau.

»Sie hat es einfach nicht mehr ausgehalten«, sagte Franco Marcantoni.

»Sieh mich an!« sagte Ivan. »Hast du irgend etwas getan, was ...?«

Martas Finger krallten sich in das grobe Tuch des Lumpens.

»Sieh mich, verdammt noch mal, an!« zischte Ivan.

»Hol deinen Lieferwagen, Paolo! Wir fahren die Eistruhe weg«, sagte der alte Curzio. Paolo Garzone nickte. Er wischte sich die Handflächen an der Hose ab und ging.

»Hast du etwa den Carabinieri gesagt ...?« fragte Ivan.

»Ja!« Marta brüllte auf den Putzlumpen vor sich ein. »Ja, ja, ja!«

Ivan stand auf. Er blickte um sich, musterte die Gesichter, die er seit vielen Jahren kannte. Seit acht Jahren sah er sie Tag für Tag. Seit sein Cousin Paolo ihm mitgeteilt hatte, daß die Bar zu pachten war. Zusammen mit Marta war er hergefahren, um sie sich anzusehen. Die Lage war schön, die Aussicht wundervoll, aber sie hatten nicht sofort zugesagt, hatten einen Abend und eine Nacht lang geredet. Marta hatte durchkalkuliert, was wohl herausspringen würde und ob man davon die Kinder ernähren konnte, die sie noch gar nicht hatten, und Ivan hatte hochfliegende Pläne geschmiedet, hatte in Gedanken schon ein Stockwerk aufgesetzt, eine Sala Giochi eingerichtet, eine Freiluftpizzeria mit künstlichem Wasserfall angegliedert.

Ivan begann zu kichern. Manchmal kam alles etwas anders, als man es sich vorgestellt hatte. Meistens, eigentlich. Ivan holte sich eine große Flasche Weißwein aus der Bar und setzte sich mit dem Rücken zur Piazzetta auf die Balkonbrüstung. Die Füße ließ er über dem Abgrund baumeln. An den Fuß der Mauer unter ihm duckten sich halb vertrocknete Büsche. Die Mittagshitze drückte schwer auf die Hügel. Der Horizont flimmerte. Ivan setzte die Flasche an, doch er schluckte nicht, sondern spie den Wein wieder aus.

Er wandte sich nicht um, als Paolo seinen Fiat Ducato mit dem Heck zum Bareingang hin rangierte. Mit vereinten Kräften wuchteten die Männer die Eistruhe in den Laderaum. Sie fluchten, doch kam darin nur die Erleichterung zum Ausdruck, mit ihren Händen irgendwo sinnvoll anpacken zu können.

Es war Lidia Marcantonis Idee, die Truhe in der Rapanotti-Familiengruft auf dem Friedhof zu verstecken, nicht weit von den Grabkammern entfernt, in denen die Leichen nach dem Willen der Behörden beigesetzt werden sollten. Dort war Platz, es gab Strom, und vor allem würde sie keiner da vermuten. Auch wenn vom Schwur, die beiden Lucarellis bis zur Entlarvung des Täters nicht ins Grab zu bringen, nicht mehr allzuviel geblieben war, wagte niemand zu widersprechen.

Marta putzte den Asphalt. Als der Lieferwagen vom Friedhof zurückkehrte, glänzte der Boden der Piazzetta dunkel. Unwillkürlich setzten die Männer ihre Füße vorsichtig auf. Hinter Paolo Garzone gingen sie zum Eingang der Kirche und sahen sich den Türflügel an, den die Carabinieri aus den Angeln gebrochen hatten. Der Schaden konnte leicht repariert werden. Man brauchte nur ein paar Nägel, Schrauben, Beschläge und das richtige Werkzeug. Wenn man die Tür neu lackierte, würde niemand einen Unterschied sehen. Alles würde werden, wie es vorher gewesen war.

Ivan starrte Richtung Meer, als Marta neben ihn trat. Sie stellte den Eimer ab, wrang den Putzlumpen aus und legte ihn auf der Steinbrüstung in die Sonne. Dann kippte sie das Schmutzwasser über die Brüstung. Es prasselte durch die trockenen Blätter der Büsche und klatschte auf die ausgedörrte Erde, die es in Null Komma nichts aufsaugte.

»Es tut mir leid, Ivan«, sagte Marta.

Ivan kniff die Augen zusammen. Weit hinten in der flirrenden Luft waren die beiden pyramidenförmigen Silhouetten der Residence Le Vele in Marotta zu erahnen. Ein paar Schritte weiter hatte Ivan jahrelang während der Saison gearbeitet. In der Bar Oasi an der Strandpromenade. Er hatte Espresso, Cappuccino, Caffè freddo, Granita, Coca Cola, drei Sorten kühles Bier und diverse Aperitivi ausgeschenkt. Wenn mal nichts los war und der Chef ihn ließ, hatte er sich auf die Stufen gesetzt und die Mädchen angestarrt, die sich am Strand bräunten.

»Was soll ich denn noch sagen, außer daß es mir leid tut«, sagte Marta.

Dann hatte Ivan Marta getroffen. Nein, umgekehrt, sie hatte ihn getroffen. Wie ein Blitz. Wochen, Monate gab es nur sie beide, während die Welt um sie herum von ihrem Glück verschluckt wurde. Irgendwann kehrte der Alltag leise zurück, wie es wohl sein mußte, und sie hatten sich angesehen und waren sich einig geworden, daß es an der Zeit wäre, irgendwo Wurzeln zu schlagen und ihr Leben daraus wachsen zu lassen. Es hätte überall sein können, doch sie waren in Montesecco gelandet. Es war nicht immer leicht gewesen, letztlich aber hatten sie es geschafft.

Zumindest hatten sie sich das bis gerade eben einreden können.

»Ich hätte den Carabinieri nichts sagen sollen«, sagte Marta, »aber ich konnte nicht anders. Und es ist ja nichts passiert.«

Nein, es war nicht viel passiert. Außer, daß Marta versagt hatte, als es darauf ankam. Und schlimmer noch war, wie die anderen reagiert hatten. »Sie hat es einfach nicht mehr ausgehalten«, hatte Marcantoni gesagt. Er hatte es nicht vorwurfsvoll gesagt, nicht wütend, sondern voll mitleidigem Verständnis festgestellt. Die Gründe mußten nicht ausgesprochen werden. Es war für jeden sonnenklar, warum sie es nicht ausgehalten hatte: Sie war nicht von hier, der Kampf des Dorfes war nicht ihr Kampf, und er würde es nie werden, selbst wenn sie es irgendwann schaffen sollte, über ihren Schatten zu springen. Das war eben so, und sich darüber aufzuregen war genauso sinnlos, wie sich zu beklagen, daß es bei einem Gewitter regnete.

Marta legte ihre Hand auf Ivans Unterarm. Sie sagte: »Laß uns fortgehen, Ivan!«

Ivan stierte in die Ferne. Das graue, klebrige Etwas dort auf dem Hügel war Corinaldo. Ihm schien, daß Mauern und Häuser die Abhänge hinabschmolzen. Er vermied es, Marta in die Augen zu sehen, wollte keine Resignation darin lesen, keine Vorwürfe, keinen Trotz und schon gar nicht das, was sie immer hier fremd hatte bleiben lassen.

Doch war es wirklich ihre Schuld? Ging es ihm denn anders? Was hatte ihn dazu gebracht, sich in geradezu lächerlicher Weise als Held aufzuspielen? Seine Entschlossenheit am falschen Platz und zur falschen Zeit zu demonstrieren? Ihm war es nur darauf angekommen, die Maske nicht abnehmen zu müssen, die er für sein Gesicht auszugeben pflegte. Unter allen Umständen hatte er dazu gehören wollen. Und das bewies, daß er sich nicht wirklich zugehörig fühlte. Weil auch er ein Fremder war und blieb.

»Laß uns neu anfangen, Ivan!« flüsterte Marta. »Irgendwo. Anderswo.«

Acht Jahre. Acht Jahre lebten sie schon in Montesecco, hatten mit den anderen geredet, gearbeitet, gefeiert, getrauert. Tag für Tag hatten sie sie in der Bar bewirtet, doch all das war nichts wert gewesen. Für das Dorf waren acht Jahre nicht mehr als ein Wimpernschlag. Für Marta und Ivan war es eine lange Zeit. Fast ihr ganzes gemeinsames Leben. Die beiden Kinder waren hier geboren.

Ivan blickte sich um. Noch immer drückte sich Paty an Lidia Garzone. Ihr Kinn grub sich in die Schulter der Alten. Anderswo hätte sie niemanden. Anderswo müßte man erst einmal wieder acht Jahre hinter sich bringen. Vielleicht bedeuteten acht Jahre wirklich nichts. Vielleicht brauchte es eine Generation, um dazu zu gehören. Oder zwei. Wenn es Paty und Gigino nicht schafften, wären deren Kinder vielleicht mal soweit.

Ivan sah Marta an. Er legte den Arm um ihre Schulter und zog sie an sich. Er sagte: »Wir haben uns.«

»Ja«, sagte Marta.

»Wenn wir zusammenhalten ...«, sagte Ivan. Er küßte Marta auf die Wange. Sie waren vielleicht keine Helden, doch sie hatten Mut genug, nicht einfach davonzulaufen. Montesecco war ihr Zuhause geworden. Sie würden es nicht kampflos aufgeben. Sie hatten ein Recht darauf, hier zu leben, mochten die anderen denken, was sie wollten.

»Wir gehen nirgendwohin«, sagte Ivan. »Wir gehören hierher.«

»Ja«, sagte Marta.

Als sie sich umdrehten, stand der ganze Haufen vor ihnen. Lidia Marcantoni hatte Paty auf dem Arm, und Franco hielt die Hand des kleinen Gigino. Der alte Sgreccia räusperte sich.

»Franco will etwas sagen«, sagte der alte Curzio.

»Du hattest völlig recht, Marta«, sagte Franco Marcantoni.

»Zwei Leichen im Haus, das ging einfach nicht«, sagte Marisa Curzio.

»Nicht, wenn die Kinder den ganzen Tag um sie herumkrabbeln müssen«, sagte Milena Angiolini.

»Es tut uns leid«, nuschelte Franco Marcantoni.

»Uns?« fragte seine Schwester Lidia.

»Mir vor allem«, preßte Franco hervor. Dann beugte er sich zu Gigino hinab, gab ihm einen Klaps und fragte: »Wie wäre es mit einer Sprite für uns zwei Männer? Vielleicht mit einem Schuß Weißwein für den alten Franco?«

»Kein Anschluß unter dieser Nummer.« Eine freundliche Frauenstimme wiederholte den Satz mehrmals. Der alte Curzio unterbrach die Leitung, setzte die Lesebrille auf, legte den Zeigefinger unter die Nummer im Telefonbuch und wählte sorgfältig Ziffer für Ziffer.

»Kein Anschluß unter dieser Nummer.«

Curzio brummte. Er legte den Hörer auf und zog die Karteikarte unter dem Telefonbuch hervor. Er las: *Angelo Sgreccia: LKW-Tour nach La Spezia. Sagt Angelo. Beziehungsweise sagt Benito, daß Angelo das sagt.*

Nein, das war kein Alibi, das war alles andere als zufriedenstellend. Curzio machte ein Ausrufezeichen hinter den letzten Satz. Angelo hatte ihm gegenüber die Aussage glatt verweigert, und Benito benahm sich so seltsam, daß man ihm nicht mehr über den Weg trauen konnte. Wenn es hart auf hart kam, trennte sich halt die Spreu vom Weizen. Und bloß weil Benito und er dreißig Jahre lang zusammen heimlich Grappa gesoffen hatten, würde er sich von ihm nicht auf der Nase herumtanzen lassen.

»Kommst du?« rief Marisa von unten.

»Gleich!« rief der alte Curzio zurück. So ließ er sich nicht abspeisen. Er rief die Auskunft an und fragte nach der Nummer der Spedition Melli aus Senigallia.

Es dauerte ein wenig, dann sagte die Stimme: »Abgemeldet.«

»Abgemeldet?«

»Ja.«

»Wieso abgemeldet?«

»Keine Ahnung.«

»Die haben nicht zufällig eine neue Nummer?«

»Wenn sie eine neue Nummer hätten, hätte ich Ihnen die neue Nummer gegeben.«

»Also bloß abgemeldet«, sagte Curzio.

»Genau, abgemeldet.«

»Ja, dann«, sagte Curzio. Er bedankte sich und legte auf. Wieso sollte eine Spedition ihr Telefon abmelden? Wie wollten die denn an Aufträge kommen? Da stimmte etwas nicht. Curzio hatte es geahnt. Er suchte die Nummer des Transportgewerbeverbands der Provinz Pesaro-Urbino aus dem Telefonbuch.

»Wann kommst du denn endlich?« rief Marisa von unten. Ohne ihn fing sie nicht zu essen an. Seit Davide sein Praktikum in Rom machte, war das noch schlimmer geworden.

»Wenn ich fertig bin«, schrie Curzio zurück.

Beim Transportgewerbeverband ging niemand ans Telefon. Curzio blätterte durchs Telefonbuch. In Senigallia gab es vier Mellis. Bei der dritten Nummer hatte er Glück.

»Wir haben die Spedition aufgegeben«, sagte der Mann am anderen Ende.

»Ich habe mich schon gewundert«, sagte Curzio.

»Wenden Sie sich halt an jemand anderen. An die Firma Bertoli zum Beispiel.«

»Ja … nein«, sagte Curzio, »es ist nur …, es geht um einen Ihrer Fahrer. Was ist mit Ihren Angestellten?«

Der Mann schwieg einen Moment zu lang. Dann sagte er: »Wir haben Pleite gemacht. Konkurs, verstehen Sie?«

»Tut mir leid«, sagte Curzio.

»Tja«, sagte der Mann, »also dann …«

»Moment«, sagte Curzio. »Wann? Wann haben Sie Pleite gemacht?«

»Vor einem Monat.«

»Und Ihre Fahrer?«

»Die Zeiten sind schlecht«, sagte der Mann.

»Einer Ihrer Fahrer war ...«, sagte Curzio, doch der Mann hatte schon aufgelegt.

Angelo Sgreccia!

»Ich fange jetzt an«, rief Marisa von unten.

Angelo Sgreccia hatte am fraglichen Dienstag keinen LKW nach La Spezia gefahren. Zumindest nicht für die Spedition Melli. Vielleicht hatte er irgendwo anders sofort wieder Arbeit gefunden. Obwohl die Zeiten schlecht waren. Obwohl er kein Wort dazu hatte verlauten lassen. Curzio hätte jetzt einen Grappa gebrauchen können. Er nahm einen Rotstift und schrieb auf die Karteikarte Angelos: *Alibi mehr als fraglich.*

Dann ordnete er die Karte alphabetisch ein. Er mußte jetzt die Carabinieri anrufen. Wenn er mit ihm nicht sprach, sollte Angelo denen erklären, bei wem er seit wann arbeitete. Und wo er sich an dem Tag, als Giorgio Lucarelli umkam, aufgehalten hatte.

Curzio richtete den Stapel Karteikarten kantengenau aus. Dann trat er ans offene Fenster. Die Gasse lag im Schatten, die Läden vor dem Haus gegenüber waren fest verschlossen. Der Americano hätte eigentlich schon dasein müssen. Nach seiner Auswanderung hatte man ein paar Jahrzehnte lang praktisch nichts von ihm gehört, aber seit er in Rente war, kam er jeden Sommer nach Montesecco zurück. Seine Frau, eine echte Amerikanerin aus Detroit, ächzte dann mit Fächer und leidendem Gesichtsausdruck durchs Dorf, was den Americano nicht daran hinderte, auf dem Balcone stundenlang Briscola zu spielen und die alten Zeiten zu beschwören.

»Ich habe hier ein Haus, ich habe drüben ein Haus. Wenn es ihr hier nicht gefällt, soll sie halt drüben bleiben«, sagte der Americano, doch seine Frau kam immer mit, Jahr für Jahr, zwei Monate lang, in denen sie mißmutig hinter ihrem Fächer herwackelte und mit ihrem schrecklichen Akzent pro Monat gerade mal zwanzig Worte mit anderen wechselte.

Montesecco war nichts für Fremde, Montesecco war etwas für die, die hier geboren und aufgewachsen waren. Die mit jedem Pflasterstein auf der Piazza Erinnerungen verbanden, die jeden kümmerlichen Schattenfleck zur Mittagszeit kannten, die von jedem Hof in der Umgebung wußten, wann da wer eingeheiratet hatte. Montesecco war etwas für Leute, die sich jahrzehntelang Tag für Tag auf der Bank am Dorfeingang trafen. Die dort neben der Aleppo-Kiefer saßen und mit verkniffenen Augen über die gleißenden Felder schauten, bevor sie den Grappa hervorholten und sich ein Gläschen genehmigten.

Curzio überlegte, wie viele Flaschen sie wohl zusammen getrunken hatten, Benito und er. Es waren ziemlich viele. Vielleicht erklärte das, warum Benito in letzter Zeit so verschroben war. Der Alte baute einfach ab. Auch sein Husten war schlimmer geworden. Und jetzt noch der mißratene Sohn, der sich ein ziemlich fragwürdiges Alibi zusammengeschustert hatte.

Curzio starrte auf die verschlossenen Läden gegenüber und fuhr sich mit der Hand über die Stirn. Er würde die Carabinieri nicht anrufen. Die glaubten ja sowieso nicht, daß Giorgio Lucarelli ermordet worden war. Was irgendwer an jenem Dienstag gemacht habe, sei Privatsache, würden sie sagen. Und was er darüber mitteilen wolle erst recht, würden sie sagen. Mal abgesehen davon, daß sie von außen kamen.

Und vielleicht war Angelo Sgreccia ja wirklich bei einer anderen Spedition untergekommen.

Nerone trieb sich gern draußen herum. Er lauerte auf Mäuse, streunte über die Dächer und maunzte den Mond an. Was Kater halt in der Nacht so taten. Costanza Marcantoni gönnte ihm das. Normalerweise. Aber heute nicht. Heute mußte Nerone zu Hause bleiben.

»Vielleicht werde ich dich ein paar Tage einsperren müssen«, murmelte Costanza. Sie trat vor die Tür ihres Hauses. Die Sonne war schon untergegangen, blaues Licht schwamm im Himmel. Ein Kondensstreifen zerfaserte rötlich gegen Nordwesten. Von der Piazzetta schwappten Gesprächsfetzen herauf. Wahrscheinlich feierten sie ihren Sieg über die Carabinieri. Die erfolgreiche Verteidigung einer Kühltruhe mit zwei Leichen drin.

»Kindsköpfe!« murmelte Costanza. Die hatten ja keine Ahnung. Besaßen so viel Verstand wie das Schwarze unterm Nagel ihres kleinen Fingers und benutzten es nur, um von einem Glas Wein bis zum nächsten zu denken. Costanza hätte ihnen sagen können, was los war. Und was ihnen noch bevorstand. Sie wußte es, sie roch es.

»Nerone!« rief sie in Richtung des Nachbargrundstücks, auf dem ein verrosteter Traktor von Brombeeren überwuchert wurde. Nerone war einfach zu verspielt. Er kapierte nicht, daß er manchmal besser Abstand halten sollte. Es war zu gefährlich. Es würde Nerone schon nicht umbringen, wenn er ein paar Tage im Zimmer verdösen mußte.

»Komm, Nerone!« rief Costanza. Das Brombeergestrüpp begann zu rascheln und zu wispern. Costanza spitzte die Ohren. Die Blätter zitterten zu gleichförmig, plapperten zu unbesorgt darauf los. Es war nur der erste Abendwindhauch, der in ihnen spielte. Dennoch wußte Costanza, daß sie da waren. In irgendwelchen Löchern, unter gestapelten Dachziegeln, in Mauerritzen. Sie schlängelten sich durch zerschlagene Fensterscheiben und züngelten über liegengebliebenes Kinderspielzeug. Sie erstarrten, wenn irgendwo Schritte den Boden erschütterten, und in ihren bösen, lidlosen Augen erwachte die Nacht.

»Na endlich«, sagte Costanza. Sie beugte sich zu Nerone hinab und tätschelte sein schwarzes Fell. Der Kater buckelte und rieb seinen mächtigen Kopf am Unterschenkel von Costanza.

»Ich weiß«, sagte sie, »die Vipern sind da.«

Noch hielten sie sich versteckt, aber sie waren da. Bald konnte sie keiner mehr übersehen, und dann würde sich herausstellen, wer in Panik verfiel. Wer es nicht einmal aushielt, eine tote Schlange vor Augen zu haben. Und genau den würde Costanza dann fragen, warum er Giorgio Lucarelli getötet hatte.

»Hab keine Angst, mein Kleiner! Ich passe auf dich auf«, sagte Costanza. Sie hob den Kater hoch und trug ihn ins Haus. Nerone strich um die Beine von Costanza, während sie ihm Wasser mit ein wenig Milch in seinen Napf füllte. Und Hühnerleber stellte sie ihm auch hin. Zum Trost. Auf Leber war er ganz wild.

»Aber nur ausnahmsweise, Nerone!« sagte sie. Der Kater schnupperte über den Teller, tippte eines der Leberstücke sanft mit der Pfote an und nahm es dann vorsichtig mit den Zähnen auf. Costanza sah ihm beim Fressen zu, als es an der Tür klopfte. Die Wanduhr zeigte Viertel vor neun. Hatte man denn nie seine Ruhe? Costanza grummelte, räumte die Milch weg, wusch sich die Hände und trippelte zur Tür. Es klopfte ein zweites Mal.

»Wer ist da?« brummte sie mißmutig. Sie öffnete die Tür einen Spalt und blinzelte hinaus. Draußen stand Catia Vannoni. Das Mädchen war viel zu blaß. Das kam davon, wenn man sich immer in seinem Zimmer einigelte.

»Was ist?« fragte Costanza.

»Kann ich dich mal sprechen?« fragte Catia. Sie trug ein eng anliegendes T-Shirt und Jeans. Man konnte den Bauch schon sehen.

»Komm rein, Kindchen!« Costanza zog die Tür auf und schloß sie hinter Catia wieder sorgfältig.

»Setz dich dorthin!« Mit einer Kopfbewegung deutete Costanza auf den großen Eichentisch in der Mitte des Raums.

»Und?« Costanza räumte ein Plastiksieb mit Bohnen vom Tisch.

Catia zog eine Geldbörse aus der Hosentasche und legte zwei Zehntausend-Lire-Scheine auf die Tischplatte. »Ich will wissen, ob es ein Junge wird.«

»Kindchen«, sagte Costanza, »geh zu deinem Frauenarzt! Der kann dir das besser sagen als ich.«

»Ich will es von dir wissen.«

»Los, steck dein Geld wieder ein!«

»Bitte!«

Costanza grummelte. Das sah doch ein Blinder, daß da etwas nicht stimmte. Sie fragte: »Willst du es wegmachen lassen?«

»Nein.« Catia schüttelte entschieden den Kopf. »Ich will nur wissen, ob es ein Junge wird.«

»Nein, ein Mädchen«, sagte Costanza.

»Woher weißt du das?«

»Ich erkenne es an deinem Bauch. An der Form.«

»Ein Mädchen. Das ist gut.«

»Wieso ist das gut?«

»Weil es keinen Vater haben wird. Für einen Jungen wäre das schlimmer.«

Costanza umrundete den Tisch und hob den Teller auf, den Nerone inzwischen leer geschleckt hatte. Sie hielt den Teller unter fließendes Wasser und stellte ihn in das Abtropfgitter über dem Spülbecken. So war das also! Sie hatte doch gleich gewußt, daß es um etwas anderes ging. Ein Mädchen braucht keinen Vater? So, so.

»Du willst wissen, wohin du gehörst, was?« sagte sie. »Zu Matteo Vannoni oder zu Angelo Sgreccia. Zu dem, der dich gezeugt hat, oder zu dem, der dich aufgezogen hat. Du willst wissen, wer dein wirklicher Vater ist. Ist es nicht so, Kindchen?«

Catia sagte nichts.

Costanza trocknete sich die Finger an einem karierten Geschirrtuch. Sie fragte: »Und was ist mit dem dritten?«

»Der dritte?« Catia strich sich die Haare aus der Stirn.

»Na der, der dich geschwängert hat.«

»Das ist etwas anderes.«

Costanza brummte vor sich hin. Fast hätte sie sich Sorgen gemacht, doch die Kleine war stark genug. Die würde sich entscheiden können, sobald es etwas zu entscheiden gab. Costanza holte ihre Tarotkarten aus der Kommode und breitete sie verdeckt vor Catia aus.

»Zieh eine, Kindchen! Los!«

Catia zögerte einen Moment, deckte dann aber eine Karte auf. Es war der Gehenkte.

»Weißt du, was das bedeutet?« fragte Costanza.

Catia schüttelte den Kopf.

»Gesundheit, Glück und ein langes Leben«, sagte Costanza. Sie schob die anderen Karten zusammen.

»Geld regiert die Welt«, trällerte der Americano vor sich hin. Ihm gegenüber saß der alte Curzio. Er hatte das As und die Acht von Coppe sowie den Bastone-König auf der Hand. Bastone war Trumpf.

»Geld, Money, Denaro«, trillerte der Americano.

»Ich weiß nicht, wie ihr das in Detroit macht«, sagte Angelo Sgreccia. »In Montesecco spielen wir stummes Briscola.«

»Nur Zeichen sind erlaubt«, sagte der alte Sgreccia.

»Aber geredet wird nicht«, sagte Angelo.

»Man wird doch noch vor sich hin summen dürfen«, sagte der Americano.

»Summen schon«, sagte Benito Sgreccia. Er hustete tief.

»Schlaf nicht ein, Curzio! Komm raus!« sagte Angelo.

Der Americano starrte Curzio hypnotisierend an. Die weit aufgerissenen Augen forderten ihn wohl auf, die Denaro-Zwei auszuspielen, doch Curzio hatte weder die Zwei noch sonst eine Karte mit den stilisierten runden Geldstücken auf der Hand. Er schnippte die Bastone-Acht auf den Tisch. Der Americano verdrehte die Augen.

Angelo übernahm mit der Bastone-Drei. Die zählte zehn Punkte, und so stach der Americano mit dem Trumpf-Pferd. Lässig warf Benito Sgreccia das Trumpf-As darauf.

»Wer kann, der kann«, sagte er und nahm als erster eine neue Karte vom Stoß auf.

»Vierundfünfzig«, sagte der Americano. »Noch habt ihr nicht zu.«

Er war am Nachmittag angekommen, und während seine Frau die Koffer ausgepackt und das Haus auf Vordermann gebracht hatte, war er bei seiner Begrüßungsrunde über die Ereignisse der letzten Tage in Kenntnis gesetzt worden. Zuerst hatte er getönt, wie sie in Amerika so einen Fall lösen würden, hatte vom Abgleichen der Fingerabdrücke, von kriminaltechnischer Erfassung aller Mikrospuren, von Profiling und gerichtsmedizinisch fachgerechter Zerlegung der Leichen gefaselt, doch als er darauf hingewiesen wurde, daß die Leichen nach Auffassung der Dorfbewohner keine mehr oder minder ergiebige Sammlung von Spuren waren, sondern Giorgio und Carlo Lucarelli, war er schweigsamer geworden. Und nach dem Kondolenzbesuch bei den Lucarellis schien ihm das Interesse am Kriminalfall völlig vergangen zu sein.

Vielleicht hatte er aus all dem Ungeheuerlichen auch den Schluß gezogen, daß das Montesecco, wegen dem er alljährlich über den großen Teich flog, in ernster Gefahr schwebte und nichts nötiger brauchte als Normalität. Und deshalb hatte er keine Ruhe gegeben, bis er drei Opfer gefunden hatte, die bei einem Gläschen Wein mit ihm ein paar Runden Briscola spielten. Nun saßen sie zu viert um ein wackliges Tischchen auf der Piazzetta und starrten in ihre Karten.

Angelo Sgreccia zeigte mit dem Daumen auf den Americano und sagte: »So, wie er vorhin geredet hat, hat er noch zweimal Denaro.«

»Das As und eine Lusche.« Benito Sgreccia nickte.

»He, he, geredet wird nicht!« protestierte der Americano.

Benito zog Spade. Wegen des Spielstands mußten Curzio und der Americano stechen, obwohl so der offenliegende Trumpf ganz unten im Stoß an den Gegner fallen würde. Nacheinander nahmen sie die letzten Karten auf und schoben dem jeweiligen Partner das eigene Blatt zur Ansicht zu, wie es vor den Schlußrunden üblich war.

»Sieht eher schlecht für euch aus, was?« sagte Angelo.

»Wenn Curzio Denaro gespielt hätte ...«, sagte der Americano.

»Woher nehmen, wenn nicht stehlen?« fragte Curzio.

»Aber wenn er Denaro gehabt hätte ...«, sagte der Americano und spielte das As aus.

»Geld, Money, Denaro«, trällerte Angelo. Er stach ein. Die Sgreccias machten zwei der letzten drei Stiche und gewannen mit über achtzig Punkten.

»Goddam«, brummte der Americano.

»Don't swear, sweetheart!« sagte Mary, seine Frau. Sie hatte ihre neunzig Kilo auf einen Stuhl gewuchtet, der vom Kartenspielertisch und von der vorderen Bank gleich weit entfernt stand. Auf dem Fächer, mit dem sie eifrig wedelte, stolzierten rosa Flamingos umher, die genau den Farbton ihres Kleides trafen. Über den oberen Rand hinweg fixierte sie Costanza Marcantoni, die gerade von den Frauen auf der Steinbank begrüßt wurde. Unter der Laterne saß Antonietta Lucarelli und rief ihren Töchtern zu, daß sie den Hund in Ruhe lassen sollten. Paolo stand neben ihr. Mit Brillantine im Haar und einem neuen dunkelgrünen Seidenhemd war er kaum wiederzuerkennen.

Die Marcantonis waren da, Milena Angiolini und sogar Matteo Vannoni. Fast alle befanden sich auf der Piazzetta, man unterhielt sich, blickte auf die Sterne, wartete darauf, daß sich die Luft abkühlte. Es hätte ein Abend wie jeder andere werden können, wenn nicht dem alten Curzio ein paar Fragen im Kopf umhergegangen wären, die er bei passender Gelegenheit anbringen wollte. Da sich aber auch nach einem Dutzend Runden Briscola keine ergeben hatte, schien ihm dieser Moment genauso gut wie jeder andere, und so fragte er ziemlich unvermittelt: »Wie läuft es in der Arbeit, Angelo?«

»Wie soll es schon laufen?« Angelo sammelte die Karten ein, klopfte den Stoß auf der Tischplatte gerade und teilte ihn in zwei Hälften.

»Eine weite Tour gehabt heute?« fragte Curzio.

»Innsbruck«, sagte Angelo. Er begann die Karten zu mischen.

»Ich wußte gar nicht, daß Melli auch ins Ausland fährt.«

»Tut er auch nicht. Melli sitzt im Büro in Senigallia.«

»Ihr rackert euch ab, und der Chef macht sich einen schönen Lenz!«

»Tja«, sagte Angelo. Er teilte jedem drei Karten aus. Einzeln. Gegen den Uhrzeigersinn.

»Der hat sogar das Telefon abgemeldet, nur um nicht gestört zu werden«, sagte der alte Curzio. Er blinzelte ins Licht der Strahler, die Ivan auf dem Dach der Bar installiert hatte. Dutzende von Nachtfaltern umtanzten sie.

»Was?« fragte Angelo.

»Vor einem Monat schon«, sagte Curzio.

Angelo legte den Rest der Karten in die Mitte des Tisches und deckte die oberste auf. Es war die Bastone-Drei. Drei grünlichgelbe Knüppel überkreuzten sich auf abgegriffenem Weiß.

»Bastone ist Trumpf!« Der Americano strahlte übers ganze Gesicht.

»Melli hat Pleite gemacht. Er hat es mir selbst gesagt«, sagte Curzio. Er blickte angestrengt in seine Karten, ohne sie wirklich wahrzunehmen. Er spielte eine andere Partie.

»Was du nicht sagst!« Angelo versuchte höhnisch zu klingen, doch es gelang ihm nicht.

»Für wen fährst du jetzt, wenn nicht für Melli?«

»Kümmere dich um deinen eigenen Kram!« Angelo warf seine Karten auf den Tisch. Deutlicher konnte man nicht nein sagen. Es gab keine andere Spedition, für die Angelo arbeitete. Er war an jenem Dienstag nicht nach La Spezia gefahren. Er hatte gelogen.

»Was hast du am Tag von Giorgios Tod gemacht, wenn du nicht ...?« fragte Curzio.

»Das brauche ich mir nicht bieten zu lassen! Nicht von dir, wo doch jeder weiß, wie du zu den Lucarellis gestanden hast«, zischte Angelo. Er sprang auf und stürmte davon.

»He, du kannst doch nicht einfach ... Was ist mit dem Spiel?« rief ihm der Americano nach.

Benito Sgreccia hatte das Verhör verfolgt, ohne eine Miene zu verziehen oder ein Wort einzuwerfen, doch jetzt tastete er nach seinem Stock und richtete sich mühsam auf. Er sagte: »Du hättest vorher mit mir reden müssen, Gianmaria.«

»Das hätte an den Tatsachen nichts geändert«, sagte Curzio.

»Er ist mein Sohn«, sagte Benito Sgreccia. Er wandte sich um und verschwand in der Gasse längs der Stadtmauer.

»Hol ihn zurück!« rief Curzio ihm nach. Die Sache mußte geklärt werden. Es waren Fragen gestellt worden, vor denen sich Angelo nicht verstecken konnte. Zumindest nicht in Montesecco.

Der Americano zeigte seine Karten vor. Zwei Trümpfe und das As von Spade. »Die hätten keine Chance gehabt!«

»Nicht die geringste Chance hatten die.« Curzio nickte.

Auf der Piazzetta war es still geworden. Der Americano und seine Frau waren die einzigen, die nicht verstanden hatten, was geschehen war. Daß Angelo Sgreccia für den Tag, als Giorgio Lucarelli gestorben war, ein Alibi erfunden hatte. Und daß es einen Grund dafür geben mußte.

»He, Ivan, Paolo, springt ihr für ein, zwei Runden Briscola ein?« rief der Americano.

Ivan stand in der Tür der Bar. Er winkte ab. Paolo stellte sein Glas auf die Brüstung und sagte: »Irgend etwas müssen wir tun. Wir können Sgreccia doch nicht einfach so abhauen lassen.«

»Angelo? Ich glaube es einfach nicht«, sagte Milena Angiolini.

»Wir werden die Wahrheit aus ihm herausprügeln! Wer geht mit?« fragte Paolo. Sein Blick suchte Antoniettas Augen. Sie saß auf der Steinbank und schwieg. Paolo beugte sich zu ihr hinab.

»Gnade ihm Gott, wenn er es getan hat!« brummte er und tastete unbeholfen nach Antoniettas Hand.

»Mach keinen Unsinn, Paolo!« sagte Antonietta.

»Er soll gefälligst erklären ...«

»Es ist schon genug Gewalt geschehen.«

Paolo drückte Antoniettas Hand, ließ los und verschränkte seine beiden Pranken vor der Brust. Er sagte: »Wie du meinst. Alles soll genau so sein, wie du es für richtig hältst. Ich dachte ja nur ...«

»Ich weiß«, sagte Antonietta.

»Dann lasse ich ihn jetzt ungeschoren«, sagte Paolo, »aber du brauchst nur ein Wort zu sagen, und Sgreccia ist dran.«

»Angelo weiß selbst, daß er einiges zu erklären hat«, sagte Curzio.

»Er wird zurückkommen«, sagte Costanza Marcantoni. Sie setzte sich auf einen Stuhl an der Kirchenmauer und legte den Kopf schief, als lausche sie nach etwas, was sich hinter den für alle hörbaren Geräuschen verbarg.

Angelo Sgreccia kam zwanzig Minuten später zurück. Mit ein paar Schritten Abstand folgte sein Vater, der ein Gewehr über der Schulter trug. Angelo blieb vor der Tür der Kapelle stehen. Wer sich weiter hinten befand, kam näher. Alle warteten darauf, daß Angelo zu sprechen begänne, doch aus dem Halbschatten unter der Esche hustete Benito Sgreccia heiser hervor. Einmal, zweimal. Dann kam ein Anfall, bei dem man die flatternden Fetzen seiner zerstörten Lunge zu hören glaubte. Endlich sagte der alte Sgreccia: »Er hat mir gesagt, daß er es nicht getan hat, und ich glaube ihm. Wenn sich herausstellen sollte, daß er es doch war, bringe ich ihn um, so wahr ich sein Vater bin.«

Benito Sgreccia räusperte sich, holte rasselnd Luft und fuhr fort: »Und wenn einer von euch ihn einer Sache beschuldigt, die er nicht hundertprozentig beweisen kann, dann bringe ich den auch um.«

Ein dicker Nachtfalter prallte dumpf gegen das Glas des Strahlers auf dem Dach der Bar. Das Licht fiel von schräg links auf Angelo. Sein Schatten war länger als er selbst. Von irgendwoher tauchte Gigolo auf, umkreiste Angelo und hoppelte, mit dem Stummelschwanz wedelnd, auf die Frau des Americano zu. Die quietschte vor Entzücken und rief: »Come to me, my little darling!«

Angelo sagte: »Ja, ich bin an jenem Morgen zu Giorgio Lucarelli gegangen. Er behauptete, gerade keine Zeit zu haben, und so bin ich später zu seinen Olivenbäumen hinausgefahren, um ihn dort zu sprechen. Die Bäume waren frisch geschnitten, aber Giorgio war nicht mehr dort, und so bin ich wieder gefahren. Ich habe ihn nicht mehr lebend gesehen. Das ist alles.«

Es war zuwenig. Es war viel zuwenig. Die Fragen kamen erst zögernd und prasselten dann von allen Seiten auf Angelo ein.

»Was gab es denn Wichtiges zu besprechen? Zwischen dir und Giorgio?«

»Es war wegen Catia.«

»Wegen Catia?«

»Wegen Catias Schwangerschaft.«

»Hatte Giorgio etwas damit zu tun?«

»Das habe ich vermutet.«

»Und? Hatte er?«

»Ich bin nicht sicher. Ich habe ja nicht mehr mit ihm gesprochen.«

»Was wolltest du tun, wenn sich dein Verdacht bestätigt hätte?«

»Keine Ahnung. Ich hatte es mir nicht überlegt.«

»Und im nachhinein gesehen? Was hättest du wohl getan?«

»Ich weiß nicht, ich ... Wahrscheinlich hätte ich ihn am liebsten umgebracht.«

»Und? Hast du es getan?«

»Nein.«

»Da hat dir also ein guter Freund die Arbeit abgenommen?«

»Ich wüßte nicht, wer. Ich habe mit niemandem darüber geredet.«

»Warum hast du Giorgio nicht gleich am Morgen zur Rede gestellt?«

»Ich traf ihn auf der Piazza. Es waren Leute da, die nicht hören sollten, worum es ging. Franco, Paolo. Und Milena auch, glaube ich.«

Milena Angiolini nickte.

»Woher wußtest du, daß er bei seinen Oliven zu finden war?«

»Er hat es mir auf der Piazza gesagt.«

»Du wußtest auch, daß er allein dort hingehen wollte?«

»Ja. Deswegen bin ich ihm ja nachgefahren. Ich wollte ungestört mit ihm reden.«

»Wann war das?«

»Was?«

»Wann bist du auf Giorgios Feld gewesen?«

»So gegen zwölf Uhr.«

»Und wann hast du ihn auf der Piazza angesprochen?«

»Um neun Uhr.«

»Warum hast du drei Stunden gewartet, bis du ihm nachgefahren bist?«

»Ich hatte noch etwas zu erledigen.«

»Aber am Morgen hättest du gleich mit ihm gesprochen, wenn niemand dabeigewesen wäre?«

»Ja.«

»Was hattest du denn zwischen neun und zwölf Uhr zu erledigen?«

»Ich …«, Angelo zögerte. »Ich weiß nicht mehr.«

»Du nimmst dir vor, ihn zur Rede zu stellen, weil du vermutest, er habe Catia geschwängert, du hast die beste Gelegenheit dazu, und dann vertrödelst du drei Stunden mit irgendwelchen Erledigungen, an die du dich schon jetzt, ein paar Tage später, nicht mehr erinnern kannst?«

»Elena kann es bezeugen.«

»Was?«

»Daß ich zu Hause war und erst kurz vor zwölf Uhr weggefahren bin.«

»Hast du Elena gesagt, daß du Giorgio aufsuchen wolltest?«

»Nein.«

»Was hast du ihr dann gesagt?«

»Daß ich in Senigallia den Laster holen und eine Tour nach La Spezia machen muß.«

»Wie lange fährt man von Senigallia nach La Spezia?«

»Viereinhalb, fünf Stunden einfach. Je nachdem.«

»Du konntest also frühestens nach neun Stunden wieder zurück sein?«

»Später. Wegen des Entladens und des ganzen Papierkrams. Ich kam spät in der Nacht.«

»Du warst aber nicht in La Spezia. Was hast du den ganzen Tag wirklich getan?«

»Ich war in Senigallia und wollte mit Melli reden, weil der mir noch Lohn schuldete. Ich habe ihn aber nirgends gefunden.«

»Zehn, elf Stunden lang?«

»Ich habe die Zeit totgeschlagen, habe gebadet, bin am Strand spazierengegangen.«

»Allein natürlich?«

»Allein unter tausend anderen. Es war ein heißer Tag.«

»Wann hast du erfahren, daß Giorgio tot ist?«

»In der Nacht, als ich nach Hause kam. Elena ist aufgewacht und hat es mir erzählt.«

»Es mag sein, daß sich manchmal ein Unschuldiger ein Alibi zurechtlegt, weil er befürchtet, in Verdacht zu geraten. Aber kannst du uns erklären, Angelo, wieso sich ein Unschuldiger ein Alibi besorgen sollte, bevor er von dem fraglichen Verbrechen überhaupt erfährt?«

»Ich habe mir kein Alibi zurechtgelegt. Ich hatte Elena vorher gesagt, daß ich eine Tour hätte, und ich wollte nicht als Lügner dastehen.«

»Wann hast du es ihr gesagt?«

»Am Abend zuvor.«

»Deshalb konntest du erst kurz vor zwölf Uhr aufbrechen. Elena hätte nachgefragt, wenn du früher gefahren wärst. Deshalb hast du drei Stunden gewartet, bevor du Giorgio gefolgt bist, nicht?«

»Ja.«

»Wenn du einer von uns wärst, Angelo, würdest du dir dann glauben?«

»Es sieht alles nur so aus, als hätte ich ...«, sagte Angelo. »Ihr zimmert euch das so zurecht, weil ihr alles nur von dem verdammten Mordfall her seht. Ihr könnt euch überhaupt nicht mehr vorstellen, daß andere Leute ein eigenes Leben führen. In dem anderes viel wichtiger ist.«

»Was denn zum Beispiel?«

»Zum Beispiel geht es hier nicht um ein Alibi. Für mich war jener Dienstag nichts Besonderes. Wenn ihr so wollt, habe ich mir auch für heute und für vorgestern und für fünfzehn weitere Male im vergangenen Monat ein Alibi beschafft. Vor jenem Dienstag und danach. Und da ist nicht jedesmal einer umgebracht worden.«

»Vielleicht, weil du vorher ausprobieren wolltest, ob

jemand dahinterkommt, wenn du irgendwelche Touren erfindest?«

»Oder weil du dich ans Lügen gewöhnen wolltest?«

»Und vielleicht hast du weitergemacht, damit niemand auf die Idee käme, zu fragen, seit wann bei Melli Schluß ist?«

»Oder weil du dich ans Lügen gewöhnt hattest?«

Am hinteren Ende der Piazzetta begann Gigolo wild zu bellen. Niemand achtete auf den Hund, nur die Frau des Americano stand auf. Sie hatte wohl genug von einem Verhör, bei dem sie höchstens jedes zweite Wort verstand.

»Was findest du schlimmer, Angelo? Wenn einer einen anderen im Affekt erschlägt oder wenn einer einen Mord einen Monat lang sorgfältig vorbereitet?«

»Bei allen Heiligen im Himmel!« stöhnte Angelo. »Ich war es nicht.«

»Warum, Angelo?« fragte Antonietta. »Warum hast du dann uns allen einen Monat lang etwas vorgelogen?«

»Weil ...«, sagte Angelo, und da schnitt der Schrei der Amerikanerin durch seinen Satz, ein Aufschrei voller Panik und Entsetzen, der die jahrelang nur mühsam unterdrückte Überzeugung offenbarte, daß Montesecco ein Dschungel weit weg von jeder Zivilisation wäre, in dem ein einziger unbedachter Schritt Tod und Verderben bedeuten konnte, ein gellender Schrei, der zwei halbe Kontinente und einen Ozean überwinden und seine Urheberin zurücktragen sollte in die spiegelnden Malls, zu den Tupperware-Partys und auf den akkurat gestutzten Rasen in den guten Vierteln von Detroit.

Mary stand wie angewachsen neben der hinteren Steinbank, ein dicker rosa Fleck, zu dessen Füßen sich Gigolo die Seele aus dem Leib kläffte, die Nackenhaare gesträubt, die triefenden Augen auf die Stelle gerichtet, wo die Balkonbrüstung in einen rostigen Maschendrahtzaun überging.

Dort, am Fuß der Mauer, in deren Spalten sich ein paar Wolfsmilchpflanzen festkrallten, war die Viper. Sie hatte sich in Drohhaltung aufgerichtet, so daß die gelblichbraunen Schuppen an der Unterseite des Halses sichtbar waren. Der V-förmige Kopf lief in einer nach oben vorspringenden Spitze aus. In den gelben Augen öffneten sich vertikal geschnittene Pupillen.

»Geh zurück, Mary!« rief der Americano. »Langsam, for Christ's sake!«

Die Amerikanerin rührte sich nicht.

Gigolo bellte unaufhörlich. Seine Vorderpfoten zuckten nervös.

»Kscht!« sagte Costanza Marcantoni. Gigolos Bellen erstarb in einem dumpfen Knurren. Costanza stand auf, trippelte zu der Amerikanerin, griff sie am Oberarm und führte sie zurück zu den anderen. Gigolo wandte den Kopf zurück und wieder nach vorn, kläffte noch einmal der Schlange entgegen und folgte dann den beiden Frauen.

Die Viper verharrte in ihrer Drohstellung, nur der Kopf schwankte fast unmerklich zur Seite, und ganz kurz fuhr die gespaltene Zunge aus dem Maul, um gleich wieder darin zu verschwinden.

»Wie kommt die Schlange hierher?« fragte Franco Marcantoni.

»Schlagt sie tot!« sagte Antonietta Lucarelli.

Der alte Sgreccia trat unter dem Baum hervor und spannte sein Gewehr.

»Nein«, sagte Costanza Marcantoni. »Angelo soll es tun. Und nicht mit dem Gewehr!«

»Unsinn!« sagte der alte Sgreccia. Er legte an. Costanza stellte sich vor die Mündung des Gewehrs.

»Geh aus dem Weg!« sagte der alte Sgreccia.

»Nein, sie hat recht«, sagte Franco. »Angelo muß es tun.«

»Und nicht mit dem Gewehr!« wiederholte Costanza.

»Das ist er uns schuldig!« sagte Lidia Marcantoni dunkel.

Marisa Curzio lief los und kam mit einem Gartenrechen und einem Spaten zurück. Angelo sagte nichts. Er griff nach dem Rechen. Benito Sgreccia ließ seine Waffe sinken.

Angelo hielt den Rechen mit beiden Händen. Langsam, Schritt für Schritt, ging er aufs hintere Eck der Piazzetta zu. Als die Zinken des Rechens nur noch einen halben Meter von der Viper entfernt waren, bog sie den Kopf noch weiter nach hinten, so daß der vordere Teil ihres Körpers ein S bildete. Ihr Maul zeigte nun fast senkrecht nach oben. Ein Pfeil mit vergifteter Spitze auf einem bis zum Äußersten gespannten Bogen. Hundert Prozent gestaute Energie, die loszubrechen verlangte. Angelo erstarrte in der Bewegung. Auf der Piazzetta hätte man eine Stecknadel fallen hören können. Draußen in der Nacht zirpten die Grillen, als sei nichts geschehen.

Und dann begann die Viper zu singen. Erst klang es nur wie ein klapperndes Geräusch, ein leicht metallisch nachtönendes »Klack, klack, klack«, doch dann ließen sich kurze, warnende Pfiffe erkennen, deren Untertöne die Luft zu kräuseln schienen und in einem kalten Hauch ausliefen, der die Härchen auf der Haut aufstellte. Vielleicht ließ einen nur die Einbildung unterschiedliche Töne ausmachen, die sich zu einer fremden Melodie fügten, vielleicht entsprang der Rhythmus darin nur dem Blut, das in den eigenen Ohren rauschte, doch später waren sich alle einig, daß sie sich nichts vorgemacht hatten. Die Viper hatte tatsächlich gesungen.

Das Lied handelte vom Töten. Es klagte nicht darüber, es begehrte nicht dagegen auf, es sang vom kalten Trost des Kriegs. Vom Töten und seinem Sinn. Daß es das einzige war, was zwei Leben, die verschiedenen Welten angehörten, miteinander verband. Daß, wer getötet wurde, nicht allein starb. Und daß mit dem Schrecken und der

Furcht und der Fremdheit und dem Nichtverstehen, das sich Leben nannte, irgendwann Schluß sein mußte. Und daß dafür jeder Moment gleich gut war. So endete das Lied.

Sie stießen gleichzeitig zu. Die Viper mit weit aufgerissenem Schlund, Ober- und Unterkiefer zu 180 Grad gespreizt, die Giftzähne nach vorne gerichtet. Angelo, der mit dem ganzen Gewicht seines Körpers den Rechen nach unten rammte. Eine der Zinken schlug durch platzende Schuppen, stoppte den Flug des Giftpfeils, und die Kiefer der Schlange schlossen sich mit einem dumpfen Laut um nichts. Während ihr Kopf noch zurückschnellte, um den zweiten Angriff einzuleiten, kreischten die Zinken des Rechens schon auf dem Asphalt und nagelten den zuckenden Schlangenkörper fest.

Angelo stützte sich schwer auf den Rechen. Die Viper bäumte sich, streckte sich, ihr Kopf wischte über den Stein, kam bis auf wenige Zentimeter an Angelos Schuhe heran, doch Angelo hielt mit verkrampften Händen fest. Er wandte den Kopf zu den anderen um. Seine Gesichtszüge waren verzerrt, seine Augen sangen vom Töten.

»Halte sie fest!« rief Franco Marcantoni.

»Wir helfen dir!« rief Ivan Garzone.

Der alte Sgreccia ließ das Gewehr fallen und riß Marisa Curzio den Spaten aus der Hand. Doch bevor er bei seinem Sohn angelangt war, hatte dieser den rechten Fuß auf den Kopf der Viper gesetzt. Angelo brüllte auf und drückte nach unten. Alle sahen zu, wie das Zucken des dünnen Vipernschwanzes erstarb.

Angelo ließ den Rechenstiel fahren, als sei er vergiftet. Langsam ging er zurück. Costanza Marcantoni nickte ihm zu.

»Ist das Vieh tot?« fragte der Americano.

»Woher kam die bloß?« fragte Franco Marcantoni.

»Mann o Mann, ich werde verrückt«, brummte Paolo und klopfte Angelo auf die Schulter.

Angelo nahm wieder den Platz vor der Kapelle ein, an dem er vorher gestanden hatte. Er sagte: »Ihr wolltet wissen, warum ich euch verheimlicht habe, daß ich keine Arbeit mehr habe? Weil es nicht wahr ist. Weil es nicht wahr sein kann! Weil ich eine Familie ernähren muß. Meine Familie, Elena, Catia. Und ich kann sie auch ernähren. Das kann mir keiner nachsagen. Da braucht sich auch keiner Sorgen zu machen. Auf euer Mitleid pfeife ich. Ich finde schon Arbeit. Das ist überhaupt kein Problem. Ich mache alles. Ich kann auch alles. Wenn es sein muß, schlage ich sämtliche Vipern Italiens tot. Ich bin ein Mann, verdammt noch mal!«

Am nächsten Morgen schien es, als habe sich der Wind gedreht. Während beim abendlichen Verhör niemand auch nur eine Lira auf Angelo Sgreccias Unschuld gesetzt hätte, gaben sich nun alle, mit denen Matteo Vannoni sprach, vom Gegenteil überzeugt.

»Angelo ein Mörder? Niemals!«

Doch Vannoni ließ sich nicht täuschen. Der Verdacht gegenüber Angelo war nicht ausgeräumt, sondern nur peinlich geworden. Weit mehr als auf Argumente stützte sich die nun demonstrierte Meinung auf eine diffuse Stimmung, der wohl die Befürchtung zugrunde lag, Sgreccia unrecht getan und ihn weit, weit über das hinausgetrieben zu haben, was einem Freund und Nachbarn zugemutet werden konnte. Auf die Treibjagd folgte das schlechte Gewissen. Oder die Bestürzung darüber, wie weit man sich selbst vom Eifer der Hatz hatte mitreißen lassen.

Vannoni kannte das Gefühl von früher, als sie sich unter Genossen zu gegenseitiger Kritik angespornt hatten, die völlig offen und tabulos sein sollte. Doch das war alles Quatsch. Im Grunde hatte man sich nur die eigene Radikalität bewiesen, indem man irgend jemanden, der sich aus irgendwelchen Gründen als Opfer anbot, so rücksichtslos und brutal wie möglich fertiggemacht hatte. Vannoni hatte mitgespielt, natürlich, doch nie hatte er es geschafft, sein nachträgliches Erschrecken über die verbale Lynchjustiz zu ignorieren oder als Rest falschen Bewußtseins und kleinbürgerlicher Moralvorstellungen zu denunzieren.

Diesmal war es nicht so. Im Gegensatz zu den anderen hatte sich Vannoni am Abend vorher völlig herausgehalten. Und gerade deshalb konnte er sich einen nüchternen Blick auf die Fakten erlauben. Angelo war keineswegs aus dem Schneider. Vielleicht hatte er sich tatsächlich geschämt, den Verlust seines Arbeitsplatzes zuzugeben, aber das hieß noch lange nicht, daß man ihm seine anderen Beteuerungen ebenfalls abnehmen mußte. Was, außer seinen eigenen Worten, sprach denn dagegen, daß er Giorgio doch auf dem Feld angetroffen, den von der Viper Gebissenen ins Auto geladen, mit ihm gestritten und daraufhin beschlossen hatte, ihn am Gift sterben zu lassen? Ort, Zeit, Umstände – es paßte alles.

Vor allem aber konnte Angelo nicht nur eine gute Gelegenheit, sondern auch ein wunderbares Motiv für einen Mord vorweisen. Nach eigenem Eingeständnis hatte Angelo vermutet, daß Catia etwas mit Giorgio Lucarelli hatte. Je länger Vannoni darüber nachdachte, desto mehr bedauerte er, am vergangenen Abend keine Fragen gestellt zu haben. Er hätte gern gewußt, wie und wann Angelo zu seiner Vermutung gekommen war. Vor allem, wann.

War es nicht seltsam, daß Angelo das Gespräch mit Giorgio genau dann suchte, als Vannoni gerade nach Montesecco zurückgekehrt war? Bestand da ein Zusammenhang? Angelo hatte schließlich zwei verschiedene Probleme zu bewältigen. Er wollte den Verführer seiner Pflegetochter bestrafen, und er wollte Catia nicht an ihren leiblichen Vater verlieren. Käme es da nicht äußerst gelegen, wenn der erste ermordet und der zweite für diesen Mord wieder ins Gefängnis gesteckt würde? Jeder wußte, daß Vannoni eine Rechnung mit Lucarelli offen hatte. Automatisch war er der Verdächtige Nummer eins, wenn es die äußeren Umstände nicht zweifelsfrei ausschlossen. Hatte Angelo deshalb bis zu Vannonis Entlassung gewartet?

Aber das hieße ja, daß alles geplant war und daß er fest vorgehabt hatte, Lucarelli zu töten! Vielleicht war er mit einem Gewehr, das er dann Vannoni unterzuschieben gedachte, zu dem Olivenhain gestapft. Schließlich konnte er nicht wissen, daß Giorgio von einer Viper gebissen würde. Auch gut, hatte Angelo dann vielleicht gedacht, der Kindesverführer stirbt langsamer, und ich mache mir die Finger nicht schmutzig. Er hatte Giorgio mit dem Gewehr in Schach gehalten, bis dessen Körper den Kampf gegen das Gift verloren hatte, und dann hatte er den Leichnam an einen Ort gebracht, der Fragen aufwarf. Der vermuten ließ, daß es sich nicht um einen simplen Unglücksfall handelte. Denn er, Vannoni, sollte ja ebenfalls aus dem Weg geschafft werden.

Ruhig! dachte Vannoni. Du hast dir vorgenommen, ruhig und bedachtsam vorzugehen. Und das ist alles nur Theorie.

Wenn auch eine plausible Theorie, dachte Vannoni. Genügend plausibel auf jeden Fall, um Schwager Angelo in aller Ruhe ein paar Fragen zu stellen.

Unversehens stand er vor Sgreccias Haus. Vannoni zögerte einen Moment, klopfte dann an die Tür und trat sofort ein. Seine Schwester Elena kam aus der Küche. Sie sagte »ciao«, wich aber seinem Blick aus. Vannoni hätte fragen sollen, was mit ihr war, doch er konnte nicht. Eins nach dem anderen.

»Angelo ist oben bei Catia«, sagte Elena. »Ich glaube, daß sie nicht gestört werden wollen.«

Elena wußte, wo sie stehen würde, wenn sie sich entscheiden müßte. Nicht auf seiner Seite. Vannoni spürte es.

»Man wird ja mal nachfragen dürfen«, sagte er. In aller Ruhe.

Elena zuckte die Achseln.

Die Tür zu Catias Zimmer war angelehnt. Vannoni drückte sie auf. Das Zimmer erinnerte ihn an seine Gefängniszelle. Es hing zwar kein vergitterter Sichtschutz vor dem Fenster, doch die Größe und die spartanische Einrichtung stimmten. Vor allem aber lag es an den weiß getünchten, kahlen Wänden. Nirgendwo hing ein Foto, kein Poster von Schlagerstars oder in den Sonnenuntergang galoppierenden Wildpferden oder mit anderen Motiven, die Vannoni bei einem siebzehnjährigen Mädchen erwartet hätte. Doch was wußte er schon von seiner Tochter?

Catia saß im Schneidersitz auf dem Bett und sagte: »Hi.«

Sgreccia saß auf dem einzigen Stuhl an dem winzigen Schreibtisch und sagte: »Ciao, Matteo.«

Vannoni wurde sich bewußt, daß er zum erstenmal das Zimmer Catias betreten hatte. Das heißt, er hatte es noch nicht betreten, er stand an der Tür. Er nickte. Er sagte: »Ich müßte mal mit dir reden, Angelo.«

»Nur zu.« Sgreccia breitete die Arme aus und grinste. Wenn man bedachte, wie ihn die Meute am Abend zuvor zugerichtet hatte, war er erstaunlich guter Laune.

»Allein«, sagte Vannoni.

»Wir haben keine Geheimnisse voreinander, Catia und ich«, sagte Sgreccia.

Vannoni hörte dem Satz nach, konnte aber nicht feststellen, daß Sgreccia das »wir« besonders betont hatte. Er sollte nicht andauernd nach genau den versteckten Bedeutungen suchen, die er am meisten fürchtete. Er sollte die Worte nehmen, wie sie waren. Catia und Angelo hatten keine Geheimnisse voreinander. Punkt. Wenn das stimmte, hatte Catia ihm längst alles gestanden. Die Sache mit Giorgio Lucarelli. Dann hatte Sgreccia keinen Grund mehr gehabt, Lucarelli zur Rede zu stellen. Dann hatte er ihn nur aufgesucht, um ihn umzubringen. Und Catia wußte Bescheid. Denn es gab ja keinerlei Geheimnisse zwischen den beiden.

Es ging nicht. Vannoni konnte sich vornehmen, was er wollte, die Gedanken mahlten in seinem Kopf, wuchsen zu monströsen Gebilden und gebaren noch schauerlichere Unterstellungen. Er fragte: »Woher wußtest du, daß Catia und Giorgio Lucarelli ...?«

»Ich wußte gar nichts.«

»Wieso hast du es vermutet?«

»Männliche Intuition«, sagte Sgreccia und kicherte. Er schien das witzig zu finden.

»Und seit wann weißt du es?« fragte Vannoni. Er verbesserte sich. »Das heißt, seit wann vermutest du ...«

»Ich weiß es«, unterbrach ihn Sgreccia. Er sah auf seine Armbanduhr. »Seit zwanzig Minuten. Los, sag es ihm, Catia!«

»Nein!« Catias Augen sprühten vor Zorn. »Das sollte unter uns bleiben.«

Sie schüttelte den Kopf. »Du hättest den Mund halten müssen, Angelo. Du hast es versprochen.«

»Los!« sagte Sgreccia. Er lachte. »Wir haben doch alle keine Geheimnisse voreinander.«

»Nein, nicht so!« Catia sprang auf und wollte sich an Vannoni vorbei durch die Tür drücken. Er hielt sie am Oberarm fest.

»Was sollst du mir sagen?« fragte er.

Catia blickte ihn an. In ihren Augen glaubte Vannoni Angst zu lesen. Und die flehende Bitte um Verständnis. Es ist gut, dachte er, und er fühlte sich plötzlich so leicht, als seien Tonnengewichte von ihm abgefallen. Als könne er zum erstenmal wieder frei durchatmen, seit er nach Montesecco zurückgekehrt war. Er atmete durch und sagte: »Es ist gut, was immer es auch sei.«

»Na also!« sagte Sgreccia viel zu laut.

»Ich weiß nicht, warum ich mit ihm darüber gesprochen habe.« Catia deutete auf Angelo, ohne sich umzudrehen. »Es war ... wegen gestern abend vielleicht. Weil sie ihn so fertiggemacht haben. Bis auf die Knochen ausgepreßt.

Weil ich es nicht mehr aushielt, daß hier alles nach Lüge stank. Weil wenigstens ich ihm Vertrauen schenken sollte. Weil er sich ein Leben lang um mich gekümmert hat.«

Vannoni strich ihr über die Wange. Es fühlte sich seltsam an. Es war fünfzehn Jahre her, daß er das getan hatte.

»Was sollst du mir sagen?« fragte er.

»An jenem Abend im Karneval bin ich Giorgio Lucarelli über den Weg gelaufen. Er war ziemlich besoffen und hat sich übel über meine Begleitung ausgelassen. Es kam zum Streit, bis ich sagte, daß er sich um seine Sachen kümmern soll und daß ihn mein Leben gar nichts anginge. Da hat er sich schwankend vor mir aufgebaut und behauptet, ich wäre seine Tochter. Ich habe bloß gelacht und bin mit meinem Freund abgezogen.«

»Vater Nummer drei!« Sgreccia grinste hohl.

Vannoni ließ Catia los und setzte sich aufs Bett. War das möglich? War es möglich, daß Maria und Lucarelli jahrelang ein Verhältnis gehabt hatten, ohne daß er oder sonst irgendwer im Dorf etwas geahnt hatte? War es möglich, daß das Mädchen dort am Türrahmen Giorgio Lucarellis Balg war?

Vannoni musterte Catia, suchte nach irgendeinem Indiz, das diesen Schwachsinn widerlegen konnte, das ihn auflachen und ihn seine Tochter fragen ließe, ob sie einem besoffenen Lucarelli mehr glaube als der Stimme des Blutes, doch er fand nichts, er sah nur ein fremdes, schwangeres Mädchen, dessen Foto er in Lucarellis Schatzkästchen gefunden hatte, und darüber schoben sich Bilder von Maria, wie sie ins Feuer starrte, wie sie aus unergründlichen Gedanken aufzutauchen schien und ihn anlächelte, als sei nichts geschehen, und gerade wollte er sagen, daß ihm das Bett zu weich vorkam, als er sah, wie sich die Lippen des schwangeren Mädchens bewegten, doch er hörte nur Sgreccias Stimme, die »männliche Intuition« zischte und dann irrsinnig zu lachen begann, weil Vannoni mit dem fremden Mädchen den Nachnamen gemein hatte, aber er vermochte nichts dagegen zu tun, da die Zimmerwände immer schneller rotierten, so daß er sich an einem Gewehr festhalten mußte, das ihm zuwisperte, er müsse das Fremde auslöschen, den fremden Blick, und sein Kopf ächzte, während ein Baby nach einem seiner Väter schrie, und knapp überm Horizont stand ein riesiger nackter weißer Hintern, der Giftschlangen über Montesecco schiß, bevor er kichernd unterging.

Vannoni hatte sein Zeitgefühl völlig verloren, doch lange konnte er nicht ohnmächtig gewesen sein, denn Catia lehnte noch immer am Türrahmen, und Sgreccia saß mit demselben dümmlichen Grinsen auf seinem Stuhl am Schreibtisch. Auch Vannoni saß aufrecht. Er fragte sich, ob man überhaupt von einer Ohnmacht sprechen konnte, wenn man dabei nicht umfiel. Dann fragte er sich, warum er sich so sinnlose Fragen stellte.

»Könnte es sein?« fragte Catia. »Könnte Giorgio Lucarelli mein Vater gewesen sein?«

»Du hast nichts geahnt? Vor jenem Abend?« fragte Vannoni.

Catia schüttelte den Kopf. Sie war siebzehn Jahre alt. Vor vier Monaten hatte Lucarelli sich zu ihrem Vater erklärt. Im Suff. Während eines Streits. Und vorher hatte er sich nie anders verhalten als der Rest der Dorfbewohner? Kein kleines Geschenk zwischendurch, kein stolzer Blick, kein unvermitteltes In-den-Arm-Nehmen? Siebzehn Jahre lang die eigene Tochter verleugnen? Eine Tochter, deren Mutter tot war und deren vermeintlicher Vater im Knast saß? Nein, das war undenkbar. Dazu wäre nicht einmal einer wie Giorgio Lucarelli fähig gewesen. Es wäre unmenschlich gewesen.

»Könnte er mein Vater gewesen sein?« fragte Catia. Sie setzte sich neben Vannoni.

Und das dann der Tochter nach siebzehn Jahren zu sagen! Im Suff. Im Streit. Vannoni stellte sich vor, wie er an Catias Stelle reagiert hätte. Nach siebzehn Jahren

Gleichgültigkeit. Er hätte Lucarelli umgebracht. Auf der Stelle. Oder zumindest, sobald er sich klar darüber geworden wäre, daß ein Vater, der sein Kind verleugnet, hundertmal schlimmer ist als kein Vater. Er an Catias Stelle hätte ihn so langsam und grausam wie möglich umgebracht. Er hätte dabei zugesehen. Und jede einzelne Minute seines Sterbens genossen.

»War er es?« schrie Catia ihn an.

»Ich weiß es nicht«, sagte Vannoni leise.

5

Denn weithin schweifende Hoffnung,
vielen ist sie ein Trost,
vielen ein Trugbild eitler Gelüste,
des Ahnungslosen Weggenosse,
bis sein Fuß auf Feuer tritt.

Sophokles: Antigone, Verse 615–619

Bis zu einer Höhe von 2400 Metern und in den südlichen Alpen sogar bis 2900 Meter finden sich in Italien Vipern. Auf einigen kleinen Inseln wie Montecristo scheinen sie in historischer Zeit von Sizilien aus eingeführt worden zu sein, vielleicht von phönizischen Seeräubern oder karthagischen Soldaten, die lebende Giftschlangen als Angriffswaffen beim Entern von feindlichen Schiffen zu verwenden pflegten.

Das Habitat der vier verschiedenen italienischen Viparnspezies reicht von den Sumpflandschaften des Po-Deltas und den Sanddünen an der Adria über Macchia, Felder, Wälder und Bergwiesen bis zu den unwegsamsten Felsformationen des Apennin. Genaue Untersuchungen zur Auftretenshäufigkeit liegen nur für lokal eng begrenzte Gebiete vor. Silvio Bruno berichtet von einer Feldstudie aus dem Jahr 1967, nach der auf einem Gebiet von fünfeinhalb Hektar neunzig bis hundert Exemplare der Vipera Berus identifiziert worden sind. Das würde bedeuten, daß auf der Größe eines Fußballfelds an die neun Vipern leben. Andere Untersuchungen lassen sogar noch dichtere Populationen vermuten.

Dennoch ist die Wahrscheinlichkeit, einer Viper zu begegnen, relativ gering. Das liegt nicht nur an der jahrhundertelang kultivierten Weigerung der Menschen, in den von ihnen beanspruchten Gebieten auch Giftschlangen ein Lebensrecht zuzugestehen, sondern vor allem an der Natur der Vipern, die entgegen ihrem Ruf ein eher scheues Verhalten an den Tag legen und normalerweise schon bei der Annäherung eines Menschen fliehen.

Insofern ist es als äußerst ungewöhnlich zu bezeichnen,

daß an einem einzigen Tag drei Vipern innerhalb der Mauern von Montesecco gesichtet wurden. Wie an den Kadavern, die später von den Dorfbewohnern auf der Piazzetta ausgelegt wurden, zweifelsfrei zu erkennen war, handelte es sich um zwei Exemplare der Vipera Comune und um eine Vipera dell'Orsini, was vom wissenschaftlichen Standpunkt aus bemerkenswert ist, da diese Spezies in Italien normalerweise nur in höheren Lagen angetroffen wird.

Eine der gemeinen Vipern, ein noch nicht geschlechtsreifes Weibchen von eher bescheidenen Dimensionen, wurde von den Männern, die am Morgen die Kirchentür reparieren wollten, auf der Türschwelle entdeckt, mit aufgeregtem Geschrei durch das Kirchengestühl gejagt, am Seitenaltar unter der Christusfigur in die Enge getrieben und mit mehreren Spatenhieben getötet. Die Suche nach weiteren Schlangen blieb ergebnislos, doch zur Sicherheit wurde die Kirchentür nach erfolgter Reparatur verschlossen.

Wenige Stunden später, gegen halb zwölf, schob Milena Angiolini eine Backform mit Lasagne in den Herd und schaltete das Radio an, um das Wochenhoroskop auf »Onda più« zu hören. Nebenher spülte sie das Kochgeschirr, das sie für das Anbraten des Hackfleisches und die Zubereitung der Sahnesauce verwendet hatte. Mitten im Horoskop für das Sternzeichen Steinbock setzte das Radio plötzlich aus. Milena war Wassermann. Bei ungünstigen Voraussagen konnte man immerhin Vorsicht walten lassen, aber überhaupt kein Horoskop zu bekommen war Milena noch nie passiert und schien ihr ein äußerst schlechtes Omen zu sein.

Sie schaltete das Radio aus und wieder ein, doch es blieb tot. Milena drückte auf den Lichtschalter in der Küche. Nichts rührte sich. Da die Sicherungen intakt waren, sah alles nach Stromausfall aus. Milena tröstete sich damit, daß wenigstens das Radio nicht defekt war. Es dauerte ein wenig, bis ihr einfiel, daß der Elektroherd dann ebenfalls nicht funktionierte. Sie öffnete die Herdklappe, stellte fest, daß die Lasagne noch steinhart waren, und verließ ihr Haus, um schräg gegenüber bei Marisa Curzio nachzufragen, ob dort auch der Strom ausgefallen war.

Wahrscheinlich scheuchte Milena die Schlange auf, als sie die Stufen zur Piazza hochstieg. Obwohl die Viper gerade mal zwei Handspannen lang war und sich rasch von ihr fort übers Pflaster schlängelte, blieb Milena wie gelähmt stehen. Sie stierte dem schwarzen Zickzackmuster nach, bis es unter Paolos Lieferwagen verschwand. Dann erst rief Milena nach den Nachbarn, ohne den Blick jedoch auch nur einen Moment von dem weißen Fiat Ducato zu wenden, unter dem sich die Viper versteckt hielt.

Antonietta Lucarelli und die Curzios waren als erste auf der Piazza. Gemeinsam beschloß man, sich mit allem, was geeignet schien und greifbar war, zu bewaffnen und in gebührender Entfernung einen Belagerungsring um das Versteck der Schlange zu ziehen. Sabrina wurde ausgeschickt, um Paolo zu holen, doch sie vermochte ihn nirgends zu finden. Da der Lieferwagen also nicht weggefahren werden konnte, mußte die Schlange irgendwie aufgescheucht werden. Nach einigen Steinwürfen kam sie neben dem linken Vorderrad hervor und wand sich, so schnell sie konnte, auf die hangwärts gelegene Pinienpflanzung zu. Bevor sie über das Mäuerchen im Gras verschwinden konnte, traf Gianmaria Curzio mit dem zweiten Schuß aus seinem Jagdgewehr.

Die Schlange wurde von der Kugel fast in zwei Teile zerrissen. An der Kopfform konnte sie dennoch zweifelsfrei als Orsini-Viper identifiziert werden. Diese Spezies ist wegen ihrer relativ geringen Giftmenge und den zu kurzen Giftzähnen für Menschen kaum gefährlich. Seit der Antike ist kein Todesfall dokumentiert, der auf den Biß einer Orsini-Viper zurückginge. Das in Montesecco erlegte Exemplar würde daran sicher nichts ändern.

Franco Marcantoni hatte als einziger schon eine solche Viper gesehen, aber vor dreißig Jahren und auf einer felsdurchsetzten Bergwiese hoch oben am Monte Catria, dessen markanter Gipfel in fünfzehn Kilometern Entfernung in den blauen Himmel stach. Der Americano vermutete, daß der ungewöhnlich heiße Sommer die Schlange auf der Suche nach Wasser ins Tal getrieben habe, doch im Grunde wußte jeder, daß das mehr als unwahrscheinlich war. Orsini-Vipern mieden das Habitat anderer Vipernarten, und selbst wenn diese hier eine Ausnahme gemacht haben sollte, wäre sie schlichtweg nicht in der Lage gewesen, von ihrem angestammten Territorium bis nach Montesecco zu gelangen.

»Es ist immerhin eine Schlange und kein Zugvogel«, nuschelte Franco Marcantoni. »Jemand muß sie hergebracht und ausgesetzt haben.«

»Erinnerst du dich, was Großmutter erzählt hat?« sagte Lidia Marcantoni. »Daß es Zeiten gebe, in denen die Vipern in die Luft gingen und wie Pfeile durch die Nacht schwirrten. Sie seien fähig, Sprünge von mehreren hundert Metern zu machen, würden landen und wieder losschnellen und fliegen, und am Morgen wären sie da, wo noch nie eine Viper gesehen wurde und wo man nie eine vermuten würde.«

»Ammenmärchen!« sagte Franco Marcantoni verächtlich.

»Wenn die Vipern fliegen, ist die Welt aus den Fugen«, sagte Lidia Marcantoni und starrte angestrengt in den Himmel über dem Palazzo Civico, als müsse dort jeden Moment ein Geschwader an Giftschlangen im Formationsflug auftauchen.

Milena Angiolini zwang sich, ihre Augen von der zerfetzten Viper zu wenden. Vielleicht etwas zu beiläufig plapperte sie über die Lasagne, die noch nicht mal halb gar bei ihr im Herd standen. Auch andere hatten den Stromausfall bemerkt. Bei Antonietta lag eine Ladung Wäsche in der Waschmaschine, bei Franco Marcantoni war das Nudelwasser gerade handwarm geworden. Marisa

Curzio, die als eine der wenigen im Dorf noch mit Gasflaschen kochte, bot denen ihren Herd und zwei Kochflammen an, die auf ein warmes Mittagessen nicht verzichten wollten.

Während Milena die Lasagne über die Gasse trug, rief Gianmaria Curzio bei der ENEL an, um die Störung zu melden. Er erfuhr, daß keine Wartungs- oder Reparaturarbeiten, die Montesecco betreffen könnten, im Gange seien und daß man die Leitungen unverzüglich überprüfen werde. Als bei einem Spätherbststurm ein paar Jahre zuvor ein umgestürzter Baum die Drähte gekappt hatte, war der Schaden binnen weniger Stunden behoben gewesen. Es war also zu erwarten, daß man das Abendessen schon wieder am heimischen Herd zubereiten konnte.

Ein längerer Stromausfall konnte vor allem wegen der Vorräte problematisch werden. Selbst wenn man die Kühlschränke geschlossen hielt, war fraglich, wie lange ihre Isolierung den Wüstentemperaturen in den Häusern standhalten würde. Das Thermometer im Salotto der Curzios zeigte schon achtunddreißig Grad an und würde noch weiter steigen. Lidia Marcantoni hatte sich auf einen Stuhl gesetzt und wischte sich den Schweiß von der Stirn.

»Der Atem einer Viper ist so giftig, daß ein Hund stirbt, wenn er ihn einschnuppert«, sagte sie. »Und wenn sie trinkt, verströmt sie ihr Gift im Wasser, so daß das Vieh in Gefahr ist, wenn es zur Tränke kommt. Man muß deshalb zwei Zweige in Kreuzform auf der Wasseroberfläche treiben lassen. Nur wenn sie übereinander bleiben, ist das Wasser sicher.«

»Nein«, sagte Fiorella Sgreccia. »Bei uns zu Hause hieß es, daß die Viper, bevor sie trinkt, ihre Giftzähne am Ufer des Bachs ablegt. Das sei die einzige Gelegenheit, sie ohne Gefahr zu fangen oder zu töten.«

»Das gilt nur für den Sette-passi«, sagte Lidia.

»Wer ist der Sette-passi?« fragte Milena Angiolini. Sie holte die dampfenden Lasagne aus dem Herd.

»Die letztgeschlüpfte männliche Viper. Das ist die aggressivste und giftigste von allen. In Vollmondnächten lauert sie Passanten auf, die sie dann verfolgt, indem sie sich in den Schwanz beißt und wie ein Rad blitzschnell hinter ihnen herrollt. Wer vom Sette-passi gebissen wird, stirbt in dem Zeitraum, den man braucht, um sieben Schritte zu tun. Daher der Name.«

Zu zehnt saßen sie um den Tisch und teilten sich die Gerichte, die auf Marisa Curzios Gasherd zubereitet worden waren. Neben den Lasagne gab es gedünstetes Gemüse und Spaghetti mit Tomatensugo. Auch wenn Marisa noch zusätzlich Nudeln ins Wasser geworfen hatte, fielen die Portionen kleiner als üblich aus. Fast wie in früheren Zeiten, als die Not herrschte, streckte man die Speisen, indem man Anekdoten und Geschichten zum besten gab. Es war kaum verwunderlich, daß alle um dasselbe Thema kreisten.

Fiorella Sgreccia behauptete, daß der abgeschlagene Kopf einer Viper noch bis zum Sonnenuntergang weiterleben würde. Von den schnurrbärtigen Vipern der Bergregionen wurde erzählt und daß man im Zickzack flüchten müsse, wenn man von einer Viper verfolgt würde. In den Alten erwachte eine um die andere Erinnerung, die im Laufe der Jahrzehnte verschüttet worden war, und die Jüngeren lächelten zwar, wagten aber nicht, sich offen über den kindischen Aberglauben lustig zu machen. Zu tief saß die Bestürzung über die zwei Giftschlangen am selben Tag, über ihr rätselhaftes Auftauchen, und niemand wollte sich mit der Forderung nach rationalen Erklärungen an die Frage heranwagen, wer denn vorsätzlich jeden Schritt im Dorf zu einer tödlichen Gefahr werden ließ.

Nach dem Essen wurde gemeinsam abgewaschen, denn natürlich funktionierte auch Marisa Curzios Geschirrspülmaschine nicht. Die Schreckensgeschichten um die übernatürlichen Eigenschaften der Vipern blühten dabei weiter und wucherten in einen Streit zwischen Lidia

Marcantoni und Fiorella Sgreccia aus, bei dem es darum ging, ob ein Nußbaumzweig oder der Stein des heiligen Giuliano besseren Schutz vor den Schlangen bot. Es schien fast, als sei mit der Stromleitung auch die Verbindung zur Gegenwart zusammengebrochen, als sei mit den Elektrogeräten auch der kritische Verstand stehengeblieben.

Niemand wollte nach Hause gehen. Man stellte die Stühle hinaus auf die Piazza und sah der Sonne auf ihrem Weg nach Westen zu. Vielleicht war es die Furcht vor den lichtlosen Gassen und Zimmern, die Gianmaria Curzio dazu bewegte, ein paar Stunden vor Anbruch der Nacht noch einmal bei der ENEL anzurufen. Er bekam einen anderen Angestellten an den Apparat, der ihm nach kurzen Nachforschungen mitteilte, daß die Leitung nach Montesecco tatsächlich unterbrochen sei.

»Ach ja? Und warum hat uns das niemand vorher mitgeteilt?« fragte der alte Curzio.

»Es handelt sich um unvorhersehbare technische Probleme.«

»Und wann werden die behoben sein?«

»Wir arbeiten daran.«

»Um halb neun beginnt das Länderspiel gegen die Schweiz«, sagte Curzio in der Hoffnung, daß der Angestellte dieses Fernsehereignis als ebenso unverzichtbar betrachtete wie die überwältigende Mehrheit der anderen männlichen Bewohner Italiens.

»Garantieren kann ich Ihnen leider überhaupt nichts«, sagte der Angestellte.

Schon als Curzio den Hörer auflegte, hatte er das Gefühl, daß irgend etwas nicht stimmte, doch er kam nicht darauf, was. Er hatte nicht lange Zeit zu grübeln. Kaum saß er wieder bei den anderen auf der Piazza, tauchten oben an der Treppe Paolo Garzone und Matteo Vannoni auf. Paolos Gesicht war weiß wie frischer Ricotta. Er hatte sich Vannonis linken Arm um die Schulter gelegt und stützte ihn, während sie zusammen die Stufen herabkamen. Um

Vannonis rechten Oberarm war ein schwarzer Ledergürtel eng festgezurrt. Knapp unterhalb der Ellenbeuge zeigten sich zwei eng beieinanderliegende parallele Einstiche, um die sich die Haut gerötet hatte und angeschwollen war.

»Um Himmels willen!« sagte Lidia Marcantoni.

Jemand brüllte, daß man sofort Costanza Marcantoni holen solle. Paolo drückte Vannoni auf einen Stuhl nieder.

»Sowenig wie möglich bewegen!« befahl er. Er kramte in seinen Hosentaschen.

»Ich wollte Holz zum Schnitzen holen, und in dem Haufen hatte sich die Viper verkrochen«, sagte Vannoni.

»Ist sie …?« fragte Antonietta.

»Der Kadaver liegt noch oben. Ich bin gleich zu Paolo hinübergegangen.«

»Vannoni muß sofort ins Krankenhaus. Ich hole den Autoschlüssel.« Paolo stürmte die Treppe hinauf.

»Wie fühlst du dich, Matteo?« fragte Milena Angiolini.

»Mir ist nur ein wenig übel«, sagte Vannoni. Um ihn hatte sich ein Kreis gebildet. Irgendwer reichte ihm eine Flasche Wasser. Lidia Marcantoni begann ein Gebet zu murmeln, dessen Worte man nicht verstand.

»Hat jemand eine Zigarette?« fragte Vannoni. Er versuchte zu grinsen, doch keiner bemerkte es, da alle auf die Bißwunden an seinem Arm starrten, die sie so verdammt ähnlich an Giorgio Lucarellis wächsernem Handgelenk gesehen hatten.

Paolo und Costanza Marcantoni trafen gleichzeitig auf der Piazza ein. Costanza griff nach Vannonis Arm, beugte sich tief über die beiden Einstiche und fragte, wie lange der Biß zurückliege.

»Erst ein paar Minuten.«

Costanza nickte, grummelte und fingerte ein Taschenmesser aus ihrer Schürze, mit dem sie drei schnelle kleine Schnitte über den Bißstellen durchführte. Das Blut quoll in dunklen Perlen hervor. Aus einem Marmeladenglas schmierte Costanza einen grünlichen Brei großflächig über die Wunde. Sie massierte ihn mit den Fingern ein.

»Hör auf!« sagte Paolo. »Ich fahre ihn nach Pergola ins Krankenhaus.«

»Was für ein Zeug ist das?« fragte Franco Marcantoni.

»Vor allem Hernie und Spitzklette. Spitzklette ist ganz wichtig«, sagte Costanza.

»Und das hilft?« fragte Marisa Curzio.

»Er braucht das Serum!« sagte Paolo.

Costanza sagte: »Jetzt die Wunde verbinden, in genau fünfundvierzig Minuten den Ledergürtel am Oberarm lösen, und dann legst du dich flach. Morgen mittag ist alles vorbei.«

»Ja, weil er dann tot ist, wenn er nicht das Gegengift gespritzt bekommt«, sagte Paolo grimmig. Er sperrte seinen Lieferwagen auf.

»Ich glaube, im Krankenhaus ist er wirklich besser aufgehoben«, sagte Marisa.

»So giftig, wie die Vipern heuer sind«, sagte Franco Marcantoni. Costanza zuckte die Achseln und schlurfte davon, ohne sich noch einmal umzusehen.

»Na gut.« Vannoni stand auf und ging auf die Beifahrertür zu.

»Nein, hinten hinein!« sagte Paolo. »Es ist tatsächlich besser, wenn du flach liegst.«

»Ich fahre mit«, sagte Marisa Curzio. Sie stieg hinter Vannoni in den Laderaum des Fiat Ducato. Paolo schloß die Hecktür und fuhr los. Als der Wagen am Ende der Piazza verschwunden war, holte Franco Marcantoni den Kadaver der dritten Viper. Es war eine zweiundsiebzig Zentimeter lange Vipera Comune mit braungrüner Grundfärbung, von der sich dunklere Rückenflecken abhoben. Die Schuppenreihen über und unter dem Maul waren blaßgelb.

Milena Angiolini starrte auf die Schlange.

»Wer weiß, wie viele noch irgendwo lauern«, sagte sie.

Zwei Stunden später kehrte Marisa Curzio allein zurück. Vannoni war das Gegengift gespritzt worden. Paolo Garzone hatte darauf bestanden, bei ihm im Krankenhaus auszuharren. Die beiden waren nicht gerade die engsten Freunde, doch Paolo hatte gesagt, er wolle sich wenigstens diesmal keine Vorwürfe machen müssen, nachdem er bei Giorgio Lucarelli zu spät gekommen sei. Er frage sich, was er verbrochen habe, daß immer er mit Vipernbissen konfrontiert werde.

»Er wohnt halt neben Vannoni. Hätte der erst durchs ganze Dorf laufen sollen?« fragte Franco Marcantoni.

»Vannoni soll vorläufig unter Beobachtung bleiben«, sagte Marisa Curzio. »Eine reine Vorsichtsmaßnahme, sagen die Ärzte. Bei seiner Konstitution brauchen wir uns keine übertriebenen Sorgen zu machen. Darüber nicht.«

»Darüber nicht?«

Marisa sagte: »Ich wollte mit dem Sieben-Uhr-Bus bis zur Kreuzung unten fahren, habe aber vor der Eisenwarenhandlung Luigi getroffen, der mich dann mitgenommen hat. Auf der Heimfahrt hat er mir erzählt, daß er heute vormittag zwei ENEL-Monteure an der Stromleitung nach Montesecco arbeiten sah.«

»Am Vormittag?« fragte Gianmaria Curzio.

Marisa nickte. »Und ein Streifenwagen der Carabinieri stand auch dabei.«

»Wieso haben die unter Polizeischutz an der Leitung herumrepariert?«

»Und zwar bevor wir gemeldet hatten, daß hier der Strom ausgefallen war?«

»Die haben nicht repariert«, sagte der alte Curzio. »Ganz im Gegenteil. Die haben die Leitung lahmgelegt.«

»Die wollen uns kleinkriegen«, nuschelte Franco Marcantoni empört. »Wahrscheinlich haben sie auch die Vipern ins Dorf geschmuggelt.«

»Das können die nicht machen. Ich rufe sofort an«, sagte Gianmaria Curzio.

In der Gemeinde war niemand mehr zu erreichen, doch Curzio erwischte den Assessore zu Hause. Der gab sich untröstlich über die Unpäßlichkeiten, aber die Strommasten seien morsch, so daß man ganz Montesecco vom Netz habe nehmen müssen, um eine Gefahr für Leib und Leben von eventuellen Passanten auszuschließen.

»Welche Passanten?« fragte Curzio.

Man müsse immer mit dem Schlimmsten rechnen, wenn man Verantwortung im administrativen Bereich trage, meinte der Assessore.

»Die toten Lucarellis spielen bei der Sache keine Rolle?« fragte Curzio.

Natürlich nicht, beeilte sich der Assessore zu sagen, wobei andererseits durchaus Entwicklungen denkbar wären, die eine wohlwollende neuerliche Prüfung der Sicherheitslage geboten scheinen ließen.

»Die wollen uns erpressen«, sagte der alte Marcantoni, nachdem Curzio von dem Telefonat berichtet hatte. »Wir sollen die Toten ausliefern.«

»Und wenn wir es nicht tun, lassen sie uns so lange ohne Strom, bis sich die Eistruhe so aufheizt, daß uns der Verwesungsgestank mürbe macht. So wenigstens haben die sich das vorgestellt. Die wissen ja nicht, daß wir die Truhe aus dem Dorf geschafft haben.«

»Ob der Friedhof noch Strom hat?« fragte Milena Angiolini. Alle zusammen marschierten zur Piazzetta hinauf, wo sich fast der gesamte Rest der Dorfbewohner eingefunden hatte. Marta stellte Kerzen auf, und Ivan steckte Gartenfackeln in leere Weinflaschen. Von Westen her färbte das Abendrot den Himmel ein, doch noch lag mildes Tageslicht zwischen den Hügeln. Geduldig sah man zu, wie die Nacht langsam aus der verbrannten Erde kroch. Die Zypressen unten am Friedhof verwandelten sich in graue Schatten, die Grillen begannen zu singen.

Vereinzelte Lichter blinkten schwach, eines im Tal bei Benvenuti, zwei, drei in Nidastore. Am Hügelkamm von

San Pietro sprangen die Laternen längs der Straße an, und dann, endlich, flammten die vertrauten gelben Lichter im Friedhof auf, alle gleichzeitig, Dutzende kleiner gelber Lichter, die wie Seelenflämmchen im Grau schwebten. Franco Marcantoni begann langsam und schwer Beifall zu klatschen, und alle fielen ein.

Jetzt brach sich die Nacht unaufhaltsam ihren Weg. Ein tiefschwarzes Meer, aus dem nur die Lichtinseln der Dörfer hervorragten, überflutete das Land. San Vito, Nidastore, San Pietro, Palazzo, Arcevia …, neunundsiebzig Ortschaften waren von hier aus zu sehen, neunundsiebzig leuchtende Galaxien im Nichts, nur Montesecco blieb dunkel, schwarz, ausgelöscht für die Beobachter, die von den Sterninseln der benachbarten Hügel nach Leben Ausschau hielten.

Es nützte nicht viel, die Kerzen und Fackeln anzuzünden. Gegen das Gefühl der Weltverlassenheit kamen sie nicht an, ließen nur übergroße blasse Schatten an der Kirchenfassade zittern. An den Rändern der Piazzetta wurde der Kerzenschein bald von der Nacht gefressen, von dem beklemmenden Dunkel, das in den Gassen wallte und sich der Häuser bemächtigt hatte, die ihren Besitzern so fremd geworden waren wie die eigene Zukunft.

Wer loszog, um Brot und Käse aus seinem Vorratsschrank zu holen, erkannte im Licht der Taschenlampe den vertrauten Tisch, den Stuhl davor, der genau da stand, wo er hingehörte, doch kaum war der Lichtstrahl ein paar Meter weitergewandert, blieb ein vager Verdacht zurück, daß sich gerade in dieser Zehntelsekunde auf unbegreifliche Weise die Stuhlbeine zu winden und schlängeln begannen, daß sich von einem Moment auf den anderen alles ins Fremde, Unbekannte, Bedrohliche verwandelte. Man glaubte ein leises Knistern zu vernehmen, das sofort aufhörte, sobald man auf den Stuhl zurückleuchtete, der wie immer auf festen hölzernen Beinen ruhte. Und während man noch die eigene Einbildungskraft verfluchte, begann es dort zu schaben und zu rascheln, wo eben noch der Schrank gestanden hatte, aus dem gerade jetzt vielleicht Schuppen und Giftzähne wuchsen.

Jeder machte, daß er so schnell wie möglich zur Piazzetta zurückkam, und legte wortlos ein Stück Schafskäse oder eine Salami auf einen der Tische. Man zog die Stühle heran, rückte enger zusammen. Die Kinder saßen auf den Schößen ihrer Mütter, schauten dem Wachs zu, das an den Kerzen herablief, und lauschten durch den Gesang der Grillen, der wild und allumfassend wie nie die schwarze Luft erfüllte. Nichts anderes war zu hören, obwohl sich die Sinne schärften, als säße man in grauer Vorzeit ums Lagerfeuer, nur durch den dünnen Lichtschein vor den tödlichen Gefahren geschützt, die überall drohten, vor den Schlangen, die sich von den Dächern aus zuwisperten, die an den Regenrinnen entlangzüngelten und durch offene Fenster in die Wohnhöhlen glitten, wo sie einander umwanden und sich paarten und vermehrten und zu zuckenden Giftteppichen verknüpften.

Der dunkle Teil Monteseccos war dem Feind in die Hände gefallen, dem feindlichen Fremden im eigenen Kopf. Allein die Piazzetta konnten die Dorfbewohner mit Mühe halten. Sie blickten einander an, überprüften, wer fehlte, wer in dieser schwarzen Nacht nicht in die Sicherheit der Sippe zurückgefunden hatte, Paolo Garzone, Catia, Matteo Vannoni, doch sonst waren sie vollzählig, Krieger, Mütter und Kinder. Sie scharten sich um Franco Marcantoni, der mit seiner Flinte wie ein alter Häuptling unter der Esche thronte, neben seiner Schwester Costanza, der Stammeszauberin, auf deren Macht man vertrauen mußte.

Sie sahen den Widerschein der Kerzen in den Gesichtern, die sie so gut kannten, und waren entschlossen, ihre Welt mit Zähnen und Klauen zu verteidigen. Sie spürten, daß sie aufeinander angewiesen waren, und mehr denn je begriffen sie, daß das Verbrechen, das am Anfang all dessen gestanden hatte, nicht nur Giorgio Lucarelli, sondern ihnen allen gegolten hatte. Es ging um sie selbst, um ihr Dasein, das war so klar wie der Sternenhimmel in einer Neumondnacht. Sie würden sich wehren. Wenn es nötig war, würden sie Opfer bringen. Und sie würden, wie sie es heute gegenüber den Vipern gehalten hatten, keine Gefangenen machen.

»Die Schlange ist das Tier des Mondes, der Neugeburt und des kalten Lebens«, sagte Costanza Marcantoni unvermittelt.

Manch einer schämte sich ein wenig, daß er aus altem Aberglauben heraus die Vipern zu Fabelwesen mit lachhaften Eigenschaften gemacht hatte. Das war genauso falsch, wie in ihnen nur Vertreter der Klasse Reptilien, Ordnung Schuppenkriechtiere, Unterordnung Schlangen, Familie Viperiden zu sehen. Denn die Schlangen da draußen im Schwarz waren Realität und Fiktion zugleich, sie wurden Wahrheit durch die Geschichte, in der sie ihren Platz fanden, und diese Geschichte war eine um Werden und Sein und Sterben.

Auf einmal war die Angst verflogen, das Schaudern vor Gift und Tod aufgehoben in einer wild entschlossenen Lust auf Leben. Man griff zu den Messern, schnitt sich ein Stück Pecorino Stagionato ab, kaute bedächtig, schmeckte dem Salz und der Zeit darinnen nach, nickte und nippte am Weißwein. Es hätte niemanden gewundert, wenn efeubekränzte Mänaden des Dionysoskults aus dem Dunkel herausgetanzt wären. Es wäre nur natürlich gewesen, wenn sie die Schlangen in ihren Händen lebend verschlungen hätten, denn wenn das Dorf diese Geschichte überlebte, würde sie zum Mythos werden. Und später würde man genau angeben können, wann dieser Mythos geboren wurde: an dem Tag, als Montesecco drei Vipern tötete.

Vannoni spürte eine Hand, die über sein Gesicht strich.

»Paolo?« fragte er. Er schlug die Augen auf. Es war Nacht, doch vom Fenster fiel ein schwacher Widerschein künstlichen Lichts ins Zimmer. Von rechts röchelte irgendwer. Links auf Vannonis Bettrand saß irgend jemand anderer.

»Paolo?« fragte Vannoni erneut.

»Ich bin es«, sagte eine Mädchenstimme.

»Catia?« Vannoni richtete den Oberkörper auf. »Wie spät ist es?«

»Bleib liegen!« sagte Catia.

Aus dem Röcheln rechts neben Vannoni war ein unregelmäßiges Schnarchen geworden. Er erinnerte sich. Er war von einer Viper gebissen worden. Er lag in einem Dreibettzimmer im ersten Stock des Krankenhauses.

»Du hättest nicht zu kommen brauchen«, sagte er. Die grünlich schimmernden Zeiger auf dem Nachtkästchen neben ihm bildeten eine fast senkrechte Linie. Halb eins.

»Das ganze Dorf ist voller Vipern«, sagte Catia.

»Mir geht es ausgezeichnet«, sagte Vannoni.

»Du brauchst dir nicht einzubilden, daß ich wegen dir gekommen bin. Ich hatte sowieso in Pergola zu tun.«

»Ach ja? Mitten in der Nacht? Was denn?«

»Das geht dich nichts an.« Catia zog das Bettlaken unter ihm zurecht. Es wirkte irgendwie fürsorglich. Vannoni hütete sich zu sagen, daß sie vielleicht gar keine so schlechte Mutter abgeben würde.

Er sagte: »Morgen früh haue ich hier ab. Ich war lange genug eingesperrt.«

»Du gehst zurück nach Montesecco?« fragte Catia.

»Wohin sonst?«

»Ich dachte, du warst lange genug eingesperrt.«

»Wo ist Paolo?« fragte Vannoni. Bevor er eingeschlafen war, hatte Paolo neben seinem Bett gesessen. Mit so zerknirschter Miene, als hätte er selbst Vannoni versehentlich das Viperngift injiziert.

»Die Nachtschwestern werden ihn hinausgeworfen haben«, sagte Catia.

»Und wieso haben sie dich hereingelassen?«

»Das haben sie nicht«, sagte Catia.

»Ich habe mich nie wirklich in Gefahr gefühlt«, sagte Vannoni. »Auf dem Weg zum Krankenhaus mußte ich immer nur an Giorgio Lucarelli denken. Daß er irgendwo festgehalten wurde und spürte, wie das Gift langsam und unerbittlich seinen Körper lähmte. Seltsam, was?«

»Warum kümmerst du dich nicht endlich mal um deinen eigenen Kram?« fragte Catia.

»Vorher hat mich Lucarellis Tod völlig kaltgelassen. Er war mir nicht wichtiger als eine Zigarettenkippe, die man nebenbei im Aschenbecher ausdrückt.« Vannoni wußte nicht genau, warum er Catia all das mitteilte. Vielleicht, weil er nicht in der Lage war, ihr etwas von sich zu erzählen, geschweige denn aus ihr herauszulocken, was sie wirklich dachte. Und fühlte.

»Catia ...?« fragte er.

»Ja?«

»Vergiß es!« sagte er.

»Dann sage ich dir mal was«, sagte Catia. »Geh nicht zurück! Verschwinde aus Montesecco! Und schreibe mir eine Postkarte, wenn du irgendwo anders bist!«

Als Vannoni und Catia mit dem Taxi ins Dorf einfuhren, war man dabei, sich einzurichten. Marta Garzone erklärte sich für die kontinuierliche nächtliche Beleuchtung Monteseccos verantwortlich und war schon am frühen Morgen nach San Lorenzo gefahren, um alle verfügbaren Gartenfackeln aufzukaufen. Mit den erstandenen Vorräten würde man ihrer Kalkulation nach vier bis fünf Nächte durchkommen. Nun wurden an jeder der nutzlosen Straßenlaternen mit Draht zwei Fackeln befestigt, die man abends anzuzünden gedachte.

Marisa Curzio hatte Marta begleitet und Eis eingekauft.

Die großen, langsam schmelzenden Blöcke von früher waren nirgends mehr zu bekommen gewesen. Man mußte sich mit Eiswürfeln behelfen, die in Plastiksäcken zu je fünf Kilo verpackt waren. Damit funktionierten die Frauen das Felsloch unterhalb von Curzios Keller zur Kühlkammer um, in der die verderblichsten Lebensmittel aus allen ausgefallenen Eisschränken und Gefriertruhen Monteseccos eingelagert wurden.

Die beiden großen Grillroste, die sonst nur beim Dorffest an Ferragosto zum Einsatz kamen, wurden hinter der Kirche aufgebaut. Mit einer Schubkarre fuhr der Americano von Haus zu Haus, um die vorhandenen Holzkohlevorräte einzusammeln. Er wollte es sich nicht nehmen lassen, als Grillmeister zu amtieren. Schließlich sei er für das beste Barbecue westlich von New York City berühmt.

»Der soll erst mal wieder lernen, sich naß zu rasieren«, brummte Franco Marcantoni mit Blick auf die frischen roten Schnitte am Hals des Americano, doch dabei ließ er es bewenden, da er selbst genug zu tun hatte. Zusammen mit dem alten Curzio suchte er nach längst außer Gebrauch genommenen mechanischen Geräten vom Handbohrer bis zur Nähmaschine mit Fußantrieb. Bei seiner Rückkehr am Vormittag fand Paolo Garzone vor seiner Werkstatt bereits einen Haufen vorsintflutlicher Apparaturen vor, die er wieder auf Vordermann bringen sollte.

Man hatte sich damit abgefunden, daß es keinen Strom gab und daß dies auf absehbare Zeit auch so bleiben würde. Niemand regte sich noch darüber auf, ja, es schien fast, als sei man ganz zufrieden damit, die eigene Unabhängigkeit unter Beweis stellen zu können. Wer glaubte, Monteseccos Energie käme aus den Steckdosen, der täuschte sich gewaltig. Das brauchte man nicht triumphierend herauszuposaunen, das war einfach so, und genauso schnell und selbstverständlich, wie jeder seine Arbeit tat, kehrte auch das ruhige Selbstbewußtsein zurück, von dem in den vergangenen Tagen nicht viel zu spüren gewesen war.

Daran konnten auch die Vipern nichts ändern. Sicher, man hatte Vorkehrungen getroffen. Costanza Marcantoni hatte Antonietta Lucarelli und Marta Garzone zwei Gläschen ihres Wundermittels mitsamt den nötigen Instruktionen überlassen. In den Haushalten mit Kindern konnten so zwei provisorische Erste-Hilfe-Stationen eingerichtet werden. Die der Kräutermischung gegenüber skeptische Marisa Curzio rief eine Ärztin in Ancona an, mit der sie weitläufig verwandt war, und bat um ein paar Ampullen Vipernserum. Die Ärztin versprach, sich darum zu kümmern.

Man nahm die Vipern nicht auf die leichte Schulter, doch augenscheinlich hatte sich der Schrecken vor ihnen in der vergangenen Nacht selbst verzehrt. Als Elena Sgreccia eine Vipera Berus meldete, die beim Abfallcontainer am Dorfeingang auf Mäusejagd war, nahmen die anderen das zur Kenntnis, wiesen die Kinder an, nur auf freien Flächen zu spielen, und wandten sich wieder ihrer Arbeit zu. Kein Mensch dachte daran, mit Stöcken und Gewehren auf Treibjagd zu gehen, nur Paolo Garzone brummte, daß zwei Gebissene wohl noch nicht ausreichten.

»Am sichersten ist es, wenn man sie in Ruhe läßt«, sagte der alte Curzio.

»Es sind schließlich auch Gottes Geschöpfe«, sagte Lidia Marcantoni.

»Und wir vielleicht nicht?« maulte Paolo. Kopfschüttelnd machte er sich wieder an die Arbeit. Auch auf Vannoni wirkte diese Unerschütterlichkeit fast unheimlich. Zuerst hatte er sie für den alten bäuerlichen Fatalismus gehalten, der sich über Jahrhunderte ausgeprägt hatte und im Angesicht der biblischen Schlangenplage wiederaufgelebt war. Doch als er auf der Schwelle vor seiner Haustür saß, ein paar Zigaretten rauchte und das Treiben um sich herum beobachtete, begriff er, daß das nicht stimmte. Irgend etwas Entscheidendes hatte sich über Nacht verändert. Er spürte in jeder kleinen Handbewegung der Dorfbewohner ruhige Konzentration. Sie wußten, was sie taten.

Als Milena Angiolini vorbeikam, fragte er sie, was eigentlich los sei, erntete aber nur ein Lächeln und die Gegenfrage nach seinem Befinden.

»Alles bestens«, sagte Vannoni.

»Gut«, sagte Milena und hüpfte die Stufen hinab.

Vannoni legte den Arm auf den Rand des Terrakottatopfs hoch. Die Bißstelle pochte noch leicht, doch sonst war tatsächlich alles in Ordnung. Bis auf die Tatsache, daß er wieder einmal nicht begriff, was eigentlich gespielt wurde.

Gigolos wütendes Gebell ließ Vannoni aufhorchen und scheuchte auch Paolo Garzone aus seiner Werkstatt. Zusammen beobachteten sie den Hund. Er war vor Lucarellis Haus angeleint worden und erdrosselte sich fast bei dem Versuch, auf die Viper loszustürmen, die sich dicht an der Hauswand auf die Piazza schlängelte. Die Viper rollte sich ein und legte den Kopf zurück. Sie verharrte in Angriffsstellung, bis sie sicher war, daß Gigolo sie nicht erreichen konnte, und machte sich dann langsam davon. Unweit der Stelle, wo der alte Curzio am Vortag die Orsini-Viper erlegt hatte, überwand sie das Mäuerchen und verschwand im Schatten der Pinien.

»Sei endlich still, Gigolo!« rief Antonietta dem kläffenden Hund zu.

»Ich glaube, das war auch eine Vipera Berus«, sagte Franco Marcantoni.

»Eine Vipera Comune«, sagte Lidia Marcantoni so ruhig, als spräche sie von einem bunten Schmetterling, der vorbeigeflattert war.

Franco schüttelte den Kopf. »Nein, es war eine Berus, ich habe genau gesehen, daß ihr Maul völlig platt war.«

»Wenn deine Augen so gut wären wie dein Mundwerk ...«

»Du könntest mir einfach mal glauben, darin bist du doch Expertin.«

»Schluß! Ich halte das nicht mehr aus«, sagte Angelo Sgreccia.

»Wieso?« fragte Lidia.

»Was?« fragte Franco.

»So zu tun, als wäre das alles ganz normal. Daß uns die Giftschlangen zwischen den Beinen herumkriechen! So kann das nicht weitergehen!« sagte Angelo.

»Er hat ganz recht«, sagte Paolo Garzone und stapfte zu den anderen auf die Piazza hinab. Seine schweren Arbeitsstiefel klackten dumpf auf den Steinstufen.

»Wollt ihr einfach zusehen, wie sich die Biester im ganzen Dorf breitmachen?« Angelos Stimme klang erregt.

»Es sind zu viele. Was sollen wir denn tun?« fragte Lidia.

»Willst du ganz Montesecco niederbrennen?« fragte Franco. »Wie damals die Napoleonischen Truppen, als ...«

»Hör auf mit dem Quatsch!« brüllte Angelo. »Nach mir hat die Viper auf der Piazzetta gestoßen, nicht nach dir. Ich habe ihre Giftzähne gesehen und ihr Maul zuschnappen hören. Keine zehn Zentimeter von meinem Fuß weg!«

»Er hat völlig recht. Es ist unverantwortlich, schon wegen der Kinder«, sagte Paolo. Er wandte sich an Antonietta. »Denk an Sabrina und Sonia! Sie müssen hier weg, und zwar so schnell wie möglich!«

»Ich lasse meine Kinder nicht alleine«, sagte Antonietta.

»Ganz meine Meinung«, sagte Paolo. »Ihr packt das Nötigste zusammen, und in zehn Minuten können wir alle hier weg sein. Ich fahre euch, wohin ihr wollt. Wir könnten ans Meer, uns irgendwo billig einmieten, oder auch teuer, zum Teufel mit dem Geld!«

»Das geht doch nicht, Paolo«, sagte Antonietta.

»Warum nicht? Alle machen mal Urlaub. Wieso nicht

du und die Mädchen? Sonia kann ja noch nicht einmal schwimmen. Ich habe versprochen, daß ich es ihr beibringe. Gib mir zwei, drei Tage, und du wirst sie für einen jungen Delphin halten.«

Antonietta lächelte.

»Komm, wir machen uns ein paar schöne Tage in Senigallia, bis dieser Alptraum vorbei ist«, sagte Paolo.

»Wie kommst du darauf, daß die Vipern in ein paar Tagen verschwunden sein könnten?« fragte Marcantoni.

»Ja, wieso sollten sie, wenn sie hier wie Haustiere gehätschelt werden? Es fehlt nur noch, daß ihr sie dreimal täglich füttert«, höhnte Angelo. Er gestikulierte wild auf Franco Marcantoni ein.

»Stell dich nicht so an!« sagte Franco. »Wegen ein paar Schlangen!«

»Oder wir fahren in die Romagna. Cattolica, Riccione, Rimini? Da ist doch dieser Märchenpark. Der würde den Mädchen auch gefallen«, sagte Paolo.

Antonietta blickte zur offenen Haustür, aus der man Sonia »L'isola che non c'è« trällern hörte, ohne daß Sabrina lautstark dagegen protestierte. Vielleicht trieb sie sich irgendwo im Dorf herum und bastelte wieder Halsschmuck aus toten Vipern. Es war Antonietta anzusehen, daß sie über Paolos Vorschlag nachdachte. Zweifelsohne würde es den Mädchen guttun, all diesem dumpfen Schrecken den Rücken zu kehren. Und ihr selbst auch. Einfach am Abend den Strand entlangzugehen, den feuchten Sand unter den nackten Füßen zu spüren und den flüsternden Wellen zuzuhören.

»Es geht nicht«, sagte Antonietta. »Nicht, solange Giorgio und Carlo noch nicht bestattet sind und Giorgios Mörder ...«

»Die Vergangenheit ist vergangen, die Toten sind tot. Du mußt auch an die Lebenden denken«, sagte Paolo. »Ich mache mir wirklich Sorgen um dich und die Mädchen, Antonietta.«

Er faßte sie am Ellenbogen. Knapp unterhalb des Saums ihrer kurzärmligen Bluse.

»Es ist nett gemeint von dir, Paolo. Danke!« Antoniettas Augen waren schwarz. Auch eine Neumondnacht auf offener See war schwarz. Oder ein fensterloses Zimmer bei Stromausfall. Oder eine geschlossene Eistruhe, in der zwei Tote lagen. Es war nicht die Zeit für Strandspaziergänge und Meeresrauschen.

»Laß uns später noch einmal reden! Unter uns«, sagte Paolo.

»Tut mir leid!« Antonietta lächelte Paolo kurz an, wandte sich um und verschwand im Haus. Paolo vergrub seine Hand in der Hosentasche. Er starrte auf die offene Haustür der Lucarellis.

Angelo Sgreccia setzte sich in den gelb-weiß gestreiften Liegestuhl, der immer noch neben der Todesanzeige Giorgio Lucarellis stand. VV LA VIPERA! prangte in blutroter Farbe über dem ausgefransten unteren Rand.

»Letzte Nacht bin ich dreimal schweißgebadet aufgewacht«, sagte Angelo, »und hatte jedesmal das gleiche Bild ins Hirn eingebrannt: Das aufgerissene Maul dieser Viper, und diese verfluchten Giftzähne ragten heraus wie Krummsäbel, und ich trat noch mit beiden Beinen zu, als ich schon längst wach war, zertrampelte fast das Bettgestell, und alles war stockdunkel und schwarz.«

Franco Marcantoni sagte: »Vielleicht sollte man sie wirklich nicht machen lassen, was sie wollen.«

»Ohne sie deswegen gleich umzubringen«, sagte Lidia.

»Warte mal!« sagte Franco. Nach kaum einer Minute kam er mit einem roh geschälten Stock zurück und streckte ihn Angelo entgegen. Der Stock lief in einer V-förmigen Gabel aus, deren Enden nur jeweils wenige Zentimeter lang waren.

»Was soll ich damit?« fragte Angelo.

»Vipern fangen!« sagte Lidia. Sie nickte ihm freundlich zu.

»Es ist ganz einfach«, sagte Franco. »Du mußt sie nur mit der Gabel am Boden fixieren. Am besten direkt hinter dem Kopf, aber wenn du sie ein wenig weiter hinten triffst, ist es auch nicht schlimm. Dann nimmst du sie mit der anderen Hand hoch und läßt sie mit ausgestrecktem Arm in einen festen Leinensack fallen. Haben wir da etwas Geeignetes, Lidia?«

»Wird sich finden lassen«, sagte Lidia.

»Ihr seid doch total verrückt!« sagte Angelo und schob den Stock zur Seite. Er erhob sich, ging und ließ die Geschwister stehen.

»Müßt ihr ihn so provozieren?« fragte Paolo.

»Ich habe keine Ahnung, wovon du redest«, sagte Franco.

»Früher haben wir die Vipern immer auf diese Art gefangen«, sagte Lidia.

Früher, dachte Vannoni. Er zündete sich eine MS an. Und jetzt? Vipern fielen nun mal nicht vom Himmel. Hatten die Marcantonis sie lebend gefangen und im Dorf ausgesetzt? Vannoni fragte sich, was mit einem solchen Vorgehen bezweckt werden sollte.

Er fühlte sich an frühere Zeiten erinnert. Während der bleiernen Jahre hätte man von einer eskalationistischen Strategie gesprochen. Die Rechtsterroristen versuchten damit, einen starken Mann und einen autoritären Staat herbeizubomben, den Linksterroristen ging es darum, die Verwundbarkeit des Systems aufzuzeigen und den Startschuß für die Revolution zu geben. Gemeinsam war beiden, daß sie Konflikte anheizen wollten. So lange, bis der Topf nicht mehr auf dem Deckel blieb. Würde auch Montesecco bald überkochen?

Aber die beiden Marcantonis waren nun mal keine Strategen von Prima Linea, Brigate Rosse oder Ordine Nuovo, und Montesecco war von den Zentren des Terrorismus viel weiter entfernt, als die Kilometerangaben auf den Straßenkarten vermuten ließen. Montesecco war eine andere Welt.

Trotzdem beschloß Vannoni, die Augen offenzuhalten. Nach dem Vipernbiß sollte er sich sowieso schonen. Heiß war es überall. Ob er im Bett schwitzte oder vor seiner Tür im Schatten saß und die Dorfbewohner beobachtete, machte keinen großen Unterschied. Vannoni dachte an Catias Ratschlag, sich um seine Angelegenheiten zu kümmern. Dazu war er noch nie fähig gewesen. Er hatte sich immer als Außenseiter gegeben und gleichzeitig für Gott und die Welt verantwortlich gefühlt. Mehr für die Welt allerdings. Und jetzt wollte er sein Teil dazu beitragen, daß sich Montesecco wieder fing.

Ihm wurde klar, daß Catia sich irrte. Montesecco war seine Angelegenheit. Hier war er aufgewachsen, hier kannte er jeden, hier hatte er gelebt, geheiratet, vielleicht ein Kind gezeugt, seine Frau erschossen. Nach fünfzehn Jahren, die nichts zählten, war er wieder hier gelandet. Auch wenn er noch nicht wußte, ob er den Rest seiner Jahre hier verbringen würde, blieb Montesecco seine Geschichte. Und wenn er wieder einen Platz im Leben finden wollte, seinen Platz, dann durfte er gerade nicht nur an sich denken, sondern an das, was in diesen staubigen Gassen um eine kleine glühende Piazza herum aus dem Lot geraten war.

Es passierte nicht viel an jenem Vormittag. Um elf Uhr dreißig glaubte Milena Angiolini in ihrem Gemüsegarten am Dorfrand eine weitere Viper entdeckt zu haben, doch niemand nahm sich die Zeit nachzusehen. Die anstehenden Arbeiten waren wichtiger, der Notstand wurde gemeinschaftlich durchorganisiert. Dazu paßte, daß irgendwer auf dem Dach der Bar ein batteriegetriebenes Radiogerät aufgestellt hatte, das die Piazzetta und das halbe Dorf mit einem Mix aus Schlagern, Nachrichten und Werbung auch akustisch auf die gleiche Wellenlänge brachte.

Als der Duft gegrillten Lammfleischs durchs Dorf zog,

machte sich Vannoni langsam auf zur Piazzetta. Die Grillroste standen im rechten Winkel zueinander. Mit zwei Grillzangen bewaffnet, hantierte der Americano an beiden gleichzeitig. Schweißperlen standen auf seiner Stirn, doch offensichtlich fühlte er sich in seinem Element.

Auf der Piazzetta waren die Tische zu zwei langen Tafeln zusammengerückt worden, die Marta sorgsam eindeckte. Sonnenschirme sorgten für gerade erträgliche Temperaturen. Die meisten Dorfbewohner hatten schon Platz genommen und sich ein Glas roten Vernaccia eingeschenkt. Ivans Weißwein war nur gut gekühlt genießbar. Vannoni setzte sich neben Catia.

»Die besten Lammsteaks aller Zeiten!« Der Americano reckte mit der linken Hand eine Platte voll gegrillten Fleischs hoch und deutete mit der Grillzange in der anderen Hand auf den Kirchturm. »Wäre jemand so freundlich, die Glocken zu läuten? Ich bitte zu Tisch.«

»Gegen einen Teller Pasta vorher hätte ich nichts einzuwenden«, murrte Franco Marcantoni. Er brach sich ein Stück Weißbrot ab, pulte das Weiche aus der Rinde und steckte es in den Mund.

»Einfach kleinschneiden, dann geht es auch ohne Zähne«, sagte der Americano und legte ihm zwei Koteletts auf den Teller.

Noch hatten nicht alle zu essen bekommen, als Angelo Sgreccia um die Ecke der Kapelle stolperte. Dichtauf folgte Paolo Garzone.

»Setzt euch und genießt!« sagte der Americano.

Ohne Angelo aus den Augen zu lassen, stellte Paolo Garzone einen schlanken Metallzylinder auf die Tafel. Es war eine Lackspraydose. Die Verschlußkappe war blutrot.

»Es ist genau derselbe Farbton«, sagte Paolo. »Ich habe es an Giorgios Todesanzeige ausprobiert.«

»Wie kommst du dazu?« fragte Marta.

»Richtige Frage, falscher Ansprechpartner«, sagte Paolo. »Ich habe den Sgreccias einen reparierten Handbohrer zurückgebracht. Wir haben ihn an einem Stück Holz ausprobiert, und als ich das dann in den Abfalleimer werfen wollte, lag da die Spraydose. Im Abfalleimer.«

»Ich habe das Ding noch nie gesehen«, sagte Angelo.

»Elena?« fragte Franco Marcantoni.

»Den Abfall habe ich heute morgen ausgeleert«, sagte Elena.

»Was ist mit der Spraydose?«

»Ich habe keine Ahnung«, sagte Elena.

»Ich habe sie nicht da hineingeworfen«, sagte Catia ungefragt.

»Irgendwer will uns etwas unterschieben. Irgendwer will Angelo vernichten. Erst hetzt ihr ihn auf eine Viper, nur weil ihr seinen Worten nicht glaubt, wegen dieses verdammten Alibis, das ...« Elena Sgreccia keifte den alten Curzio an, der ihr schräg gegenüber saß. »Du warst es. Du hast Angelo schon einmal beschuldigt, Gianmaria. Das hat nicht geklappt, und jetzt versuchst du, ihn auf diese Weise fertigzumachen.«

»Ich habe die Alibis von allen überprüft«, sagte Curzio. »Seines war falsch.«

»Oder du!« Elena wies auf Costanza Marcantoni am Nebentisch. »Du hast verhindert, daß die Viper erschossen wird. Hast wohl gehofft, daß sie Angelo genauso tötet wie ...«

»War meine Schwester bei euch zu Hause, nachdem du den Abfall ausgeleert hattest? Oder Curzio?« fragte Franco Marcantoni.

Elena Sgreccia sprang hoch und lachte auf: »Und du bist wohl der König von Montesecco, was? Wir haben 46 nicht die Monarchie abgeschafft, damit sich ein zahnloser Alter als Herr über alles und jeden aufspielen kann. Du hast doch keine Ahnung, was hier ...«

»Hör auf!« Franco Marcantoni schlug mit der flachen Hand auf den Tisch. »Wer war heute bei euch im Haus?«

»Was weiß denn ich?« kreischte Elena. »Unser Haus steht genauso offen wie alle Häuser hier. Das weißt du und deine Schwester und Curzio und jeder andere auch. Und wir haben nicht die Zeit, stundenlang unseren Abfalleimer zu bewachen.«

»Niemand war bei euch, Elena«, sagte der alte Sgreccia. Er hustete hohl und fuhr fort. »Ich habe den ganzen Vormittag unten am Stadttor auf dem Mäuerchen gesessen, habe Paolo noch kommen sehen. Niemand war bei euch. Nur du und Catia und Angelo.«

Elena setzte sich und starrte auf das Lammsteak vor sich. Sie schien plötzlich ganz ruhig, nur ihre Stimme zitterte leicht, als sie sagte: »Jemand könnte hinten beim Fenster eingestiegen sein.«

»Nein«, sagte der alte Sgreccia.

»Du könntest eingenickt sein.«

»Nein«, sagte der alte Sgreccia.

»Angelo ist dein Sohn«, sagte Elena.

»Ja«, sagte der alte Sgreccia.

Elena lächelte abwesend. Als sehe sie einen Film aus anderen, glücklichen Tagen. Wacklige, flimmernde Schwarzweißbilder, auf denen jedermann so unbeschwert lachte, als wäre die Zukunft egal. Elena schüttelte den Kopf.

»Eßt doch!« sagte sie. »Das Fleisch wird ja kalt.«

Mit fahrigen Bewegungen schnitt sie ein Stück Fleisch ab, schob es in den Mund, kaute hastig, schob ein Stück Brot nach, bevor sie das Fleisch heruntergeschluckt hatte. Kein anderer griff zu seinem Besteck. Auf der Brüstung des Balkons trippelte eine Taube entlang. Sie flog auf, als Catia sich räusperte und sagte: »Ich war es. Ich habe die Todesanzeige besprüht. Als Giorgio Lucarelli starb, wußte ich erst nicht, ob ich trauern oder lachen sollte. Ich habe in mich hineingehört, spürte das Pochen, vernahm die kleinen, spitzen Schreie. Es war der Haß, der sich zu Wort meldete. Blitzschnell und ganz von selbst ist er immer stärker geworden. Er hätte mich vergiftet, und deswegen mußte er aus mir heraus, schon wegen des Kindes. Ich mußte ihn sehen, ihm gegenübertreten können, und da habe ich ihm blutrote Worte gegeben: Evviva la vipera!«

Hinter dem Hügelkamm von San Vito stieg Rauch auf. Eine schmutzigweiße Säule strebte senkrecht in den Himmel. Wer bei einer solch knisternden Trockenheit Abfall verbrannte, konnte nicht ganz bei Trost sein. Oder hatte dort ein Kind mit dem Feuer gespielt und Haus und Hof in Flammen gesetzt?

»Der Haß mußte einfach heraus, was?« zischte Assunta. Sie spuckte aus.

»Er war doch schon tot«, sagte Antonietta. »Giorgio war doch qualvoll gestorben. Wie kann man denn einen Toten …?«

»Bitte, eßt! Es wird ja alles kalt«, sagte Elena. Mit der linken Faust umkrampfte sie die Gabel. Eine der Zinken war ein wenig nach unten verbogen. Es sah aus, als beginne das Metall in der Hitze zu schmelzen.

»Alles geht vorbei«, sagte Antonietta, »die Liebe, das Glück, der Schmerz. Da muß doch auch der Haß einmal enden. Und was, wenn nicht der Tod, sollte die Grenze sein, an der man sagt: Jetzt ist es genug?«

Assunta deutete auf Catia. »Man muß sie wegsperren. Sie ist eine Bestie. Sie ist …«

»Gar nichts ist sie«, unterbrach Angelo Sgreccia. »Sie hatte allen Grund, Giorgio zu hassen, und sie hätte wohl gern ihrem Haß freien Lauf gelassen, aber sie hat es nicht getan. Ich war es. Ich habe Giorgios Todesanzeige besprüht.«

»Du willst das kleine Ungeheuer bloß schützen.« Assunta machte eine wegwerfende Handbewegung.

»Ich habe die Spraydose am Tag nach Giorgios Tod bei Temperini in Pergola gekauft. Irgendwo muß ich noch die Rechnung haben«, sagte Angelo.

Franco Marcantoni schüttelte den Kopf. »Ich glaube dir nicht. Es paßt nicht zu dir, Angelo.«

Angelo sprang auf. »Nur weil Giorgio tot war, sollte alles vergeben und vergessen sein? Daß er Catias Vater war und sich siebzehn Jahre lang nie um sie gekümmert hat!«

»Was?« fragte Assunta.

»Was immer Giorgio getan haben mag, er war ein Mensch, und keiner hat das Recht ...«, sagte Antonietta.

»Siebzehn Jahre lang hat der leibliche Vater zugesehen, wie andere seine Tochter großgezogen haben. Ich zum Beispiel«, schrie Angelo. »Und da hätte ich nicht das Recht gehabt ...«

»Was soll Giorgio gewesen sein?« fragte Assunta ungläubig.

»Ja, das wußtet ihr nicht, was?« höhnte Angelo.

»Das wußtest du auch nicht«, sagte Catia ruhig. »Ich allein wußte das, und ich allein habe ...«

»Ich habe es geahnt«, sagte Angelo. »Wenn ich sicher gewesen wäre, hätte ich es klar und deutlich über die Piazza gebrüllt und nicht heimlich eine verdammte Viper hochleben lassen. Ich wollte provozieren, damit ihr mit der Nase auf Giorgios Schweinereien gestoßen werdet. Ihr solltet euch fragen müssen, wieso ihn jemand so über den Tod hinaus haßt.«

»Es ist gut gemeint von dir, Angelo«, sagte Catia, »aber du brauchst mich nicht in Schutz zu nehmen. Ich stehe zu dem, was ich getan habe.«

Catia war blaß. Ihre Augen lagen tief im Gesicht, ihre Wangen waren rund, die Lippen voll. In ihrem Bauch wuchs ein Kind heran, das nichts von alldem wußte, das nichts für all das konnte und dennoch lernen müßte, damit zu leben.

»Zur Zeit der Moro-Entführung«, sagte Vannoni, »saß ich in Untersuchungshaft. Da hat mir einer meiner Wächter von einer Genossin erzählt, Anna Bellocchi, ich kannte sie flüchtig. Zwei Tage nach dem Hinterhalt in der Via Fani war sie am Untersuchungsgefängnis aufgetaucht, hatte Sturm geläutet und verlangt, verhaftet zu werden. Sie habe

Aldo Moro entführt. Nach ein paar Stunden Verhör und einigen Nachforschungen war klar, daß ihr Geständnis völlig aus der Luft gegriffen war und daß sie nichts wußte, was über die Medienberichterstattung hinausging. Sie war in den vergangenen Monaten nicht einmal in Rom gewesen. Die Polizisten sagten, sie solle sich beruhigen, und schickten sie nach Hause. Doch am nächsten Vormittag war sie wieder da und verkündete, daß Aldo Moro in einem Bauernhof am Monte Conero gefangengehalten werde. Man war mehr als skeptisch, schickte aber zur Sicherheit eine Carabinieri-Streife los, die den betreffenden Hof auf den Kopf stellte, ohne auch nur die geringste Spur zu finden. Anna Bellocchi wurde eindringlich ermahnt, mit den unsinnigen Selbstbezichtigungen aufzuhören, doch am nächsten Morgen stand sie wieder vor dem Tor und wedelte mit einem Brief, der angeblich von Moro selbst verfaßt und unterzeichnet wäre. Und so ging das weiter. Tag für Tag verlangte Anna La Pazza – wie sie von den Wächtern bald genannt wurde – wegen der Entführung des DC-Vorsitzenden eingesperrt zu werden. Vielleicht hatten die Wächter mit ihrem Spitznamen recht und sie war tatsächlich verrückt, doch das erklärt noch gar nichts. Verrückt sind viele, und auf ganz unterschiedliche Art und Weise. Ist es nicht zu einfach, sich damit zufriedenzugeben?«

»Was soll das?« fragte Antonietta.

»Ich habe damals ein paar Tage gebraucht, aber dann habe ich Anna La Pazza verstanden«, sagte Vannoni. »Sie war genau wie ich davon überzeugt, daß das System beseitigt werden mußte, und sie war genausowenig wie ich zu kühl geplanter, rücksichtsloser Gewalt fähig. Nur hat sie sich deshalb schuldig gefühlt. Andere trieben die Revolution voran, kämpften, und sie tat nichts, was zählte, weil sie zu feige war. Für ihre Feigheit mußte sie sich bestrafen. Gerade weil sie die Tat nicht begangen hatte und nie begehen könnte, wollte sie deren Konsequenzen tragen. Wenigstens das. Es war ihre Art zu sagen, daß sie gern gehandelt hätte, aber nicht den Mut dazu aufbrachte.«

»Und du glaubst, so ist es auch bei Catias Geständnis?« fragte Marisa Curzio.

Vannoni nickte.

»Danke, Matteo!« sagte Angelo Sgreccia.

»Man kann euch die Wahrheit links und rechts um die Ohren schlagen, und ihr wollt sie immer noch nicht hören«, sagte Catia. »Doch ich spiele da nicht mit. Ich habe die Sprühdose nämlich ...«

»Es reicht jetzt, Kindchen!« sagte Costanza Marcantoni.

»Geh nach Hause, Catia!« sagte Angelo. Catia rührte sich nicht vom Fleck, doch sie sprach auch nicht weiter. Ein Blick in die Runde genügte, um sie begreifen zu lassen, daß der Kampf in den Augen der Dorfbewohner entschieden war. Zumindest vorläufig. Tagelang war man überhaupt nicht vorangekommen, und nun, da die Dinge ins Laufen gerieten, fielen zwei Geständnisse gleichzeitig vom Himmel. Keiner war geneigt, sich davon irre machen zu lassen. Man mußte nur zwischen zwei Alternativen entscheiden. Catia war eine überforderte, schwangere Minderjährige, deren Motive Vannoni plausibel erklärt hatte. Ihr gegenüber stand einer, der sich schon vorher mehr als verdächtig gemacht hatte. Die Entscheidung fiel leicht. Angelo Sgreccia durfte sich die blutrote Schmähung, die Carlo Lucarelli in den Tod getrieben hatte, zuschreiben.

Fraglich blieb höchstens, ob das alles war, was er zu beichten hatte, oder ob er noch einen Mord auf dem Gewissen hatte. Ivan Garzone schnitt das Lammfleisch vor sich klein. Wie beiläufig fragte er: »Und wie war das draußen bei Giorgios Olivenbäumen?«

»Bei allem, was mir heilig ist«, sagte Angelo Sgreccia, »ich habe euch die Wahrheit gesagt. Ich habe Giorgio dort nicht angetroffen und schon gar nicht umgebracht.«

Noch bevor jemand nachhaken konnte, schob Assunta Lucarelli den Teller von sich und sagte: »Ihr wißt, was mein Mann vor der geschändeten Todesanzeige geschworen hat: *Giorgio wird so lange nicht beerdigt, bis wir den haben, der das verbrochen hat. Ich werde dieses Schwein Buchstaben für Buchstaben ablecken lassen, bevor ich ihm den Schädel einschlage und das kranke Gehirn vor dem Sarg meines Sohnes zerstampfe.* Das waren Carlos Worte, und dann ist er auf sein Motorrad gestiegen und nicht wiedergekommen. In seinem Namen klage ich dich an, Angelo Sgreccia, und ich verlange blutige Rache.«

Wort für Wort hatte sich der letzte Schwur ihres Mannes in Assuntas Hirn gebrannt. Dutzende, Hunderte Male mußte sie ihn sich in schlaflosen Nächten vorgesagt haben. Jetzt stand er in ihre Gesichtszüge eingemeißelt, er sprühte aus ihren Augen, und selbst der abgezehrte Körper in dem schwarzen Trauerkleid schien aus noch glühendem Vulkangestein zu bestehen.

Doch während ihre verzweifelte Trauer in den vergangenen Tagen keine Gegenwehr zugelassen hatte, rückten die anderen nun von ihr ab. Es geschah wortlos und fast unmerklich, war nur zu erahnen an den etwas zu energischen Handbewegungen, mit denen sich Milena Angiolini die Haare hochsteckte, an dem Blick Lidia Marcantonis, der die Kirchenfassade über das zugemauerte Fenster bis zum Firstkreuz hochkletterte, und daran, daß einer nach dem anderen zu essen begann. Sie schlangen das Lammfleisch hinab, als hätten sie nicht schon genug zu verdauen.

Nicht das Wort »Rache« schreckte sie. Das Strafgesetzbuch mit seinen unzähligen Paragraphen mochte für die große Welt, in der keiner so recht verstand, was er womit anrichtete und wem er wieviel damit schadete, geeignet sein, doch nicht in Montesecco. Hier gab es keine anonymen Opfer, hier gab es einen Nachbarn, dem man etwas antat und der darauf reagieren würde. Er oder seine Familie. Auge um Auge, Zahn um Zahn, das hatte schon seine Richtigkeit. Es war die Art, in der sich Ordnung und Gleichberechtigung zwischen Menschen herstellte, die in einer engen Gemeinschaft lebten. Rache war ein Weg, Recht zu schaffen. Gerade deshalb durfte man sie nicht leichtfertig ausüben.

»Carlo ist bei einem Motorradunfall ums Leben gekommen«, sagte der alte Curzio.

»Er wäre gar nicht aufs Motorrad gestiegen, wenn ...« Assuntas Stimme zitterte.

»Was hat Angelo getan? Er hat einen Satz auf ein Plakat gesprüht«, sagte Franco Marcantoni.

»Er hat unseren toten Sohn geschmäht ...«, stieß Assunta hervor.

»Das genügt nicht«, sagte Benito Sgreccia ruhig.

»... nachdem er ihn umgebracht hatte!«

»Das wissen wir nicht«, sagte Costanza Marcantoni.

Assunta starrte auf das Lammkotelett, das unberührt vor ihr im Teller lag. Sie griff nach dem Messer und ballte die knochige Faust um den Griff. Sie sah Angelo nicht an, doch jeder wußte, daß sie sich ausmalte, wie sie zustach und zustach und die Klinge in seinen Eingeweiden herumdrehte, so daß das Blut über die Piazza spritzen und die Gasse hinunterströmen und die Piazza überschwemmen und immer höher und höher steigen würde, bis die rote Schrift auf der halb abgerissenen Todesanzeige in Angelos Blut ertränke.

»Noch nicht«, sagte Franco Marcantoni.

Assunta senkte die Spitze des Messers auf die Tischplatte ab und zog die Klinge mit aufreizender Langsamkeit durch. Das Blech der Platte kreischte unter dem Stahl auf. Mit ihrem Zeigefinger fuhr Assunta die eingeritzte Linie nach und setzte dann neu an. Als sie fertig war, war ein Doppel-V für Evviva entstanden. Niemand sagte etwas.

Assunta prüfte die Schneide des Messers und ließ es dann zu Boden fallen. Sie sagte: »Schund! Früher hatten wir noch ordentliche Messer, die schnitten, wenn es etwas zu schneiden gab. Und heute? Alles Kinderkram.«

Mühsam stand sie auf. Der Haßausbruch schien ihre Kraft verzehrt zu haben. Mit gebeugtem Rücken schlurfte Assunta um den Tisch und auf die Gasse zu, die zu ihrem Haus hinabführte.

»Warte!« sagte Costanza Marcantoni. »Angelo hat die Schmähung gestanden. Ging es Carlo bei seinem Schwur nicht vor allem darum? Und wäre es dann nicht an der Zeit, ihn und Giorgio jetzt zu begraben?«

Assunta wandte sich langsam um. Sie deutete auf Angelo und sagte mit müder Stimme: »Und Giorgios Mörder steht dabei und faltet die Hände?«

»Vielleicht ist das gar keine schlechte Idee«, sagte Costanza. »Früher glaubte man, daß die Wunden einer Leiche wieder zu bluten beginnen, wenn der Mörder vor sie tritt.«

»Aberglauben!« sagte Marisa Curzio.

»Das haben wir vom Flug der Vipern auch gedacht«, sagte Costanza.

»Sollen wir sie begraben?« Alle Blicke richteten sich auf die beiden Lucarelli-Frauen.

Antoniettas Augen verrieten nicht, was sie dachte, doch sie nickte stumm.

Assunta sagte: »Ich bin eine schwache alte Frau, die nicht mehr lange leben wird. Aber ich verspreche dir, Angelo, noch auf dem Totenbett werde ich dich verfluchen und Gott lästern und beten, daß er mir das Paradies versperrt, damit ich alle Teufel der Hölle auf dich hetzen kann.«

»Wir bahren sie in der Kirche auf, bis der Pfarrer die Totenmesse liest«, sagte Lidia Marcantoni.

Franco sagte: »Nehmt die Särge mit, wenn ihr die Leichen aus der Rapanotti-Gruft holt! Und Paolo, du paßt auf Angelo auf!«

»Darauf kannst du Gift nehmen«, brummte Paolo.

6

Ungeheuer ist viel und nichts
ungeheurer als der Mensch.
Sophokles: Antigone, Verse 332–333

Die Pfarrkirche von Montesecco ist ein schlichtes, einschiffiges Gebäude, das der Maria Assunta geweiht ist. Die Ursprünge verlieren sich im Dunkel der Geschichte, doch scheint schon vor dem Jahr 409 unserer Zeitrechnung eine christliche Kultstätte vorhanden gewesen zu sein, die vom römischen Suasa abhängig war, wo der Überlieferung zufolge der heilige Apostel Petrus das Evangelium verkündet hat. Im Lauf der Jahrhunderte wurde die Kirche mehrmals zerstört und wiederaufgebaut. Erwähnenswerte Kunstschätze, wenn es denn je welche gegeben haben sollte, gingen dabei verloren.

Ihr Teil dazu beigetragen haben die Napoleonischen Truppen, die 1809 Montesecco in Brand steckten, nicht ohne vorher aus der Kirchenausstattung und dem Mobiliar einen Scheiterhaufen auf der Piazza zu errichten und damit ungewollt ein Wunder zu ermöglichen. Nach dem Brand fand sich nämlich in der Asche ein zwar vom Feuer geschwärzter, sonst aber völlig unversehrter Christus aus Pappmaché wieder, während alles andere den Flammen zum Opfer gefallen war. Von da an genoß das Kruzifix, ein künstlerisch dezentes Werk des 17. Jahrhunderts, die tief empfundene Verehrung der Gläubigen weit über Montesecco hinaus. Noch 1809 hängte man es wieder mit allen Ehren in der Kirche auf und schaffte trotz aller Not zwei goldüberzogene Engelfiguren an, die es anbetend flankierten.

Daß man sich ein weiteres Wunder erwartete, hätten wohl alle Einwohner Monteseccos entrüstet zurückgewiesen, und sei es nur – wie es Lidia Marcantoni kundzutun beliebte –, weil Gott in seinem unerforschlichen Ratschluß

Wunder gerade dann bewirke, wenn man am wenigsten darauf zähle. Tatsache war jedoch, daß die beiden Särge im Abstand von etwa einem Meter unter dem Christus am Kreuz aufgestellt worden waren. Auf der glänzenden Lackoberfläche spiegelten sich trotz des von oben einfallenden Lichts zwei brennende Altarkerzen. Die Sargdeckel waren verschlossen.

Angelo Sgreccia sollte sie öffnen, sobald alle sich auf der Orgelempore versammelt hatten. Dort schien der Abstand groß genug, um die Leichenprobe nicht zu verfälschen. Zwar glaubte niemand wirklich daran, daß die Vipernbißwunde zu bluten beginnen würde, doch erstens hatte man in den vergangenen Tagen schon genug erlebt, was vorher unmöglich erschienen war, und zweitens hatte Milena Angiolini mit dem Verweis auf einen alten englischen Kriminalfilm zu bedenken gegeben, daß ein Mörder manchmal beim Anblick seines Opfers zusammenbreche und freiwillig gestehe.

»Und auch wenn es Angelo Sgreccia nicht getan hat«, hatte der alte Curzio ergänzt, »wer einen Mord so bejubelt wie er, der soll dem Toten auch ins Gesicht sehen müssen.«

Angelo Sgreccia war ruhig, fast zu ruhig. Seit der Auseinandersetzung mit Catia hatte er kein Wort mehr gesprochen. In sich versunken saß er auf der hintersten Kirchenbank, hatte keinen Blick für Paolo Garzone, der ihn nicht aus den Augen gelassen hatte, immer bereit, ihm bei der bloßen Andeutung eines Fluchtversuchs mit seinen mächtigen Pranken die Seele aus dem Leib zu quetschen. Doch Angelo dachte nicht an Flucht. Als Paolo ihn dazu aufforderte, trat er gehorsam aus der Kirchenbank und ging zu den beiden Särgen vor. Am Fußende des rechten blieb er stehen. Sein Blick suchte die Christusfigur mit den Wundmalen an Seite und Handflächen. Paolo Garzone öffnete die kaum sichtbare Wandtür in der Nordostecke der Kirche, stieg die Treppe empor und gesellte sich zu den anderen.

Über der Balustrade der Empore reihte sich Gesicht an Gesicht. In der Mitte, direkt vor den silbernen Orgelpfeifen, standen die Lucarellis unbeweglich und erhaben wie eine antike Skulpturengruppe. Im Arm der Mutter klammerte sich Sonia fest und legte den Kopf an ihre Schulter. Von der anderen Seite schmiegte sich Sabrina an Antonietta. Mit kaum merklichem Abstand folgte Assunta. Das schwarze Spitzentuch, das sie sich übers Haar geworfen und vor der Brust übergeschlagen hatte, ließ sie wie einen Steinblock wirken, in den ein übertrieben faltiges Greisengesicht viel zu tief hineingemeißelt worden war. Schräg hinter ihr tauchte Paolos Gesicht auf.

Benito Sgreccia hatte die Augen halb geschlossen. Mit beiden Händen stützte er sich auf der Balustrade ab. Auf ihn flüsterte Gianmaria Curzio ein, gefolgt von seiner Tochter Marisa, Fiorella Sgreccia und Elena, die als eine der wenigen nicht nach unten blickte, sondern an Catias verwaschener Bluse herumzupfte, als müsse sie einem Brautkleid zum perfekten Sitz verhelfen. Ganz an der Außenwand lehnte Matteo Vannoni. Seine Finger spürten den Umrissen einer Holzeidechse nach, die er aus seiner Hosentasche gezogen hatte.

Auf der rechten Seite der Empore versuchten Marta und Ivan Garzone ihre beiden Kinder davon abzuhalten, sich wie Vipern zwischen den Beinen der anderen durchzuschlängeln. Der Americano drängte sich zwischen seine Frau und Milena Angiolini, deren Haar im schräg einfallenden Sonnenlicht golden glänzte. Sie überragte die drei Geschwister Marcantoni um einen halben Kopf. Lidia hatte die Hände wie zum Gebet gefaltet, Franco fixierte die beiden Särge unten im Kirchenschiff, und Costanza grummelte über einem großen Korb, den sie vor der Balkonbrüstung abgestellt hatte.

Bei einem flüchtigen Blick von unten hätte man an ein Theaterpublikum denken können, das auf den billigen Stehplatzrängen mehr oder minder gelangweilt den Beginn des Stücks erwartete, doch dieser Eindruck täuschte. Es lag etwas in der Luft, eine Spannung, mit der man nicht so sehr unvorhersehbaren Entwicklungen entgegenfieberte, sondern die statt dessen die Befürchtung widerspiegelte, daß sich gerade die schlimmstmögliche Ahnung bewahrheiten würde. Allen war klar, daß sie sich nicht aufs Zusehen beschränken konnten. Man stand über der Sache, gewiß, doch nicht als Publikum, eher als ein Geschworenengericht, dessen Mitglieder noch nicht ganz sicher waren, welche Rolle sie zu spielen hatten und ob nicht einer von ihnen im Lauf der Verhandlung vom Richterstuhl in den Zeugenstand und von dort auf die Anklagebank durchgereicht werden würde.

Costanza Marcantoni stützte sich auf ihren Korb und nickte ihrem Bruder Franco zu.

»Angelo?« rief Franco nach unten.

Angelo Sgreccia beugte sich zum rechten Sarg hinunter, hob den Deckel an und legte ihn zur Seite hin ab. Auf Carlo Lucarellis eingefallenem Gesicht standen Wassertropfen. Schweiß und Tränen, dachte man unwillkürlich, und für einen kleinen, schrecklichen Augenblick war man sich sicher, daß der Alte gleich die Augen aufschlagen, sich aufrichten und über das armselige Leben klagen würde, das ums Verrecken nicht enden wolle. Doch nichts dergleichen geschah. Es schmolzen nur die Eiskristalle, die sich in der Kühltruhe gebildet hatten.

Angelo öffnete den zweiten Sarg. Giorgio Lucarellis bleiche Hände waren über der Brust gefaltet.

»Mach seinen Arm frei, so daß man die Bißwunde sieht!« befahl Franco Marcantoni von oben. Seine Stimme hallte dumpf im Kirchenschiff wider.

Angelo schob den Ärmel des schwarzen Anzugs zurück und öffnete den Hemdknopf über dem Handgelenk des Toten. Von der Empore aus waren die Bißmale nur zu erahnen, doch daß kein Blut aus ihnen quoll, war offensichtlich. Angelo richtete sich auf.

»Aberglauben! Ich habe es ja gleich gesagt«, sagte Marisa Curzio.

»Keiner hat ihm geglaubt, aber er ist tatsächlich unschuldig«, sagte Fiorella Sgreccia.

Assunta Lucarelli lachte höhnisch auf.

»Gott wird uns den Richtigen zeigen«, sagte Lidia Marcantoni. »Wir machen weiter. Jeder von uns muß da unten vorbeigehen.«

»Die Reihenfolge losen wir aus.« Franco Marcantoni zog einen Füllfederhalter hervor. Er kramte in seinen Taschen vergeblich nach Papier, nahm dann ein Gesangbuch, das auf der Brüstung lag, und riß ein Dutzend Seiten heraus. Auf jedes Blatt schrieb er einen Namen, bevor er es zweimal faltete. Als er fertig war, legte er die Lose auf den Weidenkorb und forderte Assunta auf, eines zu ziehen. Die Alte schüttelte stumm den Kopf.

»Dann du, Milena!« sagte Franco.

Milena Angiolini faltete eines der Lose auf und las den Namen vor: »Paolo Garzone.«

»Das ist doch ...«, sagte Paolo.

»Jeder kommt dran«, sagte Milena.

»Laß sehen!« Paolo ließ sich den Zettel mit seinem Namen geben, starrte darauf und zerknüllte ihn zwischen seinen Pranken. Dann stapfte er die Treppe hinab.

Als er unten ins Kirchenschiff trat, öffnete Milena Angiolini das zweite Los. Über den Notenlinien von »Resta con noi, Signore, la sera« war in Francos krakeliger Schrift der Name *Paolo Garzone* zu lesen.

»Was ...?« fragte Milena Angiolini. Franco legte den Zeigefinger über die Lippen. Mit einem Schlüsselbund in der Hand huschte Lidia Marcantoni die Treppe hinab. Im Kirchenschiff bog Paolo aus dem Mittelgang nach links. Vor den Särgen blieb er stehen und bekreuzigte sich bedächtig. Der Unterarm Giorgio Lucarellis schimmerte wächsern. Der offene, zurückgeschlagene Hemdsärmel stellte eine kleine Störung der Ordnung dar, die aus irgendeinem

Grund empörend wirkte. Man hätte sich fast gewünscht, daß quellendes Blut sie rechtfertigte, doch nicht der kleinste Tropfen trat aus.

Milena Angiolini entfaltete einen weiteren Zettel. Auch auf ihm stand »Paolo Garzone«.

»Was soll das bedeuten?« fragte Milena, während sich Paolo unten von den Leichen abwandte.

Franco Marcantoni antwortete nicht. Seine Augen waren halb zugekniffen.

»In Gottes Haus kommt alles ans Licht«, sagte Lidia Marcantoni, als sie von der Treppe aus wieder die Empore betrat.

»Und die Schlangen werden dabei helfen«, sagte Costanza Marcantoni. Plötzlich hielt sie eine tote schwarze Viper in der Hand, deren Schuppen geplatzt und deren Rumpf an mehreren Stellen übel zerquetscht war.

Paolos schwere Schritte hallten unter der Empore. Man hörte, wie er gegen die Wandtür drückte. Einen Moment lang war es totenstill, und dann stellte Paolos Stimme dumpf fest: »Die Tür ist versperrt.«

Costanza Marcantoni hielt die tote Viper am ausgestreckten Arm über die Brüstung in den Kirchenraum hinaus. Der dreieckige Kopf schwang sacht hin und her.

»He, habt ihr nicht gehört?« rief Paolo von unten. Er lief zur Kirchentür. Die Klinke wurde hastig niedergedrückt und schnappend wieder losgelassen. Einmal, zweimal.

»Das ist die Viper, deren Gift Giorgio getötet hat«, sagte Costanza, »aber nicht Giorgio hat sie so zugerichtet, sondern einer, der dabei war, als Giorgio gebissen wurde. Einer, der hätte helfen können und nicht geholfen hat. Ganz im Gegenteil. Und es ist einer, der so panischen Schrecken vor Vipern empfindet, daß er selbst eine tote Schlange steinigen muß.«

Costanza ließ den Schlangenkadaver fallen. Er schlug hart am Ende einer Bankreihe auf, prallte ab und blieb als schwarzes S im Mittelgang der Kirche liegen.

»Was soll das?« fragte Paolo. Noch immer stand er an der abgeschlossenen Kirchentür.

»Heb sie auf, Paolo!« sagte Franco Marcantoni. »Keine Angst, die ist tot, die beißt keinen mehr.«

Paolo antwortete nicht.

»Nein? Du willst nicht?« fragte Franco. »Es ist nichts dabei, es ist nur ein totes Stück Fleisch, nichts anderes als ein Schweineschnitzel auf dem Sonntagstisch.«

Paolo Garzone kam nun unter der Empore hervor. Er mied den Mittelgang, ging an der Außenwand entlang zum Hauptaltar nach vorn und wandte sich um. Er starrte in die Mauer von Gesichtern über der Balustradenbrüstung.

»Man hat dich nie gesehen, wenn es darum ging, eine Viper zu erlegen, Paolo«, sagte Franco.

»Du hast deine Angst vor ihnen zu verbergen versucht«, sagte Costanza. »Du hast immer die Sorge um andere vorgeschoben. Du hast Matteo Vannoni ins Krankenhaus gefahren und bist erst am nächsten Morgen zurückgekehrt, weil du bei dem Gedanken, eine stockdunkle Nacht in einem vipernverseuchten Dorf zu verbringen, fast gestorben wärst. Du hast Antonietta und die Kinder zur Flucht überreden wollen, weil du selbst es hier nicht mehr ausgehalten hast.«

»Es sind Kinder«, sagte Paolo langsam, »sie hatten genug durchgemacht.«

Costanza schüttelte den Kopf. »Nein, es ging dir nur um dich.«

Paolo musterte den schwarzen Schlangenkadaver im Mittelgang. Dann sagte er: »Ich kann Vipern genausowenig leiden wie jeder vernünftige Mensch, aber ich gerate nicht in Panik, wenn ich eine sehe.«

»Das ist gut«, sagte Lidia.

»Wenn es stimmt.« Costanza lachte kurz und freudlos.

»Dann kannst du ja hingehen und sie aufheben«, sagte Franco.

Paolo rührte sich nicht von der Stelle.

»Er macht sich nicht gern die Finger schmutzig«, sagte Franco.

»Er hat schon genug Dreck am Stecken«, sagte Costanza.

»Er fürchtet die Leichenprobe …«, sagte Lidia.

»Er hat Angst, daß der Schlangenkadaver zu bluten beginnt«, sagte Costanza.

»… weil er ihn so zugerichtet hat!«

Paolo war überrumpelt worden. Erst jetzt schien er zu begreifen, welcher Tat ihn die Marcantonis beschuldigten, und er begann aufzubegehren: »Was wollt ihr eigentlich von mir? Wer gibt euch überhaupt das Recht …?«

»Kindchen!« Costanza wandte sich an Catia. »Erzähle uns, was du vorhin erzählen wolltest.«

»Sag uns, wann du die Dose weggeworfen hast!« sagte Lidia.

»Sie hat gar nichts weggeworfen«, sagte Angelo Sgreccia, »ich habe …«

»Sei einfach still, Angelo, und hör zu!« sagte Franco.

»Ich habe die Dose schon vor Tagen beseitigt«, sagte Catia. »Und zwar im Container am Ortseingang. Irgend jemand muß sie dort herausgeholt haben und …«

»Meine Wenigkeit«, sagte Lidia. Sie schüttelte verständnislos den Kopf. »Niemand ist mehr für Gottes Gaben dankbar. Man glaubt gar nicht, was die Leute heutzutage alles wegwerfen. Ich habe mir gleich gedacht, daß da irgendwann etwas Interessantes zu finden sein würde.«

»Wie kam die Dose dann in Sgreccias Abfalleimer?« wunderte sich Franco.

»Tja.« Lidia zuckte die Achseln. »Ich habe sie jedenfalls nicht dort hineingeworfen, sondern in Paolos Werkstatt abgestellt. Ich dachte, daß sie vielleicht ihm gehört. Und wenn nicht, dann würde er doch sicher mit der Dose in der Hand auf die Piazzetta laufen und sich lautstark beschweren, daß ihm jemand eine so gottlose Tat unterschieben wolle.«

»Das hätte doch jeder so gemacht«, sagte Costanza.

»Außer er hätte tatsächlich etwas zu verbergen«, sagte Franco.

»Doch Paolo hat die Dose ja in Sgreccias Abfalleimer gefunden«, sagte Costanza.

»Was gar kein gutes Licht auf Angelo warf«, sagte Lidia.

»Und immer noch nicht erklärt, wie sie dorthin gekommen ist«, sagte Costanza.

»Könnte es sein, daß sie Paolo selbst aus der Tasche gerutscht und zufällig in den Abfalleimer gefallen ist?« sinnierte Franco.

»Unsinn!« sagte Paolo mit fester Stimme. »Ich habe keine Ahnung, wer die Dose dort hineingeworfen hat. Ich jedenfalls nicht. Ich habe sie nie vorher gesehen. Und wer etwas anderes behauptet, der lügt.«

»Genauso wie der, der behauptet, daß du vor Vipern panische Angst hast?« fragte Lidia.

»Das ist alles Quatsch!« Paolo winkte ab, doch man sah, daß er mit sich kämpfte. Es war so einfach, den Vorwürfen die Spitze zu nehmen. Er mußte nur ein paar Schritte tun, die tote Schlange am Schwanz packen und sie zurück auf die Empore schleudern. Seinen Anklägern vor die Füße. Es wäre in wenigen Sekunden geschehen, und dann hätte er Ruhe, könnte vor den Marcantonis ausspucken und abschätzig fragen: »Noch etwas? Soll ich die Viper etwa auffressen?« Man wunderte sich, warum er das nicht einfach tat.

Paolo machte einen Schritt. Und noch einen. Seine Schuhsohlen quietschten auf dem Steinboden. Der Schlangenkadaver sah mitleiderregend aus. Erbärmlich. Eine Schmeißfliege umsummte die aufgeplatzten Stellen der Schuppenhaut. Der spitz zulaufende Kopf lag schief und ließ das Maul der Viper deutlich erkennen. Es war geschlossen, doch zum Rumpf hin war der Strich zwischen Ober- und Unterkiefer unnatürlich nach oben verzogen. Es sah aus, als ob das tote Tier verzerrt grinse.

Zwei Schritte vor dem Kadaver blieb Paolo stehen. Ein Schaudern lief durch seinen mächtigen Körper. Wie hypnotisiert starrte Paolo auf den Kopf der Viper.

»Los!« befahl Franco.

»Tu es einfach!« sagte Lidia.

Paolo schloß die Augen. Seine Pranken ballten sich zu Fäusten. Man sah, daß es in ihm tobte. Mit aller Kraft versuchte er sich zu einem einzigen schnellen, beherzten Griff zu zwingen, doch der Abscheu vor der Viper war stärker. Sein Körper gehorchte ihm nicht, weigerte sich schlichtweg, auch nur einen Muskel in Bewegung zu setzen. Paolo konnte es nicht tun. Nie würde er das schaffen.

»Oder gib es zu«, sagte Costanza leise.

»Gib einfach zu, daß ihr beide, du und die Viper da, Giorgio getötet habt«, sagte Franco.

»Es wird dein Gewissen erleichtern«, sagte Lidia.

Paolo öffnete die Augen. Er stand da wie festgewurzelt. Er sagte: »Es gibt nichts zuzugeben. Ich habe keine Ahnung, wovon ihr redet. Mein Gewissen ist rein.«

Die drei Geschwister auf der Empore sahen sich an.

»Es hilft nichts«, sagte Franco.

»Wir müssen.« Costanza nickte.

»Gott wird uns vergeben«, sagte Lidia. Sie bückten sich und stemmten zu dritt den Weidenkorb auf die Balustradenbrüstung. Costanza klappte den Deckel auf, und die beiden anderen kippten den Korb vorsichtig nach vorn. Im Innern geriet eine verschlungene Masse wogend in Bewegung. Es schien ein einziges furchterregendes Lebewesen mit Dutzenden unabhängig voneinander pumpenden Herzen zu sein, mit Hunderten von schuppigen Tentakeln, die geschmeidig, aber planlos durcheinandergriffen und sich zu verheddern drohten, eine Hydra, die hier und da und dort einen ihrer unzähligen Köpfe mit den lidlosen, senkrecht geschnittenen Augen auftauchen und wieder im vielfarbig oszillierenden Geknote versinken ließ, bis endlich einer der Tentakel abgestoßen wurde, sich als ausgewachsene Vipera Berus entpuppte, die über den Korbrand rutschte und sich im Fallen verzweifelt aufbäumte, so daß man einen Moment lang glauben konnte, sie würde den Sturz in einen Steilflug zum Dachgewölbe umkehren, doch dann schlug sie im Mittelgang auf, wand sich zukkend über dem Kadaver ihrer Artgenossin, als wolle sie ihn in einem obszönen nekrophilen Akt wieder zum Leben erwecken, und Paolo Garzone stand zwei Schritte entfernt, die Augen weit aufgerissen, voll von ungläubigem Entsetzen, nur das Blut hatte schon begriffen und sich schlagartig aus seinem Gesicht zurückgezogen, tief hinein in seinen Körper, wo das Herz jetzt wie wahnsinnig pumpen mußte und dennoch überflutet wurde von dem heißen roten Strom, der woanders fehlte, nicht mehr versorgte, was er eigentlich versorgen sollte, das Gehirn zum Beispiel, den Selbsterhaltungstrieb, denn wie sonst wäre es zu erklären, daß Paolo Garzone nicht panisch floh, wie es jeder andere Mensch mit einer Schlangenphobie getan hätte, sondern sich stumm und todesverachtend nach vorne stürzte?

Abgrundtiefer Ekel und turmhohes Entsetzen verschmolzen zischend und gebaren ungeheuren Haß. Es war der Haß, der den Verstand ausschaltet und jemanden tote Vipern steinigen läßt, bis die eigenen Hände blutig sind. Ein Haß, der nicht beherrschbar war und kein Ziel hatte, als zu zerstören, zu töten, zu vernichten. Koste es, was es wolle, und sei es das eigene Leben.

Paolo Garzone sprang auf die Vipern los, trat mit seinen Arbeitsstiefeln zu, trampelte unterschiedslos auf lebendes und totes Schlangenfleisch ein, nagelte es aufeinander fest, quetschte die Gedärme aus den Schuppen, hätte nicht aufgehört, bis nur noch ein unförmiger Brei auf den Steinplatten erkennbar gewesen wäre. Doch noch bevor das Zucken unter seinen Sohlen erstarb, stürzte von oben aus dem Korb ein zischendes, schnappendes Gewirre in Medizinballgröße, ein züngelnder gordischer Knoten, aus dem Schwanzspitzen peitschten und der sich, sobald er auf dem Boden auftraf, in einen wild wogenden Teppich verwandelte, der sich von selbst entrollte, Wellen warf, sich aufbauschte an den stampfenden Beinen Paolo Garzones, der jetzt, jetzt erst aufbrüllte wie ein zu Tode verwundetes Tier und mit den bloßen Händen ins Schuppengewirr nach unten griff, um den Vipern, die sich in seine Unterschenkel verbissen hatten, die Giftzähne auszubrechen.

Doch es war zu spät. Es war auch nicht mehr nötig. Während die letzten Nachzügler aus dem Himmel regneten, entwirrte sich auf dem Boden blitzschnell der Viperntepich und trennte sich in schlängelnde Fäden auf, die in alle Richtungen ausliefen. Vor Paolo blieben drei tote Schlangen liegen. Er stieß ein gurgelndes Geräusch aus und zermalmte ihre Köpfe unter seinem Absatz. Dann sah er sich um.

Die restlichen Vipern suchten Schutz in dunklen Ekken, in den Nischen an den Seitenaltären, in dem Beichtstuhl unter der Pala der Madonna mit Heiligen, unter dem Pult für die Lesungen, unter Stühlen, Bänken, Weihwasserbecken, Altarleuchtern, bei den in Terrakottatöpfen gepflanzten jungen Palmen, und zwei oder drei glitten sogar in die offenen Särge der Lucarellis.

Mit langsamen Schritten ging Paolo den Mittelgang nach vorn. Er schwang sich auf den Hauptaltar und setzte sich. Genau hinter ihm, über der Rückwand des ehemaligen Altars, blitzte die goldene Krone der Himmelskönigin. In einer Apsisnische dahinter hing das Bild der auffahrenden Madonna. Sie trug einen blauen Überwurf über dem roten Kleid und hielt ihre Hände wie zum Lob Gottes erhoben. Um ihren Kopf leuchtete ein Heiligenschein aus Glühlämpchen.

Bei den Beobachtern auf der Empore wich erst jetzt die Lähmung.

»Seid ihr total verrückt geworden?« zischte Marta Garzone auf die Marcantonis ein.

»Das haben wir nicht gewollt«, sagte Lidia erschrocken.

»Er ist selbst schuld.« Franco versuchte trotzig zu klingen. »Er hätte nur nicht …«

»Wir müssen Paolo helfen«, sagte Marisa Curzio.

»Und zwar schnell!« sagte Marta Garzone.

»Er ist stark, er wird nicht gleich sterben«, sagte Costanza. Sorgfältig schloß sie den Deckel über dem leeren Weidenkorb.

Paolo krempelte seine Hosenbeine nach oben. Er hatte zwei Bißwunden am linken Unterschenkel, und eine weitere am Ansatz des rechten Daumens. Er saugte die Wunde an der Hand aus und spuckte auf die Altarstufen. Mit dem linken Arm zeigte er auf die Mitte der Empore.

»Habt ihr das gesehen?« stieß Paolo hervor. »Habt ihr das alle gesehen? Die verfluchte alte Hexe und ihre Geschwister wollen mich umbringen. Und nicht nur mich! Sie waren es, sie haben die Vipern in Montesecco ausgesetzt. Euch alle wollen sie umbringen, die Kinder, die Frauen, dich hat schon eine gebissen, Vannoni! Und ihr steht jetzt da oben bei ihnen und gafft herunter und seht schweigend zu, wie ich eingehe, eingesperrt in einer Kirche, in der Hunderte von Giftschlangen nur darauf warten, daß ich …«

»Es sind vierundsechzig«, sagte Costanza.

»Wir mußten zeigen, daß er die Schlange in Menschengestalt ist«, sagte Lidia entschuldigend.

»Gib mir den Kirchentürschlüssel!« sagte Marta Garzone. Lidia schüttelte stumm den Kopf und bekreuzigte sich.

»Wir können ihn doch nicht sterben lassen«, sagte Marisa Curzio.

»So, wie er meinen Sohn hat sterben lassen, meinst du?« Assunta Lucarelli schlug mit der Hand auf die Balustrade. »Warum denn nicht? Wir sollten uns ein Beispiel an ihm nehmen. Zusehen, wie er bei Giorgio zugesehen hat. Beobachten, wie ihn das Gift langsam lähmt, wie es sein erbärmliches Leben von innen her auffrißt. Ich kann mir keinen schöneren Anblick vorstellen, und ich werde gellend lachen, wenn er das Bewußtsein verliert, und dieses Lachen wird alles sein, was er von dieser Welt in die Hölle mitnimmt.«

»Hör auf!« sagte Fiorella Sgreccia. »Du hast erst Catia einen grausamen Tod gewünscht, dann meinem Sohn und jetzt ihm. Wann soll denn mal Schluß sein? Willst du uns alle tot vor dir liegen sehen und unsere Leichen verfluchen?«

Assunta wandte sich ihr zu. Ihr Gesicht war wie aus Stein. Kalt sagte sie: »Es wäre ein Anfang.«

»Gib mir den Schlüssel!« wiederholte Marta Garzone.

»Paolo wird nicht sterben«, sagte Franco Marcantoni. »Im Gegensatz zu Giorgio kann er sich selbst retten. Er braucht nur zu reden. Das ist alles.«

»Du mußt nur deine Sünden bereuen, Paolo«, sagte Lidia.

»Und gestehen«, ergänzte Costanza.

»Paolo?« fragte Franco.

Paolo ließ den ausgestreckten Arm sinken. Sein Blick irrte umher, spürte einen grauen Schatten auf, der sich unter dem rechten Seitenaltar zusammenrollte, einen anderen, der das Holz des Beichtstuhls emporglitt. Er sah, wie sich der Deckel neben Giorgios Sarg bewegte. Unwillkürlich zog er die Beine an. Er hockte auf dem Altar und strich mit seiner linken Pranke über die Bißwunden am Unterschenkel. Er sagte: »Gut, ich gestehe. Ich gestehe alles, was ihr wollt. Ihr glaubt doch nicht, daß solch ein Geständnis für irgendein Gericht der Welt zählt! Aber ich gestehe. Und jetzt laßt mich hier heraus!«

»Wie hast du es getan?« fragte Franco.

»Warum, um Gottes willen, hast du es getan?« fragte Lidia.

»Was weiß denn ich?« Paolos Stimme gluckste vor Lachen. »Sagt mir, was ich gestehen soll, und ich gestehe es!«

»So geht das nicht.« Costanza schüttelte den Kopf und blickte nach links und rechts an der Brüstung entlang. Sie und ihre Geschwister hatten die Initiative ergriffen, sie hatten Paolo Garzone auf die Anklagebank gesetzt, ja, sie hatten sich auf ihn als Täter festgelegt, und sie würden verantwortlich gemacht werden, wenn er – schuldig oder unschuldig – an den Vipernbissen starb. Doch es war keine Privatfehde, die sie mit ihm ausfochten. Das erkannten alle, auch Marta Garzone und Marisa Curzio, die sich besonders eingesetzt hatten für Paolo, der unten irre kicherte, daß er gern auch die Serienmorde von Florenz gestehen würde und alle unaufgeklärten Bombenattentate der Neofaschisten, und ob sie denn sicher seien, daß Kain seinen Bruder Abel erschlagen habe und nicht er, Paolo Garzone.

Die Marcantonis riskierten viel, vielleicht zuviel, doch wer sonst hätte es tun sollen? Sie waren alt, hatten noch ein paar Jahre vor sich und würden dann hier sterben. Wenn das letzte der Geschwister begraben war, würden ihre Häuser verfallen. Keiner wäre da, um ihnen Blumen ans Grab zu stellen, denn Lidias Kinder hatten Montesecco schon vor Jahrzehnten den Rücken gekehrt, und die beiden anderen hatten keine Nachkommen. Es gab keine Familie, auf die sie Rücksicht nehmen mußten. Sie trugen für nichts und niemanden Verantwortung. Es sei denn für ganz Montesecco, in dem sie ihr Leben verbracht hatten und dessen Ordnung nun in den Grundfesten erschüttert war. Nach ihrem Tod mochte das Unterste zuoberst gekehrt werden, doch bis dahin wollten sie in der Welt leben, die sie kannten. Und dafür mußte ein für allemal Klarheit geschaffen werden, damit ein Zusammenleben in gegenseitigem Vertrauen wieder möglich wurde.

»Jetzt oder nie«, sagte Costanza Marcantoni dunkel. Zwei, drei Köpfe nickten, dann immer mehr, denn ein kleines Dorf wie Montesecco konnte vielleicht einen Mörder in seinen Mauern verkraften, aber sicher keinen unaufgeklärten Mord. Es ging nicht um Rache, kein Auge um

Auge, Zahn um Zahn, es ging darum, zu wissen, was geschehen war. Der Mörder mußte zum Geständnis gezwungen werden, um die Gemeinschaft wiederherzustellen, und deshalb bedurfte es einer gemeinschaftlichen Anstrengung. Die Marcantonis hatten genug getan, jetzt waren andere an der Reihe. Man mußte den Druck erhöhen. Auch Paolo sollte spüren, daß es nicht an der Zeit für Sprüche und Ausflüchte war. Das ganze Dorf würde nun von ihm Rechenschaft verlangen.

»Wir werden Paolo nicht sterben lassen. Keinesfalls«, sagte Marta Garzone leise, und jeder begriff, daß auch sie umschwenkte. Zumindest verlangte sie nicht mehr, ihm sofort Hilfe zu leisten.

Die Stimmung war gekippt, doch noch konnte sich niemand überwinden, das erste Wort auszusprechen und Paolos Verhör fortzusetzen. Vielleicht lähmte sie aber auch die Ahnung, daß ab diesem Moment nichts mehr rückgängig gemacht werden konnte. Denn nun trugen sie alle die Verantwortung. Paolo so zu behandeln war nur gerechtfertigt, wenn er als Mörder überführt werden konnte. Falls sich aber seine Unschuld erweisen sollte, wären nicht nur die Marcantonis, sondern ganz Montesecco am Ende. Man hätte sich selbst nicht mehr in die Augen sehen können.

Matteo Vannoni entschied sich als erster, dieses Risiko in Kauf zu nehmen. Vielleicht, weil er das in seiner eigenen Lebensgeschichte schon einmal überlebt hatte, vielleicht auch nur, weil er als immer noch mißtrauisch beäugter Rückkehrer am wenigsten zu verlieren und am meisten zu gewinnen hatte.

Vannoni sagte: »Als du mich nach meinem Vipernbiß ins Krankenhaus fahren wolltest, Paolo, da ging ich auf die Beifahrertür deines Lieferwagens zu, und du sagtest: ›Nein, hinten hinein! Es ist besser, wenn du flach liegst.‹ Das mag ja auch so sein, je ruhiger man liegt, desto langsamer breitet sich das Gift aus. Aber als ich dann in dem

Laderaum lag und du die Türen zuschlugst, so daß nur noch durch die kleine Luke zur Fahrerkabine ein wenig Licht hereinfiel, und als ich das Brummen des Motors spürte und langsam die Orientierung verlor, wann wir wo abbogen, da dachte ich mir: Genau so hätte es gewesen sein können! Giorgio Lucarelli war gebissen worden, du hast dich angeboten, ihn zum Arzt zu fahren, hast ihm geraten, sich hinten im Laderaum flach zu legen, und dann hast du die Tür versperrt und ihn an irgendeinen abgelegenen Platz gefahren. Als er merkte, was los war, hat er verzweifelt versucht, aus dem Wagen zu kommen, und sich dabei die Platzwunde zugezogen. Und du hast ihn so lange um Hilfe rufen und am Blech kratzen lassen, bis er tot war.«

Paolo schien gar nicht richtig zugehört zu haben. Er zuckte bei der kleinsten Bewegung zusammen, die sein in jeder Ecke stöbernder Blick wahrnahm. Fast nebenbei sagte er: »Ja, so hätte es gewesen sein können, aber so war es nicht.«

»Wie war es dann?«

»Ich war an jenem Nachmittag arbeiten. In Bellisio Alto. Dafür gibt es Zeugen.«

Auf der Empore hüstelte der alte Sgreccia.

»Willst du, oder soll ich?« fragte der alte Curzio halblaut.

»Mach nur!« sagte der alte Sgreccia.

»Also«, sagte der alte Curzio. Er stellte sich in Positur und reckte einen Stapel Karteikarten nach oben. »Wir haben ja alle Alibis überprüft, was manchmal nicht so einfach war, weil einige von euch ...«

»Es geht um Paolo«, warf der alte Sgreccia ein.

»... weil einige von euch den Ernst der Angelegenheit verkannt und nicht mit der gebotenen Genauigkeit auf unsere Fragen geantwortet haben, so daß wir erst nach langwierigen Überprüfungen entscheiden konnten, ob einer bewußt gelogen hat oder nur ...«

»Der Elektriker sagte nämlich ...«, unterbrach Sgreccia.

»Das kapiert doch keiner, wenn du mittendrin anfängst«, fuhr ihn Curzio an. »Es ist nämlich so, daß Paolo die Wahrheit sagt und doch nicht die Wahrheit sagt, zumindest nicht die ganze Wahrheit und vor allem nicht den Teil der Wahrheit, der ...«

»Und das soll einer kapieren?« zweifelte Sgreccia.

»Darf ich jetzt mal ausreden?« fragte Curzio.

»Natürlich«, sagte Sgreccia. Er hustete.

Curzio sah ihn entrüstet an und wartete ein paar Sekunden, ob noch etwas folgen würde. Dann fuhr er fort: »Paolo Garzone hat für den fraglichen Nachmittag ein hieb- und stichfestes Alibi, doch sein Wagen hat keines.«

Gianmaria Curzio warf einen mißtrauischen Blick zur Seite. Benito Sgreccia betrachtete interessiert den Knauf seines Spazierstocks.

Curzio blätterte in seinen Karteikarten, zog eine hervor und las: »Der Elektriker Gigi Gregori aus San Michele gibt zu Protokoll, von circa vierzehn Uhr dreißig an zusammen mit Paolo Garzone bei der Renovierung eines Hauses in Bellisio Alto gearbeitet und ihn gegen siebzehn Uhr dreißig bis zur Abzweigung nach San Vito mitgenommen zu haben. Während dieser drei Stunden habe Paolo Heizkörper montiert und sich keinesfalls länger als ein paar Minuten von der Baustelle ...«

»Paolo war also ohne Lieferwagen unterwegs«, sagte Sgreccia.

»Das sage ich doch!« sagte Curzio.

»Ich wollte es nur noch mal betonen«, sagte Sgreccia.

»So? Wolltest du?«

»Ja.«

»Und sonst? Willst du sonst noch etwas betonen?«

Benito Sgreccia schüttelte den Kopf.

»Dann ist es ja gut«, sagte Gianmaria Curzio. Er steckte die Karteikarten ein und verschränkte die Arme vor der Brust.

»Warum bist du nicht mit dem Wagen zur Baustelle gefahren?« fragte Marisa Curzio.

»Weil ich mittags Wein getrunken habe. Ich wollte nicht mehr fahren, habe den Bus Richtung Sassoferrato genommen und bin in Bellisio ausgestiegen.« Paolo wirkte jetzt konzentrierter als zuvor. Das Gift schien ihn noch nicht zu beeinträchtigen. Er besaß mehr Kraft und Zähigkeit als sonst irgendwer in Montesecco, und er schien begriffen zu haben, daß er den Anschuldigungen standhalten mußte, die gegen ihn erhoben worden waren.

»Brauchtest du nicht das Werkzeug aus deinem Lieferwagen?« fragte der Americano.

»Alles Nötige war schon auf der Baustelle«, sagte Paolo.

»Wo stand dein Wagen nachmittags?« fragte Milena Angiolini.

»Auf dem Parkplatz der Pizzeria La Palma am Ortsende von San Lorenzo.«

»Und wieso hast du dich dann nach der Arbeit nicht bis dorthin mitnehmen lassen?« fragte Fiorella Sgreccia. »Der Elektriker ist doch nach San Michele weitergefahren, oder?«

»Ich wollte ein paar Schritte zu Fuß gehen.«

»Von der Kreuzung nach San Vito sind das sicher drei Kilometer, wenn nicht vier«, sagte Marisa Curzio.

»Ja und?«

»Zu Angiolinis Hof ist es von der Kreuzung deutlich näher.«

»Da stand mein Wagen aber nicht.«

»Du bist ziemlich schnell gelaufen, oder?«

»Wieso?«

»Kurz nach neunzehn Uhr kamst du mit der Todesnachricht im Dorf an. In den anderthalb Stunden vorher mußtest du deinen Fiat Ducato holen, zu Angiolinis Hof fahren, dort nach der Pumpe sehen, Giorgios leblosen Körper entdecken, ihn ins Krankenhaus fahren, die Diagnose abwarten und nach Montesecco zurückkehren.«

»Ich habe mich nirgends lang aufgehalten.«

Jedem war klar, daß Paolos Geschichte von vorn bis hinten stank. Schon daß ein Handwerker den Bus nahm, nur weil er ein wenig Wein getrunken hatte, verstieß gegen jede Berufsehre. Und sein Werkzeug führte man immer vollzählig mit sich. Daß Paolo nach einem Tag harter körperlicher Arbeit freiwillig einen kilometerlangen Fußmarsch auf sich nahm, klang absolut lächerlich. Vor allem, wenn er noch nicht einmal Feierabend machen wollte. Man war ja nicht in New York, wo sie in der Mittagspause durch den Central Park joggten.

Das alles war äußerst unwahrscheinlich, mehr als unwahrscheinlich, aber es war nicht unmöglich. Man hatte Paolos Verteidigungslinie weit aus dem Reich der Plausibilität hinausgedrängt, doch man hatte sie nicht durchbrochen. Und solange das nicht glückte, blieb mehr als ein fader Beigeschmack. Dann war es ein unverzeihliches Unrecht, Paolo so aus ihrer Mitte auszustoßen, wie es in diesem Verhör schon geschehen war.

Sekunden und Minuten verrannen. Sekunden und Minuten, in denen sich das Viperngift in Paolos Körper ausbreitete. Giorgio Lucarelli war nach sieben Stunden gestorben, doch im Gegensatz zu ihm war Paolo dreimal gebissen worden, so daß die Giftdosis wesentlich größer sein mußte. Andererseits war Paolo massiger und widerstandsfähiger. Es war schwer zu kalkulieren, wann es für jede Hilfe zu spät sein würde.

Und doch kam es genau darauf an. Beide Seiten wußten, daß die Zeit auslief, und beide setzten darauf, daß die andere Seite zuerst die Nerven verlieren würde. Paolo würde ja wohl auspacken, wenn er merkte, daß es ernsthaft ans Sterben ging. Davon waren die Dorfbewohner überzeugt, während Paolo darauf zählen konnte, daß sie ihn nicht einfach verrecken lassen würden. Er mußte eben so lange durchhalten, bis sie keine andere Wahl mehr hatten, als das Verhör abzubrechen und ihn ins Krankenhaus zu fahren.

Man wartete, man belauerte sich. Und es schien fast, als gewänne Paolo unmerklich an Boden. Daß Unruhe auf der Empore aufkam, wäre zuviel gesagt, doch häuften sich die kleinen Bewegungen, die jede für sich unbedeutend waren, in ihrer Summe aber wachsende Ungeduld signalisierten. Ein Wechseln des Standbeins, ein unwirsches Verscheuchen einer Fliege, ein Zupfen am Ohrläppchen. Die Dorfbewohner waren unzufrieden mit dem labilen Gleichgewicht, das sich eingestellt hatte, sie sehnten eine entscheidende Wendung herbei, ohne eine Vorstellung zu haben, woher diese kommen sollte.

»Es brennt wie Feuer den Schenkel hoch«, stöhnte Paolo. Er krümmte sich über dem angezogenen Bein.

»Ein paar ehrliche Sätze, und fünfzehn Minuten später bist du im Krankenhaus«, sagte Franco.

Mit einem Ruck richtete Paolo den Oberkörper auf. Er brüllte: »Ich habe es nicht getan, verdammt noch mal!«

»Du solltest deine Kraft nicht verschwenden«, sagte Costanza.

»Und nicht fluchen«, sagte Lidia.

Paolo schnellte in die Hocke hoch. Mit weit aufgerissenen Augen folgte er einer Vipera Comune, die an der Kante der untersten Altarstufe entlangzüngelte und an der Nordwand der Kirche im Halbdunkel verschwand.

»Und wenn er es wirklich nicht getan hat?« fragte Ivan Garzone.

»Hast du nicht mitbekommen, was er uns alles vorgelogen hat?« fragte Gianmaria Curzio.

»Warum hätte er Giorgio umbringen sollen? Aus welchem Grund?« fragte Ivan. Er war Paolos Cousin. Sein einziger Blutsverwandter im Dorf. Wahrscheinlich hätte er sich lieber im Hintergrund gehalten, doch er konnte es nicht zulassen, daß in diesem ungewöhnlichen Prozeß nur Geschworene und Ankläger zu Wort kamen. Ein Pflichtverteidiger war nötig. Auch wenn Ivan eine ganze Weile gebraucht hatte, um zu kapieren, daß nur er dafür in Frage kam, so schien er jetzt entschlossen, seine Aufgabe nach bestem Wissen und Gewissen zu erfüllen.

Er sagte: »Angelo Sgreccia hätte ein Motiv gehabt, Catia auch, Matteo Vannoni sowieso, und sogar bei Antonietta wäre es nachvollziehbar, daß sie ...«

Ivan brach ab, blickte zu Antonietta Lucarelli hinüber, die sich nicht rührte, nur starr nach unten sah, auf Paolo Garzone, auf die durch ein Wunder geadelte Christusfigur, auf den Sarg, in dem sich eine Viper an die eingefallene Wange ihres toten Mannes kuschelte, das war schwer zu entscheiden.

Zögernd fuhr Ivan fort: »Entschuldige, Antonietta, ich wollte nicht ... ich wollte nur sagen, daß Paolo im Unterschied zu anderen kein Mordmotiv hatte. Er ...«

»Doch«, sagte Milena Angiolini. Sie strich sich das blonde Haar zurück.

»... er war Giorgios Freund, er hat unter seinem Tod gelitten und sich dafür eingesetzt, den Fall zu klären. Und hat er sich nicht fürsorglich um die Hinterbliebenen gekümmert, um Giorgios Kinder, um ...?«

»Um Antonietta«, sagte Milena Angiolini. »Eben!«

»Was soll das heißen?«

»Er liebt Antonietta«, sagte Milena.

»Unsinn!« sagte Ivan.

»Ich weiß, wie sich ein Mann benimmt, wenn er heimlich in eine Frau verknallt ist«, sagte Milena. Es klang weder kokett noch angeberisch. Es galt, einen Mord aufzuklären, und wer konnte, mußte sein Teil dazu beitragen. Milena Angiolini zog nun mal die Blicke der Männer auf sich. Sie hatte ihre Erfahrungen gemacht. Sie wußte, wie sich Gefühle äußerten, auch wenn sich jemand nicht offen dazu bekennen wollte.

»Paolo hat nie ...«, sagte Ivan.

»Er hat Antoniettas Nähe beharrlich gesucht«, sagte Milena, »und peinlich darauf geachtet, unverfängliche Gründe dafür zu finden. Auch wenn zehn Leute gleichzeitig redeten, entging ihm kein Wort und kein stummer Wunsch Antoniettas. Wann immer es ging, blickte er sie an, nicht ohne sich vorher vergewissert zu haben, daß niemand auf ihn achtete. Sein Aussehen war ihm plötzlich so wichtig, daß er sich neu eingekleidet hat. Er versuchte sich unentbehrlich zu machen. Als Beschützer, als tatkräftiger Freund, als einer, der Antoniettas Sorgen versteht und sich zu eigen macht. Nur um Antonietta zu beeindrucken, kümmerte er sich liebevoll um ihre Kinder und …«

»Er war hilfsbereit und zuvorkommend«, sagte Marta. »Und vielleicht hat er Antonietta heimlich verehrt.«

»Deswegen soll er Giorgio umgebracht haben?« fragte Ivan.

»Das weiß ich nicht«, sagte Milena. »Ich weiß nur, daß er hoffnungslos in Antonietta verliebt ist. Und zwar nicht erst seit gestern.«

»Es ist ein Motiv«, sagte Vannoni. Es war mehr als ein Motiv. Eine unerfüllte große Liebe, darin steckte alles. Hoffnung und Verzweiflung, Blindheit und Risikobereitschaft, Leidenschaft, wildes Begehren und auch der Haß auf das Schicksal, die rasende Verachtung für den unverdient begünstigten Nebenbuhler, der wie Dreck behandelte, was man selbst für immer und ewig auf Händen getragen hätte. Das wenigstens schwor man sich, und der Schwur fiel ganz leicht, weil es nicht denkbar schien, daß sich dies einmal ändern könnte, und doch lag dann irgendwann der geliebte Körper nackt und tot auf einem blutüberströmten Bettlaken, und man selbst hielt ein noch rauchendes Gewehr in den zitternden Händen und fragte sich, woher die Fremdheit rührte, die man keuchend ein- und ausatmete.

»Was?« fragte Vannoni, doch die Stimme, die sich durch seine Erinnerungen gedrängt hatte, hatte nicht ihn angesprochen.

»Nein«, sagte Antonietta, »nie. Paolo war hilfsbereit und zuvorkommend, wie Marta gesagt hat. Und er hat mich wohl ein wenig verehrt.«

»Ein wenig verehrt«, sagte Ivan. »Aber das reicht bei weitem nicht, um …«

»Frag ihn!« sagte Vannoni. »Frag Paolo selbst!«

Paolo saß auf dem Altar, streckte das gebissene Bein aus und zog an seiner Fußspitze, um der Krämpfe Herr zu werden, die den Wadenmuskel verhärteten. Die Haut unterhalb des Knies war stark gerötet. Paolo fuhr sich mit der Zunge über die ausgetrockneten Lippen. Er stöhnte laut.

»Um Gottes willen, jetzt ist es genug!« sagte Marta.

»Fragt ihn, ob er sie liebt!« sagte auch Milena Angiolini.

Ivan zögerte.

»Es ist eine einzige Frage, die mit einem Wort beantwortet ist«, sagte Milena.

»Und dann holen wir ihn sofort heraus!« Ivan nickte. Er fragte in den Kirchenraum hinab: »Hast du Giorgio sterben lassen, weil du Antonietta … weil du bei Antonietta freie Bahn haben wolltest?«

Als wäre sie dazu aufgerufen worden, schlängelte sich eine ungewöhnlich helle Viper langsam aus dem Schutz einer Kirchenbank.

»Liebst du sie so, daß du nicht ertragen konntest, daß sie mit einem anderen zusammen war?« fragte Ivan.

Vor den drei Schlangenkadavern im Mittelgang erstarrte die Viper in ihrer Bewegung.

»Sag, daß das nicht wahr ist!« forderte Ivan.

Die gespaltene Zunge der Viper tastete auf zerquetschtes Fleisch zu.

»Sag einfach, daß dir Antonietta egal ist!« bat Ivan.

Die Viper züngelte noch einmal und setzte sich wieder in Bewegung. Achtlos schob sie sich über die zerstampften Rümpfe der toten Schlangen.

»Ein paar Worte nur, Paolo!« flehte Ivan. »Sie ist dir egal, nicht? Ein Wort nur! Sag einfach ja, und alles ist vorbei.«

Die Viper wand sich durch den Mittelgang nach vorn. Auf dem Altar kauerte Paolo. Er atmete schwer. Er hätte nur ja sagen müssen. Ein Wort, eine Silbe, zwei Laute, doch er vermochte es nicht. Er brachte das Wort nicht über die Lippen. Jeder wußte, was das bedeutete. Auch Ivan. Er ließ sich auf die Knie hinab, faltete die Hände vor der Brust und preßte die Stirn gegen die Holzbrüstung. Marta krallte die Hand in seine Schulter.

Paolo sagte: »Jahrelang habe ich mir Giorgios Tod gewünscht. Wenn nachts die Glocken irgendwo einen Brand meldeten, bin ich aufgewacht und habe gehofft, daß er gerade in den Flammen umkommt. Wenn bei einem Sommergewitter die Blitze niederfuhren, habe ich die Daumen gedrückt, daß ihn einer erschlägt. Und noch am Abend vorher, als wir in der Bar über die Vipern sprachen, habe ich stumm gebetet, daß er kopfüber in ein ganzes Nest von ihnen fällt. Am nächsten Morgen bin ich ihm aufs Feld nachgefahren, weil er mich gebeten hatte, ihn über Vannoni auf dem laufenden zu halten, aber eigentlich, weil ich ahnte, daß etwas geschehen würde. Und genauso war es. Die Viper, die ihn gebissen hatte, lag noch da. Während ich sie unter Steinwürfen begrub und Giorgio an ihre Stelle wünschte, wurde mir klar, daß das Schicksal, das jahrelang über mein Flehen gelacht hatte, nun plötzlich einlenkte. Ich allein hätte ihn nie umbringen können, aber nun schien alles mit mir zu sein. Der Schlangenbiß, der mir die Gewalttat abgenommen hatte, der Tod, der schon in seinem Körper saß, er und ich allein auf dem Feld, im Dorf Vannoni, der sich in seinem Haus verkroch und als erster verdächtigt werden würde, wenn jemand einen Mord vermuten sollte. Ich konnte gar nicht anders. Die Steine, die Gräser, die brennende Sonne, alles flüsterte mir zu: Tu es, tu es, tu es! Selbst Giorgio hatte erstaunt ›du?‹ gefragt, als wisse er, daß er jetzt nicht mehr zählte, daß mein Tag gekommen war, der große Tag in meinem Leben, den ich nur nicht ungenutzt verstreichen lassen durfte. Es fiel mir nicht schwer, Giorgio in den Laderaum meines Lieferwagens zu locken, er dachte sich nichts dabei, als ich die Tür verschloß, er merkte nicht, daß ich ihn statt zum Krankenhaus zum verlassenen Hof der Angiolinis fuhr. Und selbst als ich den Wagen dort in der Scheune abstellte und das Tor verrammelte, hatte er noch nicht begrif-fen, was geschah. Als ich am Abend zurückkehrte, war er tot.«

Paolo hielt erschöpft inne. Unkontrollierbares Muskelzittern wogte durch seinen massigen Körper. Seine Augen suchte Antoniettas Gesicht auf der Empore. Er war ein Mörder, doch es gab etwas, das ihm heilig war. Jemanden, den er nie verraten würde. Dann schon lieber sich selbst. Dann schon lieber das Geheimnis um die Mordtat, das er so lange mit Zähnen und Klauen verteidigt hatte.

Antonietta war sein ein und alles, und doch hatte er es nie geschafft, ihr seine Gefühle zu offenbaren. Nicht, als Giorgio noch lebte, nicht nach seinem Tod und nicht einmal jetzt, da alles verloren und nichts mehr zu verlieren war. Es gibt Momente im Leben eines Menschen, in denen sich zeigt, welche seiner Ängste am tiefsten sitzt. Bei Paolo Garzone war es nicht die Angst vor der Strafe für ein Verbrechen, nicht vor den Vipern, nicht einmal vor dem Sterben, es war die Angst, das zu entblößen, was ihm mehr bedeutete als alles andere, und nur ein spöttisches Lachen zu hören, wenn er sagte: Ich liebe dich, ich habe dich immer geliebt.

Es war ihm leichter gefallen, einen Mord als seine Liebe zu gestehen.

An der untersten Altarstufe schlängelten sich zwei Vipern entlang, und eine dritte schob gerade den Kopf nach oben, um die Stufe vorsichtig zu überwinden. Die Schlangen hatten ihre Scheu abgelegt, sie machten sich auf, die Kirche zu erkunden. Überall züngelte es hervor, schoben sich schuppige Bänder geräuschlos über den Stein.

»Beißt ihn! Reißt ihm das Fleisch heraus! Freßt ihn bei lebendigem Leib!« zischte Assunta in den Kirchenraum hinab. Niemand achtete auf sie. Denn obwohl Paolo es vermieden hatte, Antonietta direkt anzusprechen, hatte sich sein Geständnis doch nur an sie gerichtet. Ohne daß darüber debattiert werden mußte, war damit die letzte und wichtigste Rolle in diesem Prozeß vergeben worden. Der Angeklagte hatte sich selbst die Richterin erwählt, die das Urteil über ihn sprechen sollte, und niemand stellte seine Wahl in Frage.

Lidia Marcantoni nestelte den Kirchentürschlüssel von ihrem Schlüsselbund und reichte ihn ihrem Bruder. Franco gab ihn stumm an Costanza weiter, und die legte ihn vor Antonietta auf der Balustradenbrüstung ab. Antonietta drückte Sonia fester an sich.

Paolos Gesicht war schmerzverzerrt. Er zwang sich zu einem schiefen Lächeln und sagte: »Ich müßte lügen, wenn ich behaupten würde, daß es mir leid tut. Wenn ich noch mal da draußen auf dem Feld stünde, würde ich genauso handeln. Es war meine große Chance. Deine Kinder brauchen einen Vater, Antonietta. Sie mögen mich, und du hättest dich an mich gewöhnen können. Wenn ich ein paar Jahre Zeit gehabt hätte ...«

Wie ein in Tagträumen verlorenes Kind wiegte Paolo den Oberkörper vor und zurück. Unter ihm zogen die Vipern ihre Bahnen. Nach einem geheimen Plan durchstreiften sie das Kirchenschiff, schienen sich kurz zuzuwispern, wenn sich ihre Wege kreuzten, um dann wieder einsam und allein weiterzuzüngeln.

»Ich habe Giorgio umgebracht, und dafür gehe ich ins Gefängnis. Fünfzehn Jahre wie Vannoni, zwanzig, wie viele auch immer. Aber wenn ich dann herauskomme ...« Paolo atmete schwer. »Du mußt nicht ja sagen, Antonietta, du mußt gar nichts sagen, du darfst mir nur nicht die Hoffnung nehmen, denn dann ...« Paolo begann sich mühsam das Hemd aufzuknöpfen. »... denn dann werde ich Vipern fangen. Ich werde sie an meine nackte Haut drücken. Ich werde sie liebkosen. Ich werde sie küssen. Ohne die Hoffnung kann ich nicht leben.«

Er war der Mörder ihres Mannes. Er hatte Giorgio umgebracht, weil er sie für sich zu gewinnen hoffte, und nun machte er die Witwe zur Richterin über Leben und Tod. Paolo hatte noch nicht aufgegeben, er setzte alles auf eine Karte, indem er Antonietta vor eine schreckliche Alternative stellte. Sollte sie ihm – und sei es auch nur durch ihr Schweigen – seine verzweifelte Hoffnung lassen? Müßte Paolo, und mit ihm der Rest der Welt, das nicht so verstehen, daß sie ihn möglicherweise irgendwann einmal lieben könnte? Würde sie damit nicht seine Besessenheit rechtfertigen, sein Motiv, die Mordtat selbst entschuldigen? Müßten da nicht eher die Vipern auffliegen und die Sonne vom Himmel beißen, auf daß ewige Nacht herrsche?

Oder sollte sie ihm sagen, daß er ein Ungeheuer war, für das sie auf immer nur Grauen empfinden würde? Konnte sie sich wirklich sicher sein, daß sie ihm nicht irgendwann einmal verzeihen würde? Hatte sie das Recht, einen Menschen zu töten, auch wenn er es hundertmal verdient hätte? Einen Menschen, der sie liebte? Antonietta strich ihrer Tochter übers Haar und blickte auf den Schlüssel vor sich. Ganz Montesecco wartete gespannt auf ein Wort von ihr.

Es gibt ganz unterschiedliche Arten von gespannter Stille. Es gibt die Trommelwirbelstille, in der ein Hochseilartist Fuß um Fuß nach vorne setzt, es gibt das atemlose, Sekunden zerdehnende Bangen, bevor ein Sprengmeister das Zündkabel einer Splitterbombe kappt, es gibt das lüsterne Lauern der Journalisten, wenn der Ministerpräsident mit starrer Miene zu einer überraschend anberaumten Ansprache an die Nation vor die Mikrofone tritt, es gibt den lächelnden Moment vor dem unmerklich verzögerten Jawort der Braut. Es gibt gespannte Stille im weiten Stadionrund, wenn der Schütze zum entscheidenden Elfmeter anläuft, es gibt gespannte Stille in überfüllten Luftschutzbunkern und in steckengebliebenen Fahrstühlen.

In jeder dieser Situationen, an all diesen Orten klingt diese Stille anders, läßt unterschiedlichste Klangfärbungen, Ober- und Untertöne mitschwingen, die allein von dem abhängen, was die Anwesenden ihr an Hoffnungen und Ängsten, an Gedanken und Gefühlen beimischen, und deren einzige Gemeinsamkeit darin liegt, daß eine wichtige Entscheidung unmittelbar bevorsteht.

In der Pfarrkirche von Montesecco mußte entschieden werden, ob ein ungeheures Verbrechen nachträglich gerechtfertigt oder ein Mensch hingerichtet werden sollte, und die Entscheidung lag auf den schmalen Schultern einer Frau, die ein Kind auf dem Arm trug und ein zweites an sich preßte. Sie war blaß, hatte tiefschwarze Augen, auf deren Grund sich Verlorenheit krümmte. Mit dem Mann, den sie geheiratet hatte, hatte sie mehr schlecht als recht zusammen gelebt. Nach seinem Tod hatte sie Dinge über ihn erfahren, daß sie sich fragen mußte, ob sie ihn je gekannt hatte. Doch er war ihr Mann gewesen.

Ihre Stimme zitterte kaum, als sie sagte: »Ich hasse dich für das, was du getan hast, Paolo Garzone, und ich weiß nicht, ob ich dir irgendwann einmal verzeihen werde. Das ist alles, was ich sagen kann. Behalte deine Hoffnung, oder begrabe sie! Versuche dein Leben zu retten, oder wirf es weg! Das ist deine Entscheidung. Ganz allein deine. Triff sie, und laß mich mein Leben leben!«

Sie setzte Sonia ab, nahm den Schlüssel von der Brüstung und drehte ihn zwischen ihren Fingern. »Du hast Giorgio eingesperrt, bis er tot war. Ich möchte nicht gleiches mit gleichem vergelten. An deinem Blut bin ich unschuldig. Aber verlange nicht mehr von mir, keine Vergebung, kein Verständnis, keine Hilfe!«

Antonietta schleuderte den Schlüssel ins Kirchenschiff hinab. Er klirrte auf dem Steinboden auf und schlitterte nach vorn, während der wütende Stoß einer Viper ihn verfehlte und eine andere sich nervös in Angriffshaltung zusammenrollte. Auf der Höhe der vordersten Bankreihe, nicht weit vom Fußende der Särge entfernt, blieb der Schlüssel liegen. Es war ein großer Bartschlüssel, dessen Metall von den Jahren geschwärzt war. Antonietta tastete nach den Händen iher Töchter.

»Kommt!« sagte sie, und ohne einen Blick zurückzuwerfen, zog sie die beiden Mädchen zur Seitentür der Empore, die ins alte Pfarrhaus hinüberführte. Schweigend folgten ihr die anderen.

Obwohl die Piazzetta schon im Schatten lag, schlug draußen die Hitze unbarmherzig auf sie ein. Der sinkende Sonnenball setzte die gegenüberliegenden Hügel in Flammen. Kein Lufthauch regte sich, und in der Ferne löste das Flimmern der Luft die Grenze zwischen Himmel und Meer auf.

Ihre Worte hatten harsch geklungen, doch er hatte schon verstanden, was sie bedeuten sollten. Nein, er machte sich nichts vor. Er wußte besser als jeder andere, was sie wirklich wollte. Besser vielleicht sogar als sie selbst. Außerdem waren Taten wichtiger als Worte. Und die sprachen eine klare Sprache: Sie hatte für ihn entschieden. Sie hatte ihn frei gehen lassen. Sie wollte nicht, daß er starb. Natürlich konnte sie nicht offen sagen, daß sie auf ihn warten würde. Nicht in Gegenwart der anderen.

Und sie hatte ja auch gelitten. Er hatte ihr Schmerz bereitet. Das tat ihm aufrichtig leid. Dafür hätte er sich unbedingt entschuldigen müssen, aber das würde er nachholen. Und sei es erst in fünfzehn oder zwanzig Jahren. Er hatte es nicht eilig. Es genügte ihm zu wissen, daß sie auf ihn wartete. Trotz der verfluchten Schmerzen in seinem Körper fühlte er sich leicht. Wie eine Vogelfeder. Wie ein Schmetterling, der über Blüten tanzt.

Er war glücklich. Er schloß die Augen und stellte sich vor, wie sie mit ihrem Zeigefinger die Linien seiner Lippen nachfuhr. Er hörte, wie sie »Paolo« sagte. Nichts weiter, nur seinen Namen.

Eine Welle von Krämpfen lief von den Waden durch seinen Körper. Er stöhnte. Er riß die Augen auf. Er mußte überleben. Gerade jetzt, da er endlich mit ihr gesprochen und sie ihn nicht ausgelacht hatte. Er hatte einen Grund zu leben, ein Ziel, eine große Liebe. Nichts konnte ihm etwas anhaben. Jetzt nicht mehr.

Der Schlüssel lag drei Meter vor ihm. Bis zur Kirchentür waren weitere sieben, acht Meter zu überwinden. Dazwischen lauerten vierundsechzig mordlüsterne, giftspritzende Vipern, doch er hatte keine Angst mehr. Sie würden ihn nicht beißen. Weil er überleben mußte. Weil alles so werden würde, wie es sein sollte. Er stützte sich mit den Händen auf und ließ sich vom Altar gleiten. Sein linkes Knie knickte unter dem Gewicht seines Körpers ein, doch es gelang ihm, sich auf den Beinen zu halten. Alles würde ihm gelingen.

Er schwankte ein wenig, schob vorsichtig einen Fuß vor den anderen. Die Vipern flohen zur Seite. Vor seinen Schritten wichen sie zurück und verkrochen sich unter den Bänken. Er fühlte sich sicher, selbst als er sich auf die Knie sinken lassen mußte, um den Schlüssel aufzunehmen. Durch sein Bein stachen tausend glühende Lanzen, doch er richtete sich wieder auf.

Sein Puls raste. Seine linke Hand umkrampfte den Schlüssel. Die rechte spürte er nicht mehr, doch das machte nichts, denn da war schon die Kirchentür, und er konnte den Schlüssel genausogut mit der linken Hand drehen. Notfalls hätte er es auch ganz ohne Hände geschafft, nur mit seinem Willen, denn der war stark wie nie. Der Wille versetzte Berge.

Er drückte den Ellenbogen auf die Klinke. Die Tür sprang auf, und er wankte hinaus. Die Hitze sprang ihn wütend an, doch er fiel nicht, er blieb nur kurz stehen, lehnte sich an das Kirchenportal und hörte dem Keuchen zu, das in so kurzen, heftigen Stößen aus seinem Mund schoß, daß er dazwischen kaum mehr Zeit zu atmen fand.

Eine Viper kroch über die Kirchentürschwelle. Sie züngelte am Türstock entlang und überquerte in schnellen Windungen die menschenleere Piazzetta. Die wollte noch anderes vom Leben, als in einer düsteren Kirche zu verrekken. Das verstand er nur zu gut. Er stieß sich von der Mauer ab und taumelte nach rechts hinüber zum Eingang der Bar. Er wischte den Fliegenvorhang zur Seite. Die Tür dahinter war geschlossen. Es war wohl noch zu früh, um die Bar zu öffnen. Und zu heiß. Der Schweiß rann ihm aus allen Poren. Mit der linken Faust hämmerte er gegen die Tür.

»Ivan!« Die Stimme, die da rief, hörte sich verzerrt an. Fremd, doch irgendwo hatte er sie schon gehört.

»Marta!« Möglicherweise war es seine eigene Stimme.

»Ivan! Marta!« brüllte er.

Sie waren nicht da. Sonst hätten sie ihn auf jeden Fall hören müssen. Wahrscheinlich waren sie einkaufen. Das war Pech. Nein, er hatte kein Pech. Er war vom Glück auserkoren, er war der glücklichste Mensch der Welt. Und das machte ihn stark. Ein paar Vipernbisse konnten ihm gar nichts anhaben. Da lachte er doch nur. Er stöhnte.

Er stolperte an der Kapellenmauer entlang, torkelte um die Ecke. Weiter unten saß der Americano vor seinem Haus. Durch die Gasse wehte ein sanft kühlender Hauch herauf. Das war gut, denn in ihm brannte alles. Die Lunge ein Hochofen. Die Leber, die Milz, die Nieren nichts als rote Glut. Er leckte sich über die Lippen. Sie waren rissig wie in der Hitze geplatzte Erde.

Der Americano stand auf und wandte sich der Haustür zu.

»He, warte!« Es war die gleiche Stimme wie vorher. Es mußte seine eigene sein.

»Was ist?« fragte der Americano.

»Ruf im Krankenhaus an! Sie sollen das Serum bereitstellen.« Nur das Lallen ließ die Stimme fremd klingen. Seine Zunge war etwas schwer geworden. Hatte Mühe, die richtigen Laute zu formen.

»Das würde ich gern, Paolo«, sagte der Americano, »aber es geht nicht. Das Telefon ist noch abgemeldet. Wegen der drei Monate, die ich hier bin, zahle ich doch nicht das ganze Jahr Grundgebühr. Mit Ab- und Anmelden komme ich günstiger weg, das habe ich mir ausgerechnet. Aber es dauert dann halt immer ein paar Tage, bis sie es wieder anschließen, selbst wenn ich von den Staaten herübertelefoniere und ihnen Feuer unterm Hintern mache. Tut mir leid, Paolo.«

Er ließ den Americano stehen, taumelte weiter nach unten. Jemand kam ihm entgegen. Die Gestalt verschwamm vor seinen Augen, als ob er durch eine Brille mit zu dikken Gläsern starren würde, aber sicher trübte ihm nur der Schweiß den Blick. Ihm rannen Bäche von der Stirn. Er wischte sich mit dem linken Ärmel über die verklebten Augen. Na also, er sah wieder fast klar. Es war Marisa Curzio. Er packte sie am Arm, bevor sie die Stufen zu ihrem Haus hocheilen konnte.

»Bring ... mich ... nach ... Pergola!« Seine Zunge machte mit. Seine Lippen öffneten und schlossen sich, wie er es wollte. Er mußte nur langsam sprechen, sich auf jedes Wort konzentrieren und eins nach dem anderen hervorstoßen.

»Klar, Paolo«, sagte Marisa Curzio. Sie wand sich unter seinem Griff. »Wenn du mich losläßt. Ich muß doch den Autoschlüssel holen.«

Marisa Curzio rieb sich die weißen Druckstellen am Oberarm, als er seine Pranke zurückgezogen hatte. Er hatte ihr nicht weh tun wollen, er besaß nur soviel Kraft. Das Gift mochte versengen, was es wollte, sein Körper war zu zäh. Und zäher noch war sein Wille. Er keuchte. Er hätte sich gern auf die Stufen gesetzt, aber dann hätte er nachher wieder aufstehen müssen. Er tastete nach dem Geländer neben den Treppenstufen.

Aus dem Haus hörte er Marisa Curzios Stimme, die an- und abschwoll wie die Sirene eines schnell vorbeifahrenden

Krankenwagens. Die Worte hallten seltsam in seinem Kopf wider. Er hatte Mühe, ihren Sinn zu verstehen.

»Nein, hier in der Küche ist er auch nicht. Ich bin mir sowieso sicher, daß ich ihn ans Schlüsselbrett gehängt habe. Ich hänge ihn immer dorthin, sonst wäre ich ja dauernd am Suchen. Vielleicht war das Auto im Weg gestanden, und irgendwer hat den Schlüssel genommen, um es wegzufahren. Anders kann ich mir das nicht erklären. Der Ersatzschlüssel! Ja, irgendwo muß noch ein Ersatzschlüssel sein. Aber wo? Keine Ahnung. Den brauche ich ja nie, da muß ich erst suchen, Paolo. Das kann eine Weile dauern. Tut mir leid, Paolo.«

Das Blut rauschte in seinem Kopf. Kam und ging wie die Meeresbrandung. Klatschte gegen Gehirnklippen und floß glucksend zurück. Er würde nicht warten, bis Marisa einen Schlüssel gefunden hatte. Auf die war er wirklich nicht angewiesen. Er war auf keinen von ihnen angewiesen. Er würde selbst ins Krankenhaus fahren.

Sein alter Fiat Ducato stand auf der Piazza. Den Schlüssel trug er in der Hosentasche. Er blickte an seinem rechten Arm hinab. Die Hand war dick geschwollen. Ein unförmiger roter Klumpen, der nicht mal in die Hosentasche griff, wenn man es ihm befahl. Wozu hatte er eigentlich diesen verdammten Arm am Körper hängen, wenn er ihn zu nichts gebrauchen konnte? Er wünschte ihn sich weg, doch vergeblich. Das war gut. Das Schicksal war mit ihm. Es ließ nicht zu, daß er seine Wünsche sinnlos vergeudete.

Er ließ das Geländer los. Er krümmte sich unter dem Schmerz, den die Drehung verursachte, doch er fingerte mit der linken Hand den Autoschlüssel hervor. Seine Beine quollen auf. Als würden sie mit flüssigem Eisen getränkt. Er schätzte die Entfernung bis zu seinem Wagen ab. Ein Katzensprung. Er keuchte. Er überlegte, wie man gehen könnte, ohne die Beine zu bewegen. Ihm fiel nichts ein, und so schleppte er sich voran. Einen halben Meter und den nächsten halben Meter und noch einen halben

Meter. Es ging prächtig. Wenn sein Atem nicht so gerast hätte, hätte er gar keinen Grund gehabt, eine Pause zu machen, als er die Fahrertür öffnete.

Er blickte aufs Lenkrad, auf den Knüppel der Gangschaltung. Er würde mit der linken Hand den zweiten Gang einlegen und damit bis nach Pergola fahren. Bis zur Notaufnahme des Krankenhauses. Er brauchte nur den Fuß aufs Gaspedal zu legen, wenn er erst mal auf dem Fahrersitz saß. Zwischen Gaspedal und Sitz lag eine zerschlissene Fußmatte. Davor war die blecherne Leiste des Türrahmens. Um sie zu überwinden, mußte er einen Fuß anheben, ihn auf die Matte setzen und sich mit dem anderen Fuß abstoßen, um den Körper nach oben zu hieven.

Für ihn wäre das überhaupt kein Problem gewesen, nur seine Beine machten nicht mit. Dabei waren sie gar nicht abgestorben. Was schmerzte und brannte wie das Höllenfeuer, konnte nicht tot sein. Seine Beine streikten einfach. Damit hatte er nicht gerechnet. Daß ihn sein Körper im Stich lassen könnte. Jetzt, da sich alles zum Guten gewendet hatte.

Nein, sein Körper verriet ihn nicht. Er brauchte nur ein wenig Hilfe. Eine Hand, die ihm den Schenkel anhob, und eine zweite, die ihn ein wenig nach oben schob. Den Rest würde er locker allein erledigen. Er stöhnte. Er sah sich um. Marisa Curzio war noch nicht wieder aufgetaucht. Am anderen Ende der Piazza saßen ein paar Gestalten im Schatten vor dem Palazzo Civico. Er glaubte den alten Sgreccia zu erkennen und Franco und Vannoni und … Wenn ihn seine Augen nicht täuschten, saßen ziemlich viele dort. Fast alle eigentlich.

»He!« rief er.

»Helft … mir … in den … Wagen!« rief er.

Sie hörten ihn wohl nicht. Dabei waren es doch kaum zehn Meter. Gut, die Alten mochten halb taub sein, aber daß kein einziger …

»Kommt her!« kreischte er.

Sie unterhielten sich nicht einmal. Saßen nur herum. Rührten sich nicht. Wie Statuen. Als ob sie aus Stein wären. Oder tot.

»He … ihr!« brüllte er noch einmal. Er spürte die Fetzen seiner Lunge flattern. Er mußte sich schonen. Statt sinnlos durch die Gegend zu brüllen, sollte er lieber die paar Meter zum Ende der Piazza gehen, einem von ihnen in die Augen blicken und ihn ruhig um Hilfe bitten. Den wollte er sehen, der da nein sagte.

Er schob sich um die Autotür. Er torkelte über die Piazza. Er keuchte. Links lag das Haus der Lucarellis. Am liebsten wäre er dort hineingegangen und ihr in die Arme gefallen, doch das durfte er nicht tun. Nicht jetzt. Nicht, wenn sich alle anderen auf der Piazza befanden. Vor ihnen konnte sie nicht zeigen, daß sie ihn liebte. Darauf mußte er Rücksicht nehmen. Er stellte sich vor, wie sie ihn durch die Lamellen eines Fensterladens beobachtete. Fast unhörbar würde sie seinen Namen murmeln. Sie würde beide Daumen drücken, daß er es schaffte. Beten würde sie dafür.

Mach dir keine Sorgen! dachte er.

Du! dachte er.

Alles wird gut werden! dachte er. Alles, was zählte, war schon gut. Nur die Häuser rotierten immer schneller um die Piazza, und das Pflaster kreischte, und die toten Statuen vor ihm begannen sich zu recken, und aus der Sonne rann rote Farbe wie aus einem umgestürzten Eimer, doch das war ihm alles egal. Von ihm aus sollte die Welt zugrunde gehen. Unter seinen Stiefeln mochte sie zerspringen und im Nichts verpuffen, er würde trotzdem überleben.

Sie sahen nicht auf, als er vor ihnen stand. Die Marcantonis, die Sgreccias, der alte Curzio, Vannoni, Milena Angiolini, der ganze Haufen. Sie sprachen über irgendeine Beerdigung, für die man noch Kränze besorgen müsse. Oder Blumenschalen, weil Kränze bei der Hitze in einem

Tag vertrocknet wären. Lauter unwichtiges Zeug. Sie taten so, als bemerkten sie ihn nicht.

Er grinste. Er wußte genau, daß sie nur darauf warteten, bis er sie um Hilfe bat. Natürlich würden sie nicht nein sagen. Einen Nachbarn konnte man nicht einfach verrecken lassen. Sie wollten ihn nur betteln sehen, bevor sie sich großzügig zeigten. Doch den Gefallen würde er ihnen nicht tun. Er brauchte sie nicht, keinen von ihnen.

Er blickte sich um. Die Umrisse seines Lieferwagens flimmerten in der kochenden Luft. Weit weg, fast auf der anderen Seite der Piazza. Irgendwie würde er schon in den Fahrersitz kommen, doch sollte er wirklich die ganze Strecke noch einmal zurückgehen? In die falsche Richtung? Da konnte er doch gleich zu Fuß ins Krankenhaus marschieren! Er war stark, der Weg führte meist bergab, die acht Kilometer nach Pergola würden ihn nicht einmal ins Schwitzen bringen. Und wenn er schnurstracks über die Felder nach unten ginge, würde er sich mindestens einen Kilometer ersparen. Er mußte sich nur genau westlich halten. Dorthin, wo die Sonne untergehen würde, sobald sie genug davon hatte, am Himmel herumzuhüpfen.

Er schwankte durch die Gasse, bog nach rechts, torkelte Richtung Ortsausgang. Er brauchte sich nicht umzudrehen, um zu wissen, daß alle aufgestanden und ihm gefolgt waren. In respektvollem Abstand. Auch wenn sie es nie zugeben würden, bewunderten sie ihn. Seine Kraft, einen Traum zu verfolgen, seinen Willen, seine Entschlossenheit. Sie gaben ihm das Geleit, doch wenn sie der Meinung waren, es sei das letzte Geleit, dann täuschten sie sich gewaltig.

Er passierte den Abfallcontainer. Er spürte seine Füße nicht mehr, doch das war nicht tragisch, denn sie tappten wie von selbst voran. Er mußte nur darauf achten, seinen Körper über ihnen im Gleichgewicht zu halten. Er schnappte nach Luft. Davon war zuwenig da. Dafür legte der Himmel im Westen Violett, Rosa und Schwefelgelb auf, und hoch über den Zypressen am Straßenrand tanzten drei bleiche Monde. Tanzen sollte er auch irgendwann lernen, ein wenig zumindest, ein paar Schritte, damit er seine Füße nicht allzu unbeholfen setzte.

Er stolperte, taumelte nach vorn, fing sich gerade noch am Stamm der Aleppo-Kiefer. Neben ihm stand das Holzkreuz, um das eine Sitzbank gemauert war. Sie lockte für eine kurze Rast, aber er wurde nicht schwach. Er nicht. Er lehnte den Rücken gegen den Stamm. Mit weit aufgerissenem Mund fraß er die dünne Luft. Sein Herz raste. Das war gut. Das zeigte, daß es weiter wollte. Auf sein Herz konnte er sich verlassen.

Gleich, dachte er, gleich! Immerhin war er schon bis zur Straßenkehre gelangt. Er warf einen Blick zurück. Da standen sie, quer über die Straße. Der ganze Haufen von vorhin, ja mehr noch. Jetzt waren auch Marisa Curzio, der Americano und Costanza Marcantoni dabei. Wie bei einer Prozession, die aus unerfindlichen Gründen ins Stocken geraten war, standen sie herum, unschlüssig, ob sie vorne nach dem Rechten sehen oder geduldige Feierlichkeit demonstrieren sollten. Erbärmlich sahen sie aus. Weil sie nichts hatten, wofür es sich zu leben lohnte. Er hätte vor ihnen ausgespuckt, wenn sein Mund nicht völlig ausgetrocknet gewesen wäre.

Die Straße führte nach links hinab, doch er würde über die Felder abkürzen. Mit der Schulter stieß er sich vom Baumstamm ab, torkelte seinem Körper hinterher, knickte ein, rutschte, stürzte die Böschung hinab, fiel auf seinen rechten Arm, durch den heißer Schmerz peitschte. Vor seinen Augen wallte grauer Nebel, und er war glücklich, daß sein Arm doch nicht abgestorben war. Er hatte recht behalten. Man durfte nur nicht aufgeben. So schnell starb man nicht. Nicht einer wie er.

In sein Gesicht stachen Nadeln, doch als sich der Schleier vor seinen Augen lüftete, erkannte er, daß es nur dürre Stoppeln waren. Er lag auf dem Bauch, schnaufte staubige Erde ein und wußte, daß er nicht mehr auf die

Beine kommen würde. Doch das machte nichts. Sein Wille war stark genug. Notfalls würde er die paar Kilometer ins Krankenhaus kriechen. Und wenn die Arme und Beine nicht mitspielten, würde er sich wie eine Viper voranschlängeln.

Mit einer gewaltigen Kraftanstrengung hob er den Kopf an. Er sah das sanft abfallende Feld, die verdorrten Sonnenblumen weit unten, das Grün der Weinstöcke am gegenüberliegenden Hang, das Wäldchen auf der Kuppe, die er überwinden mußte, um drüben zum Cesano hinabzugelangen, in dessen Bett höchstens noch ein paar Wasserlachen stehen würden. Eine willkommene Erfrischung, bevor er irgendwie die Böschung hochklettern und schon bald die Straße erreichen würde, der es dann nur noch bis Pergola zu folgen galt.

Er schob den linken Arm nach vorn und krallte die Fingernägel in die rissige Erde. Er stemmte den Stiefel ein. Er wand den Körper. Er zog, er riß, er schob. Na also, wieder ein paar Zentimeter geschafft! Natürlich ging es noch langsam. Er mußte sich erst an die Fortbewegungsart gewöhnen. Doch was eine Schlange konnte, das konnte er erst recht. Er mußte nur immer weiterkriechen. Bis zum Ziel seines Wegs. Bis er gerettet war. Immer weiter. Nicht denken, nur kriechen.

Er dachte nicht. Er japste um Luft. Er krümmte sich. Er biß auf Weizenstoppeln, schmeckte trockenen Staub im Mund. Ganz kurz nur schloß er die Augen. Er wollte abwarten, bis die Wolke vorbeigezogen war, vor der sein Herz erschrak. Auf sein Herz mußte er besonders achten, seit es ihm nicht mehr gehörte. Es war fest versprochen, fest vergeben. Daß Antonietta es angenommen hatte, war ein Wunder. Er konnte es immer noch nicht recht glauben. So überglücklich war er darüber, daß er keinen Schmerz mehr spürte, nur noch ihre Stimme in seinem Kopf hörte, die leise und fragend »Paolo?« flüsterte. Seinen Namen, nichts weiter. Voller Liebe und Zärtlichkeit.

Mit ihr wurde das Leben leicht, leicht wie eine Vogelfeder. Er wußte, daß das seine Richtigkeit hatte. Alles würde gut werden, da war er sich sicherer als je zuvor. Ihm blieb nichts weiter zu tun, als dieser geliebten Stimme mit einem einzigen Wort, einer kleinen Silbe, zwei Lauten zu antworten. Dieser sanften Stimme, die alles erfüllte, was noch an Willen in ihm glomm. Er sagte: »Ja.«

7

So groß
schien dein Befehl mir nicht, der sterbliche,
daß er die ungeschriebnen Gottgebote,
die wandellosen, konnte übertreffen.

Sophokles: Antigone, Verse 452–455

Tag für Tag würde sich Vannoni vorhalten müssen, was er alles falsch gemacht hatte, wenn er jetzt versagte.

»Warum?« fragte er und sah zu, wie Catia achtlos ein paar T-Shirts in den Koffer auf ihrem Bett warf. Es war ein alter Koffer aus gepreßter Pappe, der Maria gehört hatte.

»Du bist nicht mal volljährig«, sagte Vannoni.

»Und schwanger. Ich weiß«, sagte Catia.

»Du brauchst jemanden für das Kind«, sagte Vannoni. »Du stellst dir das zu leicht vor. Hier würde dir ganz Montesecco ...«

»Eben«, sagte Catia. Sie öffnete die Schreibtischschublade und betrachtete den Krimskrams darin.

»Ist es wegen Paolo?« fragte Vannoni. Ihn schauderte noch immer. Er hatte mit angepackt. Zu viert hatten sie die Leiche ins Dorf zurückgetragen und in den Fiat Ducato gehievt. Hinten in den Laderaum. Angelo war dann nach Pergola gefahren.

»Es ist wegen allem«, sagte Catia. Sie schob die Schublade wieder zu, ohne irgend etwas herausgenommen zu haben.

»Wohin willst du denn?« fragte Vannoni, als ob das nicht völlig egal wäre.

Catia zuckte die Achseln. »Nach Rio vielleicht. Oder bloß nach Riccione.«

Vannoni fingerte eine Zigarette aus der Packung und steckte sie sofort wieder zurück. Leise sagte er: »Ich brauche dich!«

»Nein!« Catia lachte kehlig.

»Ich komme mit.«

»Nein!« Catia klappte den Koffer zu und ließ die Verschlüsse einschnappen. Sie sah sich nicht einmal mehr in ihrem Zimmer um, als sie den Koffer vom Bett zog.

»Hör zu, Catia ...!« sagte Vannoni. Er wußte nicht, was er noch sagen sollte. Er konnte sie doch nicht hier festbinden!

Von der Tür aus lächelte Catia ihm zu. Aus ihren Augen glaubte er genau die gleiche unheimliche Fremdheit zu lesen, die ihn schon bei Maria so hilflos gelassen hatte. Eine Fremdheit, an der man nichts ändern konnte. Nicht mit Worten, nicht mit Gewehrkugeln, nicht mit Liebe, nicht mit Haß.

»Gute Reise!« sagte Vannoni.

Mit der freien Hand winkte Catia ihm zu. Sie sagte: »Wenn es ein Junge wird, werde ich ihn Matteo nennen.«

Vannoni hätte sie gern in der Nähe gehabt.

Sie war schon auf der Treppe nach unten, als er sie sagen hörte: »Aber ich glaube, es wird ein Mädchen.«

Tröstlich war, daß die beiden Lucarellis eine würdige Beerdigung erhalten hatten. Darin waren sich alle einig, als sie die Straße zurück ins Dorf gingen. Der Pfarrer hatte so bewegende Worte gefunden, daß sich selbst Assuntas fast steingewordene Verbitterung in Tränen löste. Der Friedhof war ein einziges Blumenmeer, selbst die Gemeinde hatte einen Kranz geschickt. Eine Cousine von Milena Angiolini, die in Bologna Gesang studierte, hatte am Grab das »Ave Maria« gesungen, und die Alten hatten es sich nicht nehmen lassen, mit ihren Jagdgewehren Salut zu schießen.

Natürlich war der Moment, als die Särge in die Grabkammern geschoben wurden, nicht nur für die Hinterbliebenen schrecklich gewesen. Sicher, man hatte gewußt, daß Carlo und Giorgio tot waren und nicht wieder lebendig würden, aber sie waren immerhin noch dagewesen. Erst als die Särge durch die Steinplatten von der Welt ausgeschlossen, als die Schrauben angezogen waren, wurde allen bewußt, daß man die beiden in diesem Leben zum letztenmal gesehen hatte.

An diesen Steinplatten war die Unwiderruflichkeit des Todes mit Händen zu greifen gewesen. Auch wenn man sich dadurch wie vernichtet fühlte, blieb einem nichts übrig, als sich ins Unabänderliche zu fügen. Doch wie immer, wenn man am tiefsten Punkt angelangt war, konnte der Weg nur nach oben führen. Schon am Friedhofstor begann die Anspannung zu weichen, begannen Verzweiflung und Beklommenheit in die leicht anarchische Heiterkeit umzuschlagen, die Außenstehenden bei Trauergesellschaften oft so befremdlich erscheint.

Es war der alte Sgreccia, der vorschlug, sich ausnahmsweise schon vor dem Mittagessen ein Gläschen zu genehmigen. Der Americano sagte, daß man das gut mit einer Partie Briscola verbinden könne. Franco Marcantoni übernahm es, Ivan Garzone zur vorzeitigen Öffnung der Bar zu überreden, und der alte Curzio meinte, damit sich das für die Garzones rentiere, könne Marta doch auch etwas zu beißen herrichten. Nichts Großes, er denke da an Piadine mit Prosciutto und Pecorino. Oder vielleicht ein wenig Affettato misto. Und dazu Zucchini, marinierte Auberginen, gefüllte Oliven nach Ascolaner Art und jene köstlichen eingelegten Peperoni, wie sie nur Marta so hinbekomme. Ein paar Nudeln wären freilich auch nicht zu verachten.

»Tagliatelle mit Wildschweinragout«, sinnierte der Americano.

»Gramigna alla Norciana«, empfahl Angelo Sgreccia.

»Maccheroncini al fumé«, schwärmte Franco Marcantoni.

»Nichts mit zuviel Sahne und Speck«, sagte der alte Curzio, »außer es gibt etwas Leichtes als Secondo. Gebratene Wachteln zum Beispiel.«

»Nach dem Fisch, meinst du?« fragte der Americano. »Ich dachte da an Seezungenfilets in Zitronenöl mit ein paar feinen Kräutern.«

»Oder ein mit Sesamkernen panierter, kurz angebratener Thunfisch«, sagte Angelo Sgreccia.

»Oder einfach ein Teller Venusmuscheln in Tomaten-Knoblauch-Sugo«, sagte Franco Marcantoni.

Es reichte dann doch nur zu trockenen Piadine, da Marta es unter dem Beifall der anderen Frauen entschieden ablehnte, sich an solch einem Tag in die Küche zu stellen. Ivans Weißwein sprach man dafür um so kräftiger zu, auch wenn er nicht so kalt war, wie er eigentlich sein sollte. Zwar arbeitete der Kühlschrank inzwischen auf Hochtouren, doch war die über Montesecco verhängte Stromsperre erst zwei Stunden zuvor, exakt mit dem Glockenläuten zur Totenmesse, aufgehoben worden.

»Im Magen wird der Wein eh warm«, sagte Gianmaria Curzio.

Benito Sgreccia schlürfte einen Schluck und sagte: »Ja, er geht schon.«

»Er geht schon? Was soll das heißen: Er geht schon?« ereiferte sich Ivan Garzone. »Mein Wein ist allererste Güte. So einen Tropfen bekommst du in ganz Italien nicht mehr!«

»Möglich«, sagte der alte Sgreccia.

»Hoffentlich«, sagte der alte Curzio. »Schon wegen der sozialen Auswirkungen. Ich meine, an der Weinindustrie hängen ja jede Menge Arbeitsplätze, und wenn das Zeug keiner mehr kaufen würde …«

»Was?« fragte Ivan entrüstet.

»Außer Ivan natürlich«, sagte der alte Sgreccia.

Der alte Curzio nickte. »Außer Ivan natürlich, der seine Monopolstellung in einem bedauernswerten Nest dazu ausnützt, seine noch bedauernswerteren Gäste mit einem Gesöff abzufüllen, das …«

»… nicht einmal richtig temperiert ist«, fiel ihm der alte Sgreccia ins Wort.

»… das, selbst wenn es richtig temperiert wäre, höchstens als Schmiermittel Verwendung finden dürfte.«

»So? So ist das also«, sagte Ivan. Er griff nach der Flasche auf dem Tisch. »Dann ist eben Schluß! Verschwindet! Geht doch dahin, wo es euch besser schmeckt!«

»Ivan!« sagte Franco. »Die Flasche habe ich bezahlt!«

»Na und? Es gibt Wichtigeres als Geld!« Ivan drückte die Flasche an seine Brust. »Hier geht es um die Ehre! Und deshalb ist diese Flasche unbezahlbar. Zumindest für euch! Auf euch bin ich sowieso nicht angewiesen.«

»Ach, nein?« fragte der alte Curzio.

Voller Verachtung sah Ivan ihn an. »Ich werde aus dem Laden hier eine Cocktailbar machen, daß die Leute bis aus Ancona und Pesaro anreisen. Was sage ich, sogar aus Rom werden sie kommen und Schlange stehen bis hinunter zur Piazza. Und ich werde zwei Schwarze aus der Bronx als Türsteher anstellen und sie strikt anweisen, keinen aus Montesecco hereinzulassen.«

Gianmaria Curzio holte tief Luft. »So, zwei Schwarze aus der Bronx, die wahrscheinlich ...«

»Curzio hat es nicht so gemeint«, lenkte Franco Marcantoni ein. »Los, hol noch eine Flasche, Ivan! Ich gebe noch eine aus.«

Ivans Aufbrausen war genauso vorhersehbar gewesen wie die Tatsache, daß er sich ebenso schnell wieder beruhigen würde, wenn man ihm nur überzeugend genug versicherte, daß nichts über seinen Wein ginge, der als Schmiermittel für Leib und Seele unübertrefflich wäre.

»Wunderbar«, sagte der Americano, als sich die Wogen geglättet hatten. Er füllte die Gläser und fragte: »Wie wäre es jetzt mit einer Runde Briscola?«

Die Frauen saßen auf den Steinbänken unter den Eschen und fächelten sich Luft zu, während Martas Kinder beharrlich, aber erfolglos versuchten, Gigolo zum Männchenmachen zu animieren. Es war heiß wie an den Tagen zuvor, doch alles war in Ordnung, in einer schmerzlich vermißten, fast nicht mehr für möglich gehaltenen Ordnung, in der man sich zurücklehnen und den Blick ziellos über die weite Hügellandschaft streifen lassen konnte.

Und so wäre der Tag wahrscheinlich unter Reden und Trinken und Schauen und Sitzen ruhig zerronnen, wenn nicht um elf Uhr fünfundfünfzig zwei Streifenwagen der Carabinieri auf die Piazzetta eingefahren wären. Auf Blaulicht und Sirenen hatten sie verzichtet, doch die Art, wie der Brigadiere nach dem Aussteigen seine Uniform zurechtrückte, verhieß nichts Gutes. Mit einer energischen Handbewegung wies er seine Männer an, die Autos nicht aus den Augen zu lassen.

»Daß die sich überhaupt noch hierhertrauen!« murmelte Ivan.

Der Brigadiere stand in der Mitte der Piazzetta und war sich offensichtlich unschlüssig, wen er ansprechen sollte. Marta Garzone nahm ihm die Entscheidung ab. Sie sagte: »Ihr seid ein paar Stunden zu spät dran. Die Beerdigung ist schon vorbei.«

»Es war eine bewegende Zeremonie«, sagte Lidia Marcantoni.

»Selbst ohne euch«, sagte Milena Angiolini.

»Wie schön«, sagte der Brigadiere. »Ihr habt also Geschmack daran gefunden?«

»Geschmack?« fragte Franco Marcantoni. Er nippte am Wein.

»Es war ein trauriger Anlaß«, sagte Lidia tadelnd.

»Ich persönlich bevorzuge eine gemütliche Partie Briscola«, sagte der Americano, »zusammen mit Freunden, mit denen man sich gut versteht, und bei einem Glas gut gekühlten Weißweins, wie ihn ...«

»Ich untersuche den Tod von Paolo Garzone«, sagte der Brigadiere förmlich.

Franco Marcantoni stellte sein Glas ab. Dann nuschelte er: »Ein schrecklicher Unglücksfall!«

Der Brigadiere nickte betrübt. »Und ungewöhnlich. Sehr ungewöhnlich. Paolo Garzone starb an gleich drei Vipernbissen.«

»Das ist die Gluthitze«, sagte Fiorella Sgreccia.

»Die macht sie aggressiv«, sagte Marisa Curzio.

»Sie beißen wie verrückt«, sagte Ivan.

»So schnell kannst du gar nicht schauen, wie sie heuer zustoßen«, sagte der alte Curzio.

»Und nicht nur einmal«, sagte der alte Sgreccia.

Der Brigadiere kratzte sich an der Wange. »Es sieht so aus, als stammten die Bisse nicht von derselben Schlange. Es sieht sogar so aus, als stammten sie von zwei verschiedenen Vipernarten.«

»Das ist die Gluthitze«, sagte Fiorella Sgreccia.

»So einen Vipernsommer habe ich mein Lebtag nicht erlebt«, sagte Lidia Marcantoni.

»1920«, sagte Costanza Marcantoni. »1920 muß es ähnlich gewesen sein.«

»Kann sein. Jedenfalls fanden wir heuer unter jedem Stein eine Viper«, sagte Elena Sgreccia.

»Sogar im Dorf hatten wir welche«, sagte Angelo Sgreccia.

»Von verschiedenen Arten«, sagte Franco Marcantoni.

Der Brigadiere machte keinen überzeugten Eindruck. Er schwieg ein paar Sekunden lang. Zwar hatte er damit rechnen können, daß sie zusammenhalten und den Todesfall herunterspielen würden, doch offensichtlich überraschte ihn, daß sich alle gleichermaßen von seinen Fragen angesprochen fühlten. Es bot sich kein einzelner an, den man ernsthaft ins Gebet nehmen konnte. Die Dorfbewohner glichen einem verschlungenen Knäuel sich windender Schlangen, in dem man unmöglich mit sicherem Griff die eine giftige zu fassen bekam.

Vielleicht beschloß der Brigadiere deshalb, irgend jemanden aus der zuckenden Masse herauszuziehen, von den anderen zu isolieren und genau unter die Lupe zu nehmen. Er fragte: »Wer hat Paolo Garzone ins Krankenhaus gebracht?«

»Ich.« Angelo Sgreccia meldete sich.

»Er war tot, als er dort ankam.«

»Er war schon tot, als wir ihn auf dem Feld gefunden haben«, sagte Angelo.

»Wo genau?« fragte der Brigadiere.

»Knapp außerhalb des Dorfs«, sagte der alte Curzio.

»Der soll antworten.« Der Brigadiere deutete auf Angelo Sgreccia.

»Er war aber nicht dabei«, sagte der alte Curzio. »Benito und ich machten unseren Abendspaziergang und mußten bei der Bank unterm Kreuz eine kurze Rast einlegen. Wir sind nicht mehr die Jüngsten. Und da lag er, ein paar Meter weiter unten im Feld. ›Um Gottes willen, das ist doch Paolo‹, sage ich zu Benito, und dann haben wir die anderen geholt. War es nicht so, Benito?«

Der alte Sgreccia schüttelte den Kopf. »Nein, so war es nicht. Du hast gesagt: ›Ist das nicht Paolo?‹«

»Sage ich doch«, sagte der alte Curzio.

»Du hast behauptet, daß du gesagt hast: ›Das ist doch Paolo!‹ In Wahrheit hast du aber gesagt: ›Ist das nicht Paolo?‹« sagte der alte Sgreccia.

»Das ist doch völlig egal«, sagte der alte Curzio.

»Es ist eine offizielle Untersuchung«, sagte der alte Sgreccia, »und da muß der Brigadiere …«

»Da muß sich der Brigadiere fragen, wieso Paolo Garzone nicht rechtzeitig Hilfe gefunden hat«, sagte der Brigadiere.

»Das haben wir uns schon bei Giorgio Lucarelli gefragt«, sagte Franco Marcantoni.

»Es wird der gleiche Grund gewesen sein«, sagte Costanza Marcantoni.

»Die Gluthitze«, sagte Fiorella Sgreccia.

»Die schwächt den Körper, und wenn einer irgendwo weit draußen ist …«, sagte Lidia Marcantoni. Sie bekreuzigte sich.

»Ohne Wasser. Ganz allein«, sagte Elena Sgreccia.

»So wie Paolo«, sagte Angelo Sgreccia.

»Oder Giorgio«, sagte Ivan.

»Nur daß Giorgio weniger Gift im Leib hatte«, sagte Marta Garzone.

»Weil er nur einmal gebissen wurde«, sagte Milena Angiolini.

»Und an seinem Tod konnte die Polizei nichts Ungewöhnliches finden«, sagte der alte Curzio.

»Und kurz darauf passiert der gleiche ... Unglücksfall« – der Brigadiere betonte das Wort höhnisch – »noch einmal! Zweimal in so kurzer Zeit. Im gleichen Kaff! In dem sonst nie etwas passiert. Zweimal ein Vipernbiß mit Todesfolge! Wißt ihr, wann wir das zuletzt hatten?«

Der Brigadiere schaute auffordernd in die Runde. Niemand antwortete, doch alle blickten ihn interessiert an. Der Brigadiere sagte: »Das hatten wir noch nie. Nicht, so lange sich einer von uns zurückerinnern kann.«

»1920«, sagte Costanza Marcantoni, »1920 war es genauso, da ist ...«

»Ich glaube nicht an Zufälle«, sagte der Brigadiere. »Ich glaube, daß da einer nachgeholfen hat. Und weil es das erste Mal so gut geklappt hat, hat er es gleich noch einmal probiert.«

»Dem Brigadiere geht es nicht gut«, sagte Milena Angiolini mitfühlend.

»Das ist die Gluthitze«, sagte Fiorella Sgreccia.

»Wie wäre es mit einem Schluck Wein?« fragte Ivan Garzone.

»Wenn einer von euch etwas weiß und mir nicht auf der Stelle die Wahrheit sagt, macht er sich mitschuldig«, drohte der Brigadiere.

Es war ein letzter Versuch, einen Keil zwischen die Menschen von Montesecco zu treiben, doch er mußte scheitern. Es gab keinen Punkt, an dem man den Keil hätte ansetzen können. Sie waren kein Knäuel von Schlangen, sie waren ein einziger fugenloser Block aus spiegelndem Metall, an dem abglitt, was immer man dagegen in Stellung brachte. Ein Stahlblock, der in mörderischer Hitze gegossen und von ungeheuren Kräften geschmiedet worden war.

»Was denken Sie von uns, Brigadiere?« fragte Marisa Curzio.

»Wenn ein Verbrechen geschehen ist, muß es bestraft werden«, sagte Franco Marcantoni.

»Da sind wir uns alle einig«, sagte der alte Sgreccia.

»Da werden Sie hier in Montesecco niemanden finden, der anderer Meinung ist«, sagte der alte Curzio.

Der Brigadiere nickte. Er begriff, daß er diesen Block nicht würde sprengen können. Das Schicksal jedes einzelnen war auf Gedeih und Verderb mit dem aller anderen verschmolzen.

Vielleicht ahnte der Brigadiere sogar, daß er den einen Verbrecher, der sich in der Masse versteckte, vergeblich suchen würde. Daß sie alle gleichermaßen unschuldig oder schuldig waren. Daß er zu spät gekommen war und sie selbst Recht gesprochen hatten, so gut sie es eben verstanden.

Er musterte die Dorfbewohner um sich. Es waren Menschen, die lachten, tranken, Radio hörten und die Polizei belogen, wie alle anderen auch. Sie hatten nur für einen Augenblick in uralte, fremde Zeiten eintauchen müssen, in denen uralte, fremde Gesetze herrschten. Dagegen konnte man nicht an. Man konnte nur hoffen, daß sie wiederaufgetaucht waren. Der Brigadiere kapitulierte.

»Ein Unglücksfall also«, sagte er und gab seinen Männern Befehl, sich in die Wagen zu setzen. Bevor er selbst einstieg, wandte er sich noch einmal um, als habe er noch etwas zu sagen. Doch dann schüttelte er nur stumm den Kopf. Er setzte sich auf den Beifahrersitz des vorderen Wagens und schlug die Tür zu. Die beiden Autos wendeten und verschwanden in der Gasse neben der Kapelle. Man hörte noch ein ungeduldiges Hupen. Wahrscheinlich war ein struppiger kleiner Hund quer über die Piazza gelaufen und brachte sich nun am Palazzo Civico in Sicherheit. Ein paar Meter unter der Uhr, deren Zeiger auf zwanzig nach acht standen. Dann verebbte das Motorengeräusch. Die Carabinieri waren aus Montesecco abgezogen.

»Was für eine Gluthitze!« sagte Fiorella Sgreccia. Sie fächelte sich mit der flachen Hand Luft zu.

»Auch so ein Sommer geht vorbei«, sagte Costanza Marcantoni.

»Am Monte Catria soll es schon regnen«, sagte Marta Garzone, und ein paar andere blickten unwillkürlich nach oben. Der Himmel war stahlblau, nur ganz im Süden, noch weit hinter Piticchio, standen ein paar kleine weiße, zerfetzte Wolken.

Eine Bitte:

Wenn Sie sich mit dem Gedanken tragen, Montesecco zu besuchen, tun Sie das ruhig. Schlendern Sie durch die Gassen, leisten Sie sich ein Eis in der Bar (zur Zeit nur abends geöffnet), bewundern Sie von der Piazzetta aus die weite marchigianische Hügellandschaft, oder unternehmen Sie einen Spaziergang zum Friedhof hinab. Aber fragen Sie bitte keinen der Dorfbewohner, ob er sich wegen des Tods von Paolo Garzone schuldig fühle oder etwa Catia Vannoni geschwängert habe. Sie werden aus den Menschen kein Geständnis herauskitzeln können, da die in diesem Roman erzählte Geschichte frei erfunden ist. Allein dafür verantwortlich ist der Autor, der einen Teil des Jahres bei Montesecco lebt, der gern dort lebt und auch weiterhin gern dort leben würde. Herzlichen Dank!

Bernhard Jaumann

KJELL ERIKSSON
Der Tote im Schnee
ROMAN
KIEPENHEUER

TAAVI SOININVAARA
FINNISCHES
REQUIEM
ROMAN
KIEPENHEUER

Nino Filastò: »... molto italiano« WDR

Der Irrtum des Dottore Gambassi
Ein Avvocato Scalzi Roman
Unter den lieblichen Hügeln der Toskana entdeckt der ägyptische Etruskologe Fami ein sakrales Gewölbe, das Unbekannte für gar nicht heilige Zwecke nutzen. Doch bevor er den vermuteten Schatz heben kann, wird sein Fund ihm zum Verhängnis.
»Ein atemberaubender, erstklassig geschriebener Mafiaroman.« BUCHMARKT
Aus dem Italienischen von Julia Schade. 414 Seiten. AtV 1601

Die Nacht der schwarzen Rosen
Ein Avvocato Scalzi Roman
Im Hafenbecken von Livorno, der Geburtsstadt Modiglianis, wird die Leiche eines Kunstkritikers geborgen. Auf welch tödliches Geheimnis mag er bei seiner Recherche über die Echtheit einiger Skulpturen des Künstlers gestoßen sein? »Italien-Bilder voll authentischer ›Italianità‹: Filastò beschert uns einen überdurchschnittlichen Kriminalroman.« F.A.Z.
Aus dem Italienischen von Barbara Neeb. 352 Seiten. AtV 1602

Forza Maggiore
Ein Avvocato Scalzi Roman
Der Wirt einer heruntergekommenen Trattoria wird ermordet aufgefunden. Die Schuldigen sind schnell ausgemacht: Witwe und Tochter des Opfers. Doch Scalzi ist von der Unschuld der beiden Frauen überzeugt. Ihr angeblicher »Mord aus Leidenschaft« dient nur dazu, kriminelle Machenschaften weit größeren Ausmaßes zu vertuschen. »Ein hervorragender Krimi, der nicht nur auf Spannung, sondern auch auf der psychologischen Wetterlage der urigen Hauptfiguren aufgebaut ist.« EX LIBRIS
Aus dem Italienischen von Esther Hansen. 352 Seiten. AtV 1604

Alptraum mit Signora
Ein Avvocato Scalzi Roman
Florenz – lichte Stadt der Kunst und Stadt düsterer Geheimnisse. Zwei brutale Morde sind an Menschen geschehen, die einem Maler Modell gesessen haben, einem Fälscher, der malt wie die großen Künstler des Quattrocento. »Ein scharfsinnig komponierter Krimi, in dem alles lebensecht italienisch wirkt – die raffiniert gefälschten Bilder inbegriffen.« BRIGITTE
Aus dem Italienischen von Bianca Röhle. 380 Seiten. AtV 1600

Mehr Informationen über die Bücher von Nino Filastò erhalten Sie unter www.aufbau-verlag.de oder bei Ihrem Buchhändler

AtV